Andrew Lane

AGENT IMPOSSIBLE
Mission Tod in Venedig

Gewidmet Mike Nicolson, Richard Cooper, Soo Cox, Mark Lawson, Ali Smith, Jerry Foulkes, Anissa Suliman, Mark Brookes, Nigel Douglas, Peter Bradshaw und den anderen vierzig Teenagern, die 1980 den Schreibwettbewerb der Barclay Bank gewannen. Mit ihnen verbrachte ich zwei unglaubliche Wochen in Europa, bis wir schließlich in Venedig landeten. Siebenunddreißig Jahre später schreibe ich darüber, wie es war, als Teenager in der romantischsten Stadt der Welt zu sein. Und Caroline Vass gewidmet, von der ich dachte, sie würde bei dieser Reise dabei sein, die es aber nicht schaffte.

Kapitel 1

»Wie heißt du?«, fragte das rothaarige Mädchen Kieron lächelnd.

»K-Kieron«, stotterte er. »Und du?«

Seufzend tippte sie auf das Namensschild an ihrer Bluse. »Beth. Und ich brauche deinen Namen nur, damit wir dich aufrufen können, wenn dein Kaffee fertig ist.« Demonstrativ schrieb sie *Keiron* mit einem Edding auf ein Post-it und klebte es an eine Tasse. »Also, wenn er fertig ist, klar?«

»O ja, klar.« Er fragte sich, ob er anmerken sollte, dass sie seinen Namen falsch geschrieben hatte, hielt aber doch lieber den Mund. Jeder schrieb seinen Namen falsch. Entweder schrieben sie ihn wie das Mädchen oder am Ende mit »a« anstatt »o«. Er hatte sich daran gewöhnt. Einmal hatte er seine Mutter gefragt, warum sie und sein Dad ihm seinen Namen mit der unüblichsten Schreibweise verpasst hatten, die es gab.

»Ach«, hatte sie vage geantwortet, »haben wir? Ich glaube, so hieß einer der Freunde deines Vaters. Der war wohl auch auf unserer Hochzeit.« Stirnrunzelnd hatte sie ergänzt: »Oder war es Keely? Nein, das war ja die, mit der er durchgebrannt ist.« Dann hatte sie sich die Flasche Rosé vom Küchentresen gegriffen.

»Sonst noch etwas?«, fragte die rothaarige Barista fröhlich. »Vielleicht etwas zu essen?«

Kieron sah zu den Kühlregalen zu seiner Rechten. »Äh … Was kannst du denn empfehlen?«

»Der glutenfreie Zitronenkuchen ist sehr gut.«

Was wohl hieß, dass sie nicht genug davon verkauften und gern ein paar Stücke loswerden wollten, dachte er zynisch.

»Danke, nur den Kaffee«, antwortete er.

Er reichte ihr einen Fünf-Pfund-Schein und war etwas erstaunt darüber, wie wenig Rückgeld er bekam. Dann ging er zum Ende des Tresens, wo auf magische Weise sein Kaffee auftauchen würde – mit falsch geschriebenem Namen. Na ja, solange sie ihn richtig *aussprachen*, war es ihm eigentlich egal.

Er sah sich um. Das Café war neu und lag in einer Nebenstraße in der Nähe des Einkaufszentrums, in das er normalerweise ging. Bex hatte ihn vor ein paar Wochen hierher mitgenommen, als sie aus Amerika zurückgekommen waren. Hier lagen die etwas ungewöhnlicheren Läden – wo schwarze und lila Damenkleidung mit jeder Menge Spitze oder Stickerei verkauft wurde und Männerkleidung, die viel zu eng schien und für die man wohl einen Hipster-Bart tragen musste, bevor man sie auch nur anprobieren durfte. Und außerdem gab es einen Comic- und Spieleladen. Da arbeitete jemand, den er von der Schule kannte. Wenn der Geschäftsführer nicht da war, bekam er manchmal Angestelltenrabatt.

»Kieron?«

»Ja?« Er sah sich um. Es war Beth.

»Dein Kaffee ist fertig.«

»Danke.«

Er hatte seine Sachen auf einen Tisch für zwei gelegt, um ihn zu reservieren. Dort wartete seine Tasche mit dem Laptop und seinen Schulbüchern.

Er starrte auf die Schulbücher und spürte, wie ihn eine Welle der Verzweiflung erfasste. Gleich nach seiner Rückkehr aus Amerika hatte das neue Schuljahr begonnen, aber es war nicht gut gelaufen für ihn. Nach drei Tagen hatten die »Emo!«-, »Greeb!«- und »Loser!«-Rufe angefangen, gefolgt von: »Lass dir mal die Haare schneiden!« Jemand hatte sogar seinen Spind mattschwarz gestrichen, ohne dabei erwischt zu werden. Das hätte ihm ja noch gefallen, wenn die Farbe nicht auf die Schränke darunter und auf den Fußboden getropft wäre und wenn er nicht eine ganze Stunde gebraucht hätte, um den Direktor davon zu überzeugen, dass er das nicht gewesen war.

»Suchen Sie nach jemandem mit schwarzer Farbe auf den Klamotten!«, hatte er protestiert, woraufhin der Direktor nur einen vorwurfsvollen Blick auf Kierons schwarze Hosen, seine schwarze Jacke, schwarzen Schuhe und sein schwarzes T-Shirt geworfen hatte.

Eine Woche lang hatte er es ausgehalten, doch am folgenden Montag war er nicht mehr aus dem Bett gekommen. Er lag einfach da, zu einem Ball zusammengerollt, und versuchte sich dazu zu zwingen, den Rest des Tages zu verschlafen. Seine Mutter hatte ihn so gefunden. Er rechnete es ihr hoch an, dass sie sich den Vormittag freigenommen hatte, um mit ihm zu reden, und dass sie am nächsten Tag mit dem Direktor ausgehandelt hatte, dass er seine Schularbeiten zu Hause machen und per E-Mail schicken konnte. Sam war natürlich wütend gewesen. »Warum können die das nicht auch für mich machen?«

Die offensichtliche Antwort darauf lautete: *Wenn die anderen* dich *beschimpfen, haust du ihnen eine rein, und dann hören sie damit auf.* Kieron hatte ihm das gesagt. Sam schien hin- und hergerissen zu sein zwischen: *Warum schlägst* du *nicht auch zu?*, und: *Wenn ich ihnen eine reinhaue, fliege ich dann von der Schule?* Letztendlich ließ ihn der Versuch, zwei Dinge gleichzeitig zu sagen, nur stammeln.

Zu Hause zu arbeiten, schien die perfekte Lösung zu sein. Doch wenn seine Mutter arbeitete, war es einsam in der Wohnung, und er hatte sich unwohl gefühlt. Erst hatte er versucht, das Gefühl durch laute Screamo-Musik zu vertreiben, bis die Nachbarn an die Wände geklopft hatten. Danach hatte er es sich zur Gewohnheit gemacht, am Vormittag irgendwo einen Kaffee zu trinken. Das kostete ihn ein Vermögen, auch wenn er es schaffte, eine Stunde an einem Latte macchiato herumzunuckeln, wenn er sich anstrengte.

Also, zurück zu dem Versuch, die Ablenkung des Magnetfelds einer Spule in einem Stromkreis zu beweisen. Dazu brauchte man Integrale. Er hasste Integrale.

Als er sich setzte, wanderte sein Blick zu seinem Rucksack. In einem Brillenetui lag die AR-Brille, die er – vor mittlerweile schon einigen Monaten – auf einem Tisch im Restaurantbereich des Einkaufszentrums gefunden hatte. Sie hatte ihm eine Welt voller Abenteuer, Spannung und Gefahren eröffnet. Und sie hatte ihn mit

Bex und Bradley zusammengebracht, den beiden MI6-Agenten (na ja, eigentlich selbstständige Agenten, wie Bex immer sagte). Das hatte sein Leben verändert. Sie hatten ihm Selbstvertrauen gegeben. Ihm ihr Leben anvertraut. Und mit dieser Brille konnte er auf jeden Computer der Welt zugreifen – nicht nur die allgemein zugänglichen – wie das Internet –, sondern auch auf gesicherte Datenbanken. Geheime Datenbanken.

Also warum musste er in mühevoller Arbeit mathematische Gleichungen lösen, wenn die Summe allen menschlichen Wissens direkt hier vor ihm in seiner Tasche lag? Warum musste überhaupt jemand irgendetwas lernen, wenn man nur fragen musste und in ein paar Sekunden die Antwort erhalten konnte?

Er seufzte. Eigentlich wusste er es ja – so ungefähr. Weil Intelligenz bedeutete, diese Dinge zu kennen, sie anwenden und weiterentwickeln zu können. Zumindest hätten das seine Lehrer gesagt. Was würde er auf einer einsamen Insel tun oder wenn – Gott bewahre – das Internet wegen eines Zombieangriffs ausfiel? Wäre er dann in der Lage zu überleben?

Doch wenn während eines Zombieangriffs sein Überleben davon abhinge, die Ableitung des Magnetfeldes einer Spule in einem Stromkreis berechnen zu können, hätte er ein ernsthaftes Problem.

Seufzend klappte er seinen Laptop auf, lehnte sich auf dem Stuhl zurück und nippte an seinem Kaffee. Vor ein paar Wochen noch war er mit etwas, was man nur als militärischen Hightech-Raketenrucksack bezeichnen konnte, durch die Luft geflogen und hatte sein Leben riskiert, um zu verhindern, dass ein durchgeknallter Milliardär biologisch entwickelte Viren verkaufte, die bestimmte Menschengruppen aufgrund ihrer DNA angriffen. Und ein paar Wochen *davor* hatte er Bex geholfen, die Zündung mehrerer Neutronenbomben auf der ganzen Welt zu verhindern. Und jetzt saß er hier in einem Café, das nach verbrannten Kaffeebohnen roch, und versuchte, nicht die hübsche rothaarige Barista anzustarren.

Das Leben war fies. Und mit niemandem außer Sam konnte er darüber reden, warum es fies war. Es lag nicht nur am Mobbing. Es lag nicht daran, dass er sich einsam fühlte, als Außenseiter – darauf war er sogar eigentlich stolz. Nein, es war der gewaltige Unterschied zwischen dem Leben, das er in diesen vergangenen Wochen gelebt hatte, und dem, in das ihn das *Leben* – er fand kein besseres Wort dafür – zurückdrängen wollte.

Bex und Bradley zu helfen, war kein dauerhafter Zustand, das wusste er. Es war eine vorübergehende Lösung, ein letzter Ausweg, solange Bradley rein physisch nicht in der Lage war, die AR-Brille zu benutzen. Eigentlich sollte Bradley Bex bei ihren Missionen unterstützen, indem er ihr nützliche Informationen verschaffte wie die Grundrisse von Gebäuden oder die Identitäten der Menschen, die sie vor sich hatte. Wenn Bradley sich so weit erholt hatte, dass er wieder arbeiten konnte, und wenn sie herausgefunden hatten, wer in ihrer MI6-Abteilung mit der faschistischen Organisation Blut und Boden zusammenarbeitete, würden sie ihn nicht mehr brauchen. Und das war der eigentliche Grund, warum er nicht mehr in die Schule wollte. Und warum er deprimiert war. Es war, als fahre man im Auto auf der Autobahn und sehe die Ausfahrt, die man nehmen will – die man unbedingt nehmen muss –, an sich vorbeiziehen und wüsste, dass die Straße, auf der man feststeckt, sich immer weiter endlos und monoton hinzieht.

»Kommt ein Pferd in die Bar«, erklang eine Stimme hinter ihm, »fragt der Barkeeper: ›Warum machst du so ein langes Gesicht?‹«

Er erkannte Sams Stimme sofort. Ohne sich umzudrehen, schob er mit dem Fuß den Stuhl ihm gegenüber zurück, damit sich sein Freund setzen konnte.

»Also, warum ziehst du so ein langes Gesicht?«, wiederholte Sam, als er sich setzte. »Das sieht man ja schon von hinten.«

Kieron zuckte mit den Achseln.

»Kommt ein weißes Pferd in die Bar«, fuhr Sam fort. »Sagt der Barkeeper: ›Wir haben hier einen Whisky nach dir benannt.‹ Fragt das Pferd: ›Wie jetzt – Brian?‹«

»Solltest du nicht in der Schule sein?«, erkundigte sich Kieron.

Sam zuckte mit den Achseln. »Weißt du – wahrscheinlich schon.« Er schnüffelte. »Die haben die Kaffeebohnen verbrennen lassen. Das riecht man. Meine Mum weiß alles darüber. Sie hat sich Videos auf YouTube angesehen, wie man den perfekten Kaffee macht, von der Auswahl der richtigen Bohnen aus dem richtigen Land bis zum absolut optimalen Dampfdruck in der Maschine. Sie hat auch so eine schicke Kaffeemaschine. Hat Dad ihr letztes Jahr zu Weihnachten gekauft.« Er nickte zum Tresen. »So eine wie die da. Na ja, ich sage *gekauft*, aber es kann auch gut sein, dass sie irgendwo von einem Lastwagen gefallen ist. Kann man bei meinem Dad nie sagen.«

»Übrigens«, meinte Kieron, »dieser Witz funktioniert

nur bei jemandem, der weiß, dass es einen Whisky namens White Horse gibt.«

»Ich dachte, den kennt jeder.«

»In deiner Welt vielleicht.«

Sam zuckte mit den Achseln. »Mein Onkel Bill trinkt nur den. Zu Weihnachten bekommt er von jedem aus der Familie eine Flasche – und das heißt, von jedem Einzelnen, nicht von allen zusammen eine. Und zum Geburtstag auch. Das reicht ihm gerade so übers Jahr.« Er hielt kurz inne. »Also, kommt ein Pferd in die Bar und sagt: ›Ich hätte gerne ein Bier.‹ Der Barkeeper reibt sich verwundert die Augen und fragt: ›Hast du etwa gerade gesprochen?‹ ›Ja, warum?‹, sagt das Pferd und der Barkeeper: ›Das ist unglaublich! Ich habe noch nie ein sprechendes Pferd gesehen. Du solltest zum Zirkus gehen – die hätten gerne jemanden mit deinen Fähigkeiten!‹ Fragt das Pferd: ›Wieso? Brauchen die einen Klempner?‹«

Dieses Mal kicherte Kieron. »Ja, okay, der war gut. Gefällt mir.«

»Ich denke darüber nach, eine Webseite einzurichten – mit den besten ›Kommt ein Pferd in die Bar‹-Witzen der Welt.«

»Wie viele hast du denn?«

Sam wand sich. »Du hast sie gerade gehört.«

»Nur die drei?«

»Ich könnte die Webseite ja auf andere Tiere ausdehnen. Kommt ein Bär in die Bar …«

»Nicht«, unterbrach ihn Kieron. »Lass es lieber.«

»Nur den einen! Also, kommt ein Bär in die Bar und sagt: ›Ich hätte gerne einen Beerenwein‹, und der Barkeeper fragt: ›Mit Beeren oder mit Bären?‹« Er starrte

Kieron an. »Beeren. Wie in: Erdbeeren oder Himbeeren. Und dann Bären wie lebendige Bären.«

»Ja, war lustig, als du ihn erzählt hast, und lustig, als du ihn erklärt hast.« Zum ersten Mal sah Kieron Sam richtig an und setzte sich plötzlich kerzengerade auf. »Was ist passiert?«

»Nichts ist passiert.«

»Doch.«

»Nein, echt nicht. Nichts ist passiert.«

»Ich sehe es dir doch an. Ich kenne dich, und ich kenne deinen Gesichtsausdruck, wenn irgendetwas nicht stimmt. Und genau den hast du jetzt. Du könntest es dir auch gleich auf die Stirn schreiben. Also los – raus mit der Sprache!«

Sam seufzte. »Bestell mir einen Iced Latte und ich erzähle es dir.«

Auf dem Weg zum Tresen zählte Kieron verstohlen das Kleingeld in seiner Tasche und überprüfte die Preise auf der Tafel an der Wand. Das Geld reichte so gerade eben noch.

»Wie ist dein Name?«, fragte die Barista – Beth – ihn fröhlich.

»Immer noch Kieron«, antwortete er, was ihr Lächeln ein wenig ins Wanken brachte.

Nach einer Menge Hantieren mit einem Mixer, Eiswürfeln und einem doppelten Kaffee nahm Kieron das Getränk in Empfang und kehrte zum Tisch zurück.

»Also?«, fragte er, als er es vor seinem Freund abstellte.

»Also …«, seufzte Sam, »du kennst doch meinen Vater, oder?«

»Ja. Du hast ihn Bex einmal als einen ewigen Herumtreiber beschrieben, der keinen Job länger als eine Woche behält. Das waren so ziemlich exakt deine Worte.«

»Ja, klingt ungefähr richtig. Ich habe es mal nachgezählt: Er hatte echt knapp hundert verschiedene Jobs, einige davon gleichzeitig. Der längste, den er gemacht hat, waren drei Monate, der kürzeste drei Tage.« Sam starrte aus der Tür des Cafés auf die helle Straße draußen. »Die Sache ist die, dass er jetzt einen richtigen Job gefunden hat. Einen anständigen Job.«

»Das ist doch gut, oder?«

»Der ist in Southampton. So Zeug in Kreuzfahrtschiffe verladen, bevor sie auslaufen – Lebensmittel und so. Aber das bedeutet wohl wenigstens, dass es an Weihnachten bei uns Hummer und Champagner gibt.«

»Oh.« Kieron runzelte die Stirn und versuchte herauszufinden, worauf das alles hinauslief. »Was sagt deine Mum denn dazu? Ich weiß zwar, dass sie sich oft über ihn aufregt – wenn ich zu dir komme, höre ich ihre Streitereien manchmal schon eure halbe Straße runter –, aber ich glaube kaum, dass sie will, dass er wochenlang weg ist.«

»Will sie auch nicht. Hauptsächlich, weil sie Angst hat, dass er sich dort eine Freundin anlacht und das ganze Geld in den Pub trägt.« Sam zögerte. »Deshalb spricht sie auch davon, dass wir alle zusammen dorthin ziehen. Einen neuen Anfang machen, sagt sie. Wir alle zusammen. *Das wird ganz toll.* Nur – das wird es nicht.«

»*Alle?* Einschließlich Courtney?«

Sam schüttelte den Kopf. »Nein, Courtney nicht. Courtney ist raus. Sie hat einen guten Job und eine eigene Wohnung. Und einen Freund, obwohl Mum von Bradley noch gar nichts weiß. Aber Caitlin und Amber wohnen noch zu Hause, also würden sie mit nach Southampton ziehen. Und ich auch.«

Kieron hatte plötzlich das Gefühl, mitten in einem Minenfeld zu stehen. Wohin er auch trat, irgendetwas würde explodieren.

»Und was hältst du davon?«, fragte er vorsichtig.

»Ich halte es für dämlich.« Sam nahm einen Schluck von seinem Eiskaffee. »Ich meine, ja, na gut, es ist eine neue Stadt, und wenn jemand einen Neuanfang brauchen könnte, dann wir, aber ...« Er schüttelte den Kopf. »Ich will keinen Neuanfang. Ich liebe Newcastle zwar nicht, aber ich bin daran gewöhnt. Ich kenne mich aus. Und ...«

Er brach ab, aber Kieron glaubte zu wissen, was er hatte sagen wollen. *Und du bist hier.*

Er spürte einen Kloß im Hals und musste schnell blinzeln, um das Kribbeln in den Augen loszuwerden.

Das Gefühl von vorhin, in einem Auto zu sitzen, das in die endlose Langeweile fuhr? Die Landschaft, durch die das Auto fuhr, schien mit einem Mal immer trüber und trüber. Nur dürre Erde und gelegentlich ein Kaktus. Er hatte nur einen wirklichen Freund auf der Welt – Sam. Bex und Bradley waren vielleicht auch Freunde, aber sie waren älter, und er wusste insgeheim, dass die Bekanntschaft mit ihnen nur vorübergehend sein würde. In ein paar Wochen, höchstens Monaten, wären sie fort. Aber Sam ... Er war davon ausgegangen, dass er und Sam immer weitermachen würden, bis ans Ende ihrer Schulzeit und darüber hinaus.

»Vielleicht«, begann er vorsichtig, »würde deine Mum

dich bei uns wohnen lassen. Ich meine, zu dieser Zeit die Schule zu wechseln, würde sich sicher negativ auf deine Noten auswirken. Bei mir ist Platz und meine Mutter hätte bestimmt nichts dagegen.«

»Glaubst du, das wäre wirklich möglich?«, fragte Sam flehend.

»Ja, klar. Soll ich sie mal fragen?«

»Ja, bitte!«

Kieron bemerkte, dass Sams Kehle zuckte, als müsse er schlucken. Er reichte seinem Freund sein Wasserglas und Sam nahm dankbar einen großen Schluck.

»Aber über eines musst du dir klar sein«, meinte Sam. »Ich gehe nicht in die Schule und lasse dich allein zu Hause lernen.«

»Keine Sorge, da finden wir schon einen Weg.«

»Was willst du eigentlich nach der Schule machen?«, erkundigte sich Sam plötzlich.

»Keine Ahnung. Nur so herumhängen.« Dann verstand Kieron Sams Frage plötzlich. »Oh, du meinst, wenn wir mit der Schule fertig sind?«

»Ja.« Sam zuckte beiläufig mit den Schultern. »Hast du mal darüber nachgedacht, aufs College zu gehen?«

»Schon. Aber es ist schwierig, ein Fach zu finden, das ich wählen könnte. Ich hab schon mal an ein Filmstudium gedacht. Oder vielleicht Psychologie.«

»Psychologie – gute Idee. Versuch mal, unsere düsteren Teenager-Gedanken zu erklären.«

»Warum fragst du?«

»Ich habe darüber nachgedacht …« Sam klang plötzlich ungewohnt zögerlich. »Vielleicht könnten wir zusammen ein Unternehmen gründen. Irgendetwas, was uns richtig Geld einbringt.«

»Als Geheimagenten?« Kieron lachte. »Oder vielleicht als Privatdetektive?«

Sam runzelte die Stirn. »Ich dachte eher an Webseitendesign oder die Reparatur von Computern und Tablets und Handys, aber wenn du nur lachen kannst …«

»Nein.« Kieron zwang sich, ernst zu klingen. »Ehrlich gesagt, das ist keine schlechte Idee. Wir könnten vielleicht einen kleinen Raum in einem Industriegebiet mieten.« Vor seinem inneren Auge begann sich eine Vision aufzubauen, wie das alles aussehen könnte. »Wir müssten fahren lernen, zumindest ein Moped, damit wir die kaputten Sachen abholen und in die Werkstatt bringen können. Nein, streich das … Wir würden auf jeden Fall ein Auto brauchen. Einen kleinen PC kriegen wir vielleicht hinten auf einem Moped unter, aber keines der High-End-Geräte. Wir bräuchten etwas Geld für Ausrüstung und Platinen und Werkzeug und so. Vielleicht können wir einen Kredit aufnehmen. Ich frage meine Mutter mal danach.«

»Ehrlich gesagt, *meine* Mutter hat schon alle Informationen darüber«, warf Sam ein. »Es gibt so was wie Unternehmerkredite.«

Kieron nickte. »Abgemacht. So einen holen wir uns.«

»Abgemacht«, wiederholte Sam und streckte die Faust aus. Kieron boxte mit seiner dagegen.

Eine Weile unterhielten sie sich über die Dinge, die ihnen in den vergangenen Monaten passiert waren, und wie sich ihr Leben verändert hatte, während das aller anderen offensichtlich gleich geblieben war.

Schließlich war Kierons Latte macchiato genauso kalt wie Sams Eiskaffee, und er konnte beim besten Willen nicht weiter daran nippen, daher gingen sie.

»Willst du mit zu mir kommen?«, fragte Kieron. »Wir könnten uns etwas zu essen machen. Es müsste noch was im Kühlschrank sein.«

»Warum nicht«, erwiderte Sam. »Es besteht ja wohl gerade nicht die dringende Notwendigkeit, die Welt zu retten, soweit ich weiß.«

Kieron boxte ihn kräftig gegen den Arm.

Sie brauchten eine Dreiviertelstunde für den Weg. Es hätte auch schneller gehen können, aber zweimal mussten sie einen Umweg machen, um Gangs von Proll-Teenagern aus dem Weg zu gehen, die vor den Bars herumlungerten. Bittere Erfahrungen hatten sie gelehrt, dass sie, wenn sie ihnen zu nahe kamen, beschimpft, geschubst und bespuckt wurden. Kieron fand, dass die Kids Schilder um den Hals tragen sollten wie im Zoo: *Bitte nicht die Prolls provozieren – sie beißen gern ohne Vorwarnung zu.*

»Wir sind fast erwachsen«, meinte Sam düster, als sie bei einem dieser Umwege durch eine Seitenstraße kamen. »Wir sollten keine Angst mehr vor ihnen haben müssen.«

»Du setzt dich aufs hohe moralische Ross und ich besuche dich dann im Krankenhaus und bringe dir Weintrauben mit«, erklärte Kieron und sah sich vorsichtig um, ob sie verfolgt wurden.

»Wieso bringen die Leute einem immer Weintrauben, wenn man im Krankenhaus liegt?«, fragte Sam stirnrunzelnd. »Als ich mir den Arm gebrochen hatte, standen so viele Tüten mit Weintrauben neben meinem Bett, dass nichts anderes dort Platz hatte. Ich hätte alles für etwas vom Chinesen gegeben, aber daran hat niemand gedacht. Nur an Weintrauben.«

»Muss wohl etwas mit der EU zu tun haben«, erwiderte Kieron vage. »Da gibt es wohl so ein Gesetz über Krankenhäuser und Obst. Nur Weintrauben sind erlaubt. Und vielleicht noch Mandarinen.«

Als sie sich der Wohnung näherten, bemerkte Kieron das Auto seiner Mutter.

»Das ist seltsam. Sie müsste doch bei der Arbeit sein.« Er sah auf die Uhr. »Eigentlich sollte sie erst in ein paar Stunden kommen.«

Sam trat unruhig von einem Fuß auf den anderen. »Wenn ich lieber gehen soll …«

»Nein, komm mit rein. Wahrscheinlich ist nichts …«

Er steckte den Schlüssel ins Schloss und schob die Tür auf.

»Mum, ich bin zu Hause!«, rief er. »Und ich habe Sam mitgebracht!«

»Ich bin im Wohnzimmer«, rief seine Mutter. Es klang, als sei etwas mit ihrer Stimme nicht in Ordnung. Als ob sie an etwas erstickte.

»Geh schon mal in mein Zimmer«, sagte Kieron zu Sam. »Ich sehe nach ihr.«

»In Ordnung, wenn ich mir was zu trinken aus deinem Mini-Kühlschrank nehmen darf.«

»Klar, solange du noch was für mich übrig lässt.«

Während Sam durch den Flur in Kierons Zimmer ging, starrte Kieron auf die Tür zum Wohnzimmer. Plötzlich war ihm schlecht. Irgendetwas hatte sich verändert, und wie es schien, nicht zum Besseren. Es war, als hätte sein Leben gerade einen Satz gemacht und ihn aus dem Gleichgewicht gebracht, aber er wusste nicht, wie und warum. Wie ein emotionales Erdbeben ohne offensichtlichen Grund.

Er holte tief Luft und betrat das Wohnzimmer.

Seine Mutter saß auf dem Sofa und starrte auf den Fernseher. Nun, eigentlich hing sie mehr, als dass sie saß. Der Fernseher war zwar nicht eingeschaltet, aber sie starrte trotzdem auf den Bildschirm. Auf dem Tisch neben ihr standen zwei Flaschen neben einem halb vollen Glas, aber es war nicht der übliche Prosecco oder Rotwein. Eine war eine Flasche Gin, die andere eine Flasche Tonicwater.

Nun, zumindest trinkt sie den Gin nicht pur, dachte er.

»Hi, Mum.«

»Solltest du nicht zu Hause sein und deine Schularbeiten machen?«, fragte sie und sah ihn stirnrunzelnd an.

»Ich war in der Bibliothek«, sagte er automatisch. Es war zwar eine Lüge, aber wenn er ihr sagte, dass er zum Lernen in ein Café gegangen war, würde sie fragen, warum, und die Erklärung würde viel zu lange dauern. Da vermied er die Wahrheit lieber.

»Die Bibliothek?«, wiederholte sie. »Kannst du deine Informationen nicht im Internet finden?«

Ausgerechnet jetzt muss sie technologisch den Durchblick haben, dachte er.

»Das Internet reicht nur für das oberflächliche Zeug wie Namen, Daten und Gleichungen, aber wenn man tiefer in ein Thema eintauchen will, braucht man Bücher.«

»Oh. Okay. Gut zu wissen, dass Bibliotheken noch zu etwas gut sind.« Sie griff nach ihrem Glas und stellte überrascht fest, dass es leer war.

»Mum, was ist los?«

»Nichts. Nichts ist los.«

Sie drehte sich auf dem Sofa nach der Ginflasche um und goss eine ordentliche Portion in ihr Glas. Dann stellte sie die Flasche weg, hob das Glas und nahm einen tiefen Zug, ohne sich die Mühe zu machen, den Gin mit Tonic zu verdünnen.

»Doch, irgendetwas ist los. Willst du mir nicht sagen, was?«

Sie seufzte. »Na gut, setz dich.«

Er setzte sich in den Sessel ihr gegenüber. Plötzlich wollte er nicht mehr, dass sie etwas sagte. Er wollte gar nicht wissen, was los war. Wenn er es nicht wusste, dann war auch nichts Schlimmes passiert. Das war zwar nicht logisch, aber so fühlte es sich für ihn an. Es zu wissen, würde es real machen.

»Sam ist hier«, sagte er. »Er ist in meinem Zimmer.«

»Sam? Sam Rosenfelt?«

»Ja.«

»Ich habe einen Post von seiner Mutter in den sozialen Medien gesehen. Sie schreibt, dass sie vielleicht nach Southampton ziehen. Stimmt das? Southampton?«

Kieron wand sich und nickte. »Möglicherweise … Ich wollte mit dir darüber reden, aber …« Er holte tief Luft. »Erst musst du mir erzählen, was passiert ist. Es ist etwas Schlimmes, nicht wahr?« Plötzlich kam ihm ein Gedanke, der ihm fast die Luft abschnürte. »Geht es um Dad? Ist er … Ist er tot?«

»Nicht, soweit ich weiß.« Seine Mutter nahm einen weiteren Schluck reinen Gin. »Obwohl ich ihm zutrauen würde zu sterben, ohne uns Bescheid zu sagen.« Sie schüttelte den Kopf. »Tut mir leid, das war unnötig. Nein, soweit ich weiß, geht es ihm gut.« Jetzt schien ihr aufzufallen, dass etwas an ihrem Drink nicht stimmte, und sie griff nach der Tonicflasche. »Es geht um die Arbeit«, erklärte sie und goss so viel Tonic in ihr Glas, dass es fast überfloss.

Das nennt man einen Meniskus, dachte Kieron und beobachtete, wie sich die Gin-Tonic-Mischung an den Rand des Glases klammerte, aber zur Mitte hin leicht anstieg. *Das hat etwas mit Oberflächenspannung zu tun. Habe ich letztes Jahr gelernt. In der Schule.*

»Mir wurde … betriebsbedingt gekündigt«, erklärte seine Mum, ohne ihn anzusehen. »Ich wurde ausgemustert. Gefeuert. Ich werde offiziell ›nicht mehr benötigt‹.« Ihr Gesicht schien sich mit jedem Satz mehr zu verzerren. »Man hat mich ›wegrationalisiert‹. Entlassen. Rausgeschmissen. Gekündigt.«

Kieron hatte plötzlich das Gefühl, innen völlig hohl zu sein. »Was ist denn passiert?«

»Ich weiß nicht, ob ich dir damals davon erzählt habe, aber vor ein paar Monaten gab es eine Fusion mit einer anderen Firma. Man hat uns x-mal versichert, dass sich nichts ändern würde und dass unsere Jobs sicher wären, aber das war alles nur heiße Luft. Die Personalabteilung der anderen Firma soll sich um alle Personalangelegenheiten kümmern und die ist voll besetzt. Also mussten sie mich ›gehen lassen‹.«

»Bekommst du eine Art Abfindung?«

Sie nickte. »Eine Art – das ist der richtige Ausdruck dafür.«

»Kannst du nicht deine Gewerkschaft darauf ansetzen?« Kieron war nicht ganz klar, wozu es Gewerkschaften gab, aber er erinnerte sich vage daran, dass sie in so einer Situation hilfreich sein konnten.

»Ich bin nie einer beigetreten. Die Firma, bei der ich gearbeitet *habe*, war ein guter Arbeitsplatz. Die Bosse haben sich um uns gekümmert. Ich wollte Mitglied werden, aber irgendwie kam es mir vor, als wäre ich dann illoyal.«

»Aber du findest doch einen anderen Job, oder?«

»Ich hoffe es. Aber im Moment sieht es auf dem Markt schwierig aus, und es gibt eine Menge jüngerer Personaltypen als mich, die einen Job suchen.« Sie lachte bitter. »So oft musste ich Leute beraten, denen aus irgendeinem Grund gekündigt worden war. Was ich ihnen alles gesagt habe … Das kommt mir jetzt so bedeutungslos vor. Es sind einfach … beruhigende Phrasen. Eine Vorgehensweise, ihnen gerade so weit auf die Beine zu helfen, dass sie aus meinem Büro verschwanden.« Sie nahm einen Schluck aus ihrem übervollen Glas. Ein paar Tropfen der klaren Flüssigkeit spritzten auf ihre Bluse. »Und um die Sache noch schlimmer zu machen, schicken sie mich zu einem Kurs, um mich an die neue Situation ›zu gewöhnen‹, meine Stärken herauszuarbeiten, einen beeindruckenden Lebenslauf aufzusetzen und einen neuen Job zu finden. Das ist, als würde dir jemand den Fernseher klauen und dir eine Broschüre dalassen, in der steht, wo du ein günstiges Angebot für einen neuen bekommst.« Sie seufzte. »Es tut mir leid, aber ich werde ein paar Tage nicht da sein. Es ist ein Seminar irgendwo in den Midlands. Ich werde heute Abend online beim Supermarkt bestellen, damit du genug zu essen hast. Wenn es ein Problem gibt, kannst du mich anrufen, dann komme ich sofort zurück. Es ist ja nicht so, als wollte ich diesen dämlichen Kurs unbedingt machen. Das schaffst du schon, nicht wahr? Ich meine, ich weiß doch, wie ihr Kids heutzutage seid. Du bist doch ganz gern allein, oder?«

Ich sollte helfen, dachte Kieron, und plötzlich wurde ihm kalt. Ich bin der Mann im Haus. Ich habe die Verantwortung.

»Ich suche mir einen Job«, verkündete er. »Vielleicht eine Lehre. Oder ich räume Regale in einem Supermarkt ein.«

Lächelnd lehnte seine Mutter ihren Kopf an die Sofalehne. »Du bist ein guter Sohn, Kieron. Das sage ich dir nicht oft genug. Wir kommen schon klar. Ich habe ein paar Ersparnisse und es gibt auch noch andere Jobs. Es ist nur … ein Schlag für mein Ego, weißt du? Dass man plötzlich nicht mehr erwünscht ist, ist so wie … wie damals, als dein Vater gegangen ist. Man glaubt, man wird geliebt, aber dann muss man feststellen, dass man sich getäuscht hat. Es ist überhaupt nicht so.« Sie schloss die Augen. »Geh ruhig und spiel mit Sam. Ich komme schon klar.«

Kieron beobachtete sie eine Weile, doch sie blieb genau so – die Augen geschlossen und den Kopf zurückgelehnt. Schließlich stand er auf, ging zu ihr und nahm ihr das Glas aus der Hand.

Sie schien es nicht einmal zu bemerken.

Er stellte es auf den Tisch, nahm die Flasche Gin und trug sie in die Küche. Nach kurzem Nachdenken stellte er sie in den Kühlschrank. Da war sie zwar nicht wirklich versteckt, aber wenigstens nicht auf den ersten Blick zu sehen.

Seufzend ging er durch den Flur in sein Zimmer.

Sam spielte an Kierons PC und sah auf, als Kieron eintrat. »Alles in Ordnung?«

»Meine Mum hat ihren Job verloren.«

Sam zuckte mit den Schultern. »Wie ich schon sagte: Mein Dad hat haufenweise Jobs verloren. So viele, dass wir, wenn er kommt und sagt: »Ich habe meinen Job verloren«, antworten: ›Hast du schon hinter dem Kühlschrank nachgesehen?‹ Das ist schon ein Running Gag.« Er hielt inne und sagte dann: »Das wird schon wieder. Mach dir keine Sorgen.«

Kieron schüttelte den Kopf. »Sie hatte diesen Job jahrelang, nicht nur ein paar Tage wie dein Dad. Ich habe sie noch nie so erlebt.«

»Vielleicht sagt ihr das Leben so, dass es Zeit für eine Veränderung ist.«

Kieron hob die Hand. »Vielleicht sage ich dir, dass du lieber die Klappe halten solltest, bevor ich dir eine reinhaue.«

»Auch wieder wahr … Schnapp dir einen Controller und mach hier mit – ich habe den Mehrspielermodus gewählt.«

Kieron zog sich gerade einen Stuhl heran, um mitzuspielen, als sein Smartphone piepte. Er nahm es aus der Tasche und sah auf den Bildschirm.

»Eine Nachricht von Bex«, erklärte er. »Moment noch.«

»Ich habe sie schon eine Weile nicht mehr gesehen. Wie geht es Bradley?«

»Das werde ich gleich herausfinden. Warte kurz.« Er las die Nachricht.

Kieron – können wir uns treffen? Wir müssen uns unterhalten. Heute Nachmittag um 4 in dem Café in der Hooley Street?

Das war das Café, in dem er am Vormittag gewesen

war. Komisch, wie sich das Leben manchmal im Kreis drehte.

»Alles in Ordnung?«, erkundigte sich Sam, den Blick immer noch auf den Bildschirm geheftet.

»Weiß ich nicht«, gestand Kieron. »Ich habe das Gefühl, dass ich auch gefeuert werde.«

Kapitel 2

»Okay«, sagte Bex Wilson. »Ich habe es abgeschickt.«

Sie sah aus dem Fenster der Wohnung, die Bradley Marshall und sie vor einem Monat gemietet hatten und die schnell zu ihrem Zuhause und ihrer Basis geworden war. Sie fühlte sich schlecht. Es war richtig gewesen, aber sie wusste, wie es auf Kieron wirken würde. Er würde am Boden zerstört sein und sie wollte ihn nicht verletzen. Allerdings musste sie ihm wehtun, damit er später nicht noch schlimmer verletzt werden würde.

Bradley beobachtete sie vom Sofa aus. »Es musste getan werden«, sagte er sanft. »Wir können nicht zulassen, dass die Jungs weiter ihr Leben riskieren. Es ist Zeit, dass ich dich wieder bei unseren Missionen unterstütze. Es ist Zeit, dass ich die AR-Brille wieder benutze.«

»Bist du sicher, dass du das schaffst?« Bex wandte sich vom Fenster ab und sah ihn an. Sie versuchte an seiner Haltung abzulesen, wie es ihm ging. Es war noch nicht so lange her, dass er während einer Mission hier in Newcastle überfallen, entführt, zusammengeschlagen und gefoltert worden war. Jeden normalen Menschen hätte so etwas traumatisiert, aber sie wusste, wie stark Bradley war. Mit seinem Hipster-Bart und seinem freundlichen Lächeln sah er vielleicht nicht danach aus, aber sie wusste, dass er einen stahlharten Kern hatte.

Er nickte. Er saß aufrechter als noch vor ein paar Tagen und wirkte nicht mehr wie jemand, der ständig bei dem kleinsten Geräusch zusammenzuckt.

»Ja. Die Kopfschmerzen sind jetzt so ziemlich weg und ich habe auch keine Sehstörungen mehr. Ich kann sogar aufstehen und einen längeren Spaziergang machen, ohne zusammenzubrechen. Die Privatärztin, die du mir besorgt hast, hat mir einen einwandfreien Gesundheitszustand bescheinigt. Sie ist ziemlich sicher, dass es eine Gehirnerschütterung war, aber jetzt ist sie abgeklungen.« Er lächelte leicht. »Sie meinte immer wieder, ich solle mich im Krankenhaus untersuchen und ein MRT und eine Röntgenaufnahme machen lassen. Aber ich habe ihr gesagt, ich hätte eine Technikphobie.«

»Und was hat sie daraufhin gesagt?«, wollte Bex wissen.

»Sie hat nur den Monitor und den Blu-Ray-Player gemustert, mit den Schultern gezuckt und weiter meinen Blutdruck und meinen Puls geprüft. Was auch immer du ihr zahlst, hält sie davon ab, zu viele Fragen zu stellen.«

»Was ich ihr zahle, zahle ich ihr vor allem, damit sie keine Fragen stellt«, erwiderte Bex, und als Bradley nickte, fuhr sie fort: »Und jetzt die Eine-Milliarde-Dollar-Frage: Was ist mit der Brille? Kannst du sie voll nutzen, gegebenenfalls sechzehn Stunden am Tag?«

»Ja«, antwortete er entschieden. »Kann ich.«

Bex war nicht ganz überzeugt. Die Brille war ihre Verbindung zu ihm, wenn sie für ihre Auftraggeber beim britischen Geheimdienst, dem MI6, unterwegs waren. Wenn Bex irgendwo auf der Welt undercover im Einsatz war, trug sie eine Brille mit versteckten Kameras, versteckten Lautsprechern und einem verborgenen Mikrofon. Über ein verschlüsseltes Satellitensignal übermittelte sie die Informationen in Echtzeit an Bradley, der selbst an einem hoffentlich sicheren Ort saß – vorzugsweise mit einem Kaffee und einem Stück Kuchen vor sich.

Sein Set zeigte ihm, was Bex gerade sah, und ließ ihn hören, was sie hörte und sagte. Doch das war noch nicht alles, was ihre technischen Zaubergeräte konnten. Bradleys Brille fungierte auch als AR-Brille, mit der er alle möglichen Informationen oder Bilder aus dem Internet, dem Darknet oder geheimen Regierungsdatenbanken abrufen konnte, ohne dass es jemand außer ihm sah. So konnte er Bex blitzschnell Fakten und Ratschläge übermitteln, ohne dass es jemand merkte. Er musste mitbekommen, was um ihn herum vor sich ging, aber auch, was Bex gerade brauchte – denn sie befand sich möglicherweise gerade in Lebensgefahr und war abhängig davon, dass er ihr die richtigen Informationen zukommen ließ. Das Problem war, dass Bradley durch die Brille sowohl die reale Welt als auch Bex' Welt sah, und zwar gleichzeitig übereinandergelagert. Solange er sie trug, sah er alles doppelt. Langfristig konnte das zu Ablenkungen, Verwirrung und möglicherweise sogar zu Halluzinationen führen, wenn Bradley nicht aufpasste – und das schon, wenn er vollkommen gesund war. Doch jetzt … Sie war sich nicht sicher.

»Hast du es schon ausprobiert?«, wollte sie wissen.

»Du hast mir doch gesagt, ich soll nicht«, wich er geschickt aus, »falls sie einen Rückfall verursachen sollte.«

Sie starrte ihn einen Augenblick lang schweigend an und wiederholte dann: »Hast du sie ausprobiert?«

Er tat sein Möglichstes, um ihrem fragenden Blick mit seinem eigenen unschuldigen zu begegnen, aber sie kannte ihn zu gut, sodass er schließlich einknickte.

»Ja«, sagte er blinzelnd. »Kieron hat sie ein paarmal vorbeigebracht und ich habe sie ausprobiert. Beim ersten Mal waren es nur ein paar Sekunden, dann ein paar Minuten und schließlich ein paar Stunden. Keine Nebenwirkungen – keine Kopfschmerzen, keine Ohnmachtsanfälle. Also, ich bin einsatzbereit. Ehrlich.«

Bex seufzte erleichtert. Es war stressig gewesen, solange Bradley beeinträchtigt gewesen war – mehr als sie sich eingestehen wollte. Und im Hinterkopf hatte immer die Frage geschwebt: Würde er sich überhaupt erholen? Würde er je wieder in der Lage sein zu arbeiten?

»Ist vom MI6 irgendein Auftrag gekommen seit der Goldfinch-Mission in Albuquerque und Tel Aviv?«, fragte Bradley.

»Nein, ich hätte es dir gesagt, wenn es so wäre. Wir haben diesen Job gerade erst beendet – sie lassen uns wohl ein paar Tage Zeit, um uns zu erholen, bevor sie uns woanders hinschicken.«

»Sorry«, seufzte er. »Manchmal mache ich mir Sorgen, dass du vielleicht Sachen von mir ferngehalten hast, solange ich krank war.«

»Das würde ich nie tun. Wir sind schließlich ein Team. Absolute Ehrlichkeit – stimmt's?«

»Stimmt«, nickte er und fügte nach einer kleinen

Pause hinzu: »Wo wir gerade dabei sind … Wir müssen mit dem MI6 sprechen.«

Bex zuckte zusammen. »Du meinst, darüber, dass einer unserer MI6-Bosse ein Verräter ist und für eine rechtsextreme Organisation von Faschisten und Rassisten arbeitet? Meinst du so ein Gespräch?«

»Nein, ich wollte eigentlich nur fragen, wo dieses Jahr die Weihnachtsfeier stattfindet.«

Bex musste lachen, und die Erleichterung darüber, überhaupt lachen zu können, überraschte sie.

»Schön, dich wieder mal lachen zu hören«, stellte Bradley fest. »Aber es stimmt, wir müssen über diese Verräter-Angelegenheit sprechen.«

Bex setzte sich, bevor sie etwas erwiderte. Sie hatte angestrengt über die Situation nachgedacht, war jedoch noch zu keinem zufriedenstellenden Ergebnis gekommen.

Zum einen wussten sie nicht allzu viel. In den Tagen nach Bradleys Entführung durch die Organisation Blut und Boden, und nachdem Bex Kieron und Sam kennengelernt hatte, hatte sich herauskristallisiert, dass irgendjemand beim MI6 einer neofaschistischen Organisation Informationen weitergab. Auch die Informationen über Bradley, als er nach Newcastle geschickt worden war, um Bex dabei zu helfen, die Organisation aufzuspüren. Es war ein Sympathisant der Gruppe, wenn nicht sogar ein Mitglied. Das Problem war nur, dass sie nicht sehr viel mehr wussten, als dass der Verräter eine Frau war. Sie konnten ihren Verdacht natürlich dem MI6 gegenüber äußern, doch die Hälfte ihrer Bosse in der Abteilung SIS-TERR war weiblich. Wenn sie nun ausgerechnet der Verräterin von ihrem Verdacht berichteten?

Damit würden sie selbst in großer Gefahr sein. Zurzeit waren sie untergetaucht und lebten unter falschem Namen in einer unaufspürbaren Unterkunft. Ihre Missionen erhielten sie über anonymisierte und verschlüsselte E-Mail-Konten. Unauffindbar zu sein, war harte Arbeit.

Das alles wusste Bradley natürlich, daher machte Bex sich nicht die Mühe, ihm alles erneut vorzubeten. Also seufzte sie nur und sagte: »Aber wir können es nicht auf sich beruhen lassen. Irgendetwas müssen wir doch tun.«

»Stimmt«, pflichtete Bradley ihr bei. »Wir könnten ganz nach oben gehen, zur Direktorin. Ihr könnten wir es sagen.«

»Ihr«, stellte Bex fest. »Genau das ist das Problem. Es könnte auch *sie* sein, nach dem, was wir wissen.«

»Gibt es denn irgendjemanden, mit dem wir reden können?«, fragte Bradley. »Ich meine, der MI6 arbeitet im Ausland. Im Inland ist der MI5 zuständig. Vielleicht könnten wir es ihnen sagen. Oder der Polizei.«

Bex schüttelte entschieden den Kopf. »Das Problem ist, dass wir nicht wissen, bis wie weit nach oben die Korruption reicht. Was ist, wenn der MI5 auch betroffen ist? Und wenn die Polizei von Blut und Boden infiltriert ist? Nein – es reicht nicht, jemandem davon zu erzählen.«

»Das heißt also, wir müssen selbst aktiv werden. Wir müssen unsere speziellen Fähigkeiten einsetzen, um Nachforschungen anzustellen und den Verräter zu überführen.«

Am liebsten hätte Bex diesen Vorschlag als zu riskant zurückgewiesen, doch stattdessen nickte sie zögernd.

»Es kommt mir falsch vor, gegen unsere eigenen

Bosse zu ermitteln, auch wenn wir selbstständig und keine fest angestellten Agenten sind. Aber ich sehe keine Alternative. Wir müssen die AR-Ausrüstung gegen den MI6 einsetzen, wenn auch nur, um den Verräter zu entlarven.« Sie seufzte. »Und das macht es nur noch wichtiger, Kieron und Sam aus der Schusslinie zu nehmen. Wir haben sie weiß Gott schon zu vielen Risiken ausgesetzt. Wir können nicht zulassen, dass sie in etwas so Gefährliches verwickelt werden und das auch noch so nah bei ihnen zu Hause.«

»Wir tun das Richtige!« Bradley nickte. »Besonders Kieron war geradezu brillant, nicht nur als Unterstützung, sondern auch bei der Undercoverarbeit. Er ist ein Naturtalent, aber wir dürfen ihn nicht ermuntern – und Sam auch nicht. Am besten wäre es, wenn wir auch in eine andere Stadt umziehen. Wenn nicht, werden sie hier immer wieder aufkreuzen. Ich glaube, sie sind nach diesem Lebensstil süchtig geworden.« Er sah aus, als wolle er noch etwas sagen, klappte dann aber den Mund zu und mied bewusst ihren Blick.

»Was ist?«

»Was ist was?«

»Du wolltest noch etwas sagen.«

»Wollte ich nicht.«

»Doch.« Plötzlich musste Bex lachen. »Weißt du was – wir hören uns schon an wie die beiden.«

Bradley nickte langsam. »Das ist Teil des Problems. Wir vier werden langsam zu einer merkwürdigen, gestörten Familie. Ich weiß, dass Kieron dich als die große Schwester betrachtet, die er nie hatte. Das kann ich ihm ansehen. Ich weiß nicht, wie Sam und er über mich denken – vielleicht sehen sie einen großen Bruder in mir …«

»Oder den Onkel, der glaubt, er hätte es wirklich drauf mit den Kids, wobei das gar nicht stimmt«, murmelte Bex.

»… aber definitiv sind sie auf uns fixiert wie Entenküken, die das Erste, was sie sehen, für ihre Mutter halten.«

»Diese beiden Jungen sind keine Entenküken«, wandte Bex ein. »In keinerlei Hinsicht. Sie haben sich im Ernstfall besser bewährt als so einige Agenten, die ich kenne.«

»Stimmt. Aber wir haben ihr Leben schon genug durcheinandergebracht. Wir müssen uns elegant zurückziehen, uns von ihnen lösen und sie das Leben leben lassen, das sie leben sollten.«

Bex starrte ihn eine ganze Weile an, bevor sie sagte: »Weißt du denn, wie ihr Leben ist? Oder war, bevor sie uns getroffen haben?«

»Weißt du, wie *mein* Leben ausgesehen hat, bevor ich dir begegnet bin?«, konterte er.

Bex schüttelte den Kopf. Über seine Familie, seine Kindheit und seine Vergangenheit hatte sich Bradley immer hartnäckig ausgeschwiegen.

»Ich hatte nicht den besten Start ins Leben«, begann er jetzt, wobei er ihren Blick wieder mied und angelegentlich aus dem Fenster sah. »Es sind schlimme Dinge passiert. Ich habe sie überwunden.« Er sah sie wieder an und fuhr ernst fort: »Wir haben diesen Jungen das Rüstzeug an die Hand gegeben, etwas aus sich zu machen. Wir haben ihnen Selbstvertrauen gegeben. Jetzt liegt es an ihnen.«

In der darauffolgenden Stille fragte Bex: »Und was ist mit dir? Mit dir und Courtney?«

»Wenn Sam für uns tabu ist, dann ist seine Schwester auch tabu für mich«, seufzte Bradley. »Die Beziehung muss enden. Ich werde es ihr heute Abend sagen.«

»Das muss schwer für dich sein«, meinte Bex mitfühlend.

Bradley zuckte die Achseln und versuchte, gelassen zu wirken, doch Bex bemerkte seine angespannten Schultern und seine verkrampfte Haltung.

»Es ist nicht die erste Beziehung, die ich wegen des Jobs aufgeben muss, und ich bezweifle, dass es die letzte sein wird.«

»Dann sage ich Kieron, dass es jetzt ein Ende hat«, erklärte Bex und erhob sich. »Ich werde entschlossen, aber fair sein. Und ich werde es ihm möglichst schonend beibringen.«

»Sieh zu, dass er versteht, wie wichtig Geheimhaltung ist. Ich weiß, dass er und Sam nicht sehr viele Freunde haben …«

»Sie haben überhaupt keine anderen Freunde, soweit ich weiß.«

»Trotzdem würde ich ungern herausfinden, dass sie damit prahlen, Geheimagenten bei Undercovermissionen geholfen zu haben, um bei irgendwelchen Mädchen auf einer Party Eindruck zu schinden. Das wäre echt übel.«

»Ja, ich weiß.«

»Sag ihm, was topsecret wirklich bedeutet. Nämlich, dass Menschen sterben können, wenn diese Informationen an die falschen Leute geraten. Und damit meine ich dich und mich.«

»Ich bin sicher, das weiß er alles, aber ja, ich werde es ihm noch einmal sagen.«

»Und ich mache mich daran, eine neue Stadt für uns

zu finden und eine Wohnung. Leamington Spa hat mir ja immer schon gut gefallen, allein wegen des Namens. Was meinst du? Warst du da schon mal? Irgendwelche Familie dort?«

»Nein, und du?«

»Nein. Das ist perfekt. Wir haben keine früheren Verbindungen dorthin. Wer auch immer der Verräter beim MI6 ist, wird es schwer haben, uns dort aufzuspüren.«

Bex warf einen Blick auf ihre Uhr. »Ich geh mal besser. Wahrscheinlich sitzt Kieron sowieso schon wie auf Kohlen. Wenn er jetzt auch noch auf mich warten muss, wird er noch nervöser werden.«

»Sei nett zu ihm«, bat Bradley. »Denk daran, es ist wahrscheinlich das erste Mal, dass jemand mit ihm Schluss macht.«

»Ich bin doch nicht seine Freundin!«, protestierte Bex. »Ich bin eher seine große Schwester. Das hast du selbst gesagt. Und insgeheim wünschen sich alle kleinen Brüder ihre großen Schwestern weit weg, damit sie erwachsen werden können.«

»Damit sie nicht mit Make-up beschmiert und von ihren Schwestern und deren Freundinnen frisiert werden«, grinste Bradley. »Ja, ich hatte auch eine große Schwester. Zwei sogar.« Er winkte zur Tür. »Na, dann los. Kappe die Verbindung! Und bring etwas zu essen mit, wenn du wiederkommst. Indonesisch bitte!«

Bex ließ Bradley in der Wohnung zurück und verließ das Haus. Ihr Auto hatte sie ein kurzes Stück weiter in einer Nebenstraße geparkt. Es war eine Sicherheitsmaßnahme, eine von vielen kleinen Angewohnheiten, etwas, was sie unbewusst jeden Tag tat, um sich und

Bradley zu schützen. Es war schließlich rein theoretisch möglich, dass sie jemand, der mit einer Mission zu tun hatte, oder sogar jemand mit einer Verbindung zu Blut und Boden auf der Straße oder im Supermarkt erkannte. Es war auch möglich, dass man sie zu ihrem Auto verfolgte und herausfand, welche Marke und welches Modell sie fuhr sowie das Kennzeichen.

Wenn sie irgendwo unterwegs war, sah sie sich alle paar Minuten nach Gesichtern um, die herumzulungern und ihr zu folgen schienen. Aber in Menschenmengen war das manchmal schwierig, und etwaige Verfolger konnten leicht ihr Aussehen verändern – indem sie zum Beispiel eine Kapuze auf- oder absetzten oder eine Jacke wendeten oder einen Schal aus der Tasche nahmen und sich um den Hals wickelten. Sie konnte nicht ausschließen, dass man sie und ihr Auto miteinander in Verbindung gebracht und den Wagen möglicherweise verfolgt hatte. Wenn sie direkt vor der Wohnung parkte, dann könnten die Verfolger – falls es welche gab – schnell herausfinden, wo Bradley und sie wohnten. Ein oder zwei Straßen weiter zu parken, war einfach eine weitere Maßnahme zu ihrer Sicherheit. Eine von vielen.

Draußen war es kalt, daher zog sie beim Laufen den Reißverschluss ihres Mantels zu. Ihre Finger begannen zu kribbeln und sie steckte sie zum Schutz vor der Kälte in die Manteltaschen. Die Sonne stand tief am Himmel und warf ein rötliches Licht auf die Gebäude, an denen sie vorbeikam.

Am Auto angekommen, nahm sie die Autoschlüssel aus der Tasche. Dabei stellte sie sich absichtlich ungeschickt an, sodass sie ihr klirrend auf den Asphalt fielen. Fluchend bückte sie sich, um sie aufzuheben, und als sie danach griff, warf sie einen Blick unter das Auto. Wenn jemand dort eine Bombe anbringen wollte, war es am einfachsten, sie mit Magneten am Unterboden zu befestigen. Schnell musterte sie den Boden von vorn bis hinten. Nichts. Keine verdächtigen Beulen, kein fragwürdiger Klumpen.

Bevor sie die Tür aufmachte, inspizierte sie kurz die Kühlerhaube. Sie klemmte immer ein Blatt von einem nahen Baum so zwischen Kühlerhaube und Karosserie, dass nur noch der Stängel herausschaute. Der zweite mögliche Ort für eine Bombe war der Motorraum. Wenn jemand versuchte, dort etwas zu verstecken, würde das Blatt herunterfallen. Auch das war eine einfache Maßnahme, die aber gegebenenfalls sehr nützlich sein konnte.

Das Blatt war noch da. Wie immer. Trotzdem sah sie nach. Jedes Mal.

Sie schloss den Wagen auf und setzte sich hinein. Trotz aller Vorsichts- und Gegenmaßnahmen verkrampfte sie leicht, als sie den Schlüssel ins Zündschloss steckte. Sozusagen vorsichtshalber.

Vor drei Jahren war einer ihrer Freunde, mit dem sie zusammen ihre Ausbildung absolviert hatte, in sein Auto gestiegen und hatte es angelassen, wie jeden Tag. Eine direkt neben dem Motor angebrachte Sprengladung war in die Luft gegangen und hatte ihn augenblicklich getötet. Metall- und Glassplitter waren von der Druckwelle hundert Meter weit geflogen. Jedes Mal, wenn Bex einen Wagen startete, musste sie daran denken. Wenn sie einen kriegen wollten, wenn sie es wirklich wollten, dann würden sie es auch schaffen.

Kein sonderlich beruhigender Gedanke.

Noch bevor sie losfuhr, piepte ihr Handy. Sie sah auf die Nummer. Wenn sie sie kannte, würde sie antworten. Doch meist waren es irgendwelche Anrufer, die wissen wollten, ob sie kürzlich in unverschuldete Unfälle verwickelt gewesen war, und behaupteten, sie könne Millionen an Schadenersatz fordern. Manchmal – aber nur manchmal – war sie versucht, ihnen tatsächlich von den »Unfällen« zu erzählen, die sie während ihrer Auslandsmissionen gehabt hatte, nur um zu sehen, wie sie darauf reagierten. Mit einem Flugzeug auf einen Lastwagen voller Waffen in Mosambik abzustürzen, zum Beispiel. Oder dass man ihr absichtlich einen Skorpion durchs offene Fenster ins Auto geworfen hatte, während sie mit über hundertfünfzig Sachen auf einer deutschen Autobahn unterwegs gewesen war. Aber so etwas behielt man besser für sich.

Die Nachricht war von Kieron.

Bitte um Rückruf, hatte er geschrieben.

Sie würde ihn zwar in einer knappen halben Stunde treffen, aber sie rief ihn trotzdem besser zurück. Vielleicht verspätete er sich.

»Kieron?«

»Hi. Danke, dass Sie zurückrufen.«

»Ich bin gleich bei dir. Alles in Ordnung?«

Er klang nicht panisch oder gestresst, als er sagte: »Schon, aber ich muss Ihnen etwas sagen. Etwas Persönliches. Aber der Grund, weswegen ich anrufe, ist: Ich habe die AR-Brille aufgesetzt, bevor ich gegangen bin, und habe gesehen, dass Sie eine Nachricht bekommen haben.«

»Warum benutzt du die Brille?«, fragte Bex ruhig, aber streng. »Du sollst sie doch nicht aufsetzen, wenn du mir nicht bei einer Mission hilfst – und das tust du im Augenblick nicht.«

»Wenn ich sie nicht ab und zu aufsetze, wie sollen Sie dann wissen, ob Sie eine neue Nachricht haben?«, argumentierte er.

Bex seufzte. Am besten wäre es gewesen, wenn er die Brille bei ihr und Bradley in der Wohnung gelassen hätte, aber die paar Mal, als sie ihn höflich darum gebeten hatte, hatte er »vergessen«, sie mitzubringen. Sie wusste ganz genau, was los war. Er war süchtig danach geworden. Und Sam auch. Die beiden liebten es, Zugang zu Informationen zu haben, die sie nichts angingen, und das wollten sie nicht aufgeben.

Zu schade. Das war ein Thema, um das es bei ihrem Gespräch mit Kieron gehen sollte.

»Na gut«, erwiderte sie, weil sie sich jetzt nicht mit ihm streiten wollte, »und wie lautet die Nachricht?«

»Sie hat einen Anhang, für den man ein Passwort braucht, um ihn zu öffnen, aber der Betreff lautet: *Gefahrenmeldung – Falcon Team*, und kommt von einem Absender namens *Gefahrenabteilung*.«

Bex schauderte. *Gefahrenmeldung* bedeutete genau das: dass der Empfänger der Nachricht in akuter Gefahr war und Maßnahmen ergreifen musste. Die Gefahrenabteilung war die Abteilung des MI6, dessen Aufgabe es war, Gefahren aufzuspüren – in welcher Form und in welchem Zusammenhang auch immer – und die Betroffenen zu warnen.

Jemand war hinter ihr her. Oder hinter Bradley. Oder beiden.

»Gut«, sagte sie in einem Tonfall, der vermuten ließ, dass das nichts sei, worüber man sich Sorgen machen musste, was nicht ganz ihren wahren Gefühlen entsprach. »Gute Arbeit. Keine Angst, ich werde die Nachricht beantworten, sobald wir uns sehen.«

»Okay.« Er klang nicht überzeugt. Kluger Junge. »Bin ich hier sicher?«

Sie schloss die Augen und holte tief Luft. Irgendetwas musste sie ihm sagen. »Erinnerst du dich daran, dass du mir erzählt hast, wie du einmal eine Klappleiter aufgestellt hast, um die Hecke an dem Haus zu stutzen, in dem ihr damals gewohnt habt, und wie du, als du auf den Stufen hinaufgestiegen bist, oben abgerutscht bist und mit dem Fuß zwischen die Stufen geraten und runtergefallen bist? Und wie du geglaubt hast, du würdest dir das Bein brechen, es aber in letzter Sekunde geschafft hast, den Fuß herauszuziehen? Erinnerst du dich daran?«

»Ja-a«, antwortete Kieron unsicher.

»Du bist jetzt genauso sicher wie damals, verstehst du mich?«

»Ja-a.« Er schwieg eine Weile. »Soll ich hierbleiben?«

»Bist du im Café?«

»Ja.«

»Dann bleib dort.«

Sie fühlte sich schuldig, als sie die Verbindung unterbrach. Genau das hatte sie vermeiden wollen, als sie ihn in ihre Angelegenheiten hineinzog. Unsichtbare, unmerkliche Bedrohungen.

Die Fahrt von der Wohnung in die Innenstadt von Newcastle dauerte zwanzig Minuten, doch ihren angespannten Nerven kam sie vor wie eine Stunde. Bex ließ das Auto ein Stück vom Café entfernt auf der anderen Straßenseite stehen, aber so, dass sie es im Auge behalten konnte. Sie hatte das Gefühl, als bewege sie sich durch Sirup. Ihr Blick wanderte über alle Gesichter, die sie sah – alte und junge, männliche und weibliche. Jeder von ihnen konnte eine Bedrohung darstellen. Alle konnten eine Bedrohung darstellen. Sie sah nach oben zu den Dächern hoch über den Geschäften, die eine unregelmäßige Linie aus Schornsteinen, Giebeln und Dachziegeln bildeten. Dort gab es viele Verstecke. Viele Orte, an denen sich jemand mit einem Gewehr verbergen und auf sie zielen konnte.

Sie musste sich zusammenreißen. Sie hatte sich schon früher in ähnlichen Situationen befunden. Ihr Leben war schon öfter bedroht worden. Außerdem handelte es sich möglicherweise um etwas ganz Simples wie: Man hatte ein Foto von ihr auf einer Dschihadisten-Website gefunden oder ihr Name war in einer E-Mail von jemandem beim russischen Geheimdienst aufgetaucht. Sie war nicht so naiv zu glauben, dass sie ihre Undercoveroperationen immer so durchgeführt hatte, dass sie nie jemand bemerkt hatte. Aber nur weil sie irgendwo auf der Welt irgendjemandem aufgefallen war, bedeutete das noch lange nicht, dass sie in akuter Gefahr war.

Sie spürte, wie sich ihr Herzschlag beruhigte und sie wieder leichter atmen konnte.

Als sie eintrat, ließ sie ihren Blick auf der Suche nach Kieron durch das Café schweifen. Er saß ganz hinten an der Wand, neben der Tür zu den Toiletten. Als er sie sah, lächelte er, doch es war ein unsicheres, nervöses Lächeln.

»Ich habe Ihnen einen Kaffee Americano bestellt«, sagte er. »Und einen Donut. Konnte ich mir aber nicht leisten, deshalb haben sie es am Tresen angeschrieben. Ich hoffe, das ist in Ordnung.«

»Danke«, sagte sie, setzte sich und warf einen kritischen Blick auf sein Getränk, das von einem Turm aus Schlagsahne und Marshmallows gekrönt wurde. »Verbirgt sich darunter irgendwo eine heiße Schokolade oder sind das alles nur leere Kalorien?«

»Ich befinde mich im Wachstum«, verteidigte sich Kieron. »Meine Mutter sagt, ich brauche die Energie.«

»Du und Sam, ihr seid wie die Kolibris«, stellte sie fest. Doch sie bemerkte, dass sich sein Gesicht verdüsterte, als er seine Mutter erwähnte. »Ihr ernährt euch ausschließlich von Zucker.«

»Wie finden Sie meine Platzwahl?«, erkundigte sich Kieron.

»Nicht am Fenster und in der Nähe eines Notausganges«, stellte Bex fest. »Und in einer Ecke, was heißt, dass wir beide den Raum im Auge behalten können. Sehr gut. Sehr *strategisch.*«

»Ich dachte mir, dass Ihnen das gefällt.«

Er versuchte sie zu beeindrucken. Er wusste, warum sie sich hier trafen.

»Kieron …«

»Meine Mutter hat ihren Job verloren«, sagte er und betrachtete angelegentlich einen Löffel Schlagsahne, bevor er ihn sich in den Mund schob.

»Das tut mir leid.«

»Sie sagt, wir hätten Ersparnisse und würden eine Weile über die Runden kommen, aber ich glaube ihr nicht. Sie sagt auch, dass es mit ihren Qualifikationen einfach sein wird, einen neuen Job zu bekommen, aber das glaube ich auch nicht.«

»Es wird schon wieder werden«, meinte Bex, wusste aber im gleichen Augenblick, wie lahm das klang. Und sie wusste auch, dass es schwierig war, von diesem Gespräch zu dem überzuleiten, das sie eigentlich führen wollte, ohne dass es peinlich wurde. Und das war wahrscheinlich genau der Grund, weshalb Kieron sofort damit angefangen hatte. »Also, Kieron, wir müssen uns unterhalten.«

»Ich weiß schon, was Sie sagen wollen«, unterbrach er sie finster. »Bradley geht es jetzt viel besser, also kann er die Brille wieder benutzen. Sie brauchen mich nicht mehr und machen sich Sorgen um meine Sicherheit, deshalb werden Sie beide in eine andere Stadt ziehen.«

»Dann weißt du ja alles und ich habe dem nichts hinzuzufügen.«

»Können Sie mir ab und zu eine anonyme Nachricht in den sozialen Medien hinterlassen, damit ich weiß, dass es Ihnen gut geht? Denn ich werde mir bestimmt Sorgen um Sie machen.«

»Viel besser«, versprach sie fröhlich, obwohl sich ihr die Eingeweide verknoteten. »Ich werde dir Überraschungsbesuche abstatten. Du wirst dich irgendwo umsehen, vielleicht in einem Café wie diesem oder bei einem Konzert, und du wirst mich sehen. Du wirst lächeln, ich werde lächeln, und wir beide werden wissen, dass es uns gut geht. Oder ich tauche am Schulsporttag unter den Zuschauern auf. Du läufst über die Ziellinie und siehst, wie ich dir zujubele und dich anfeuere.«

»Bitte nicht zu einem Schulsporttag!«, flehte Kieron. »Ich will nicht, dass Sie sehen, wie ich auf allen vieren über die Ziellinie krieche.«

»Na gut, dann eben nicht an Schulsporttagen. Aber alles andere ist erlaubt.«

»Abende, an denen ich ein Date habe, sind auch tabu. Falls ich je ein Date haben sollte. Wenn ich mir mit einem Mädchen einen Film ansehe, dann möchte ich nicht, dass ich Sie sehe, wenn ich mich umdrehe.«

»Na gut, dann eben auch nicht an solchen Abenden.«

Kieron drehte den Kopf und sah zum Tresen, wo ein rothaariges Mädchen Kaffee ausschenkte. Gerade als er wieder wegsah, sah die Barista auf und lächelte leicht herüber. War da vielleicht etwas im Gange? Bex hoffte es. Kieron hätte es verdient, jemanden Nettes kennenzulernen.

Schnell riss sie sich zusammen. Sie war weder seine Mutter noch seine große Schwester. Sie sollte sich da nicht einmischen.

»Du wirst mir wohl Zugang zu dem ein oder anderen Onlinekalender geben müssen«, seufzte sie, »damit ich weiß, wann ich dich überraschen darf.« Sie holte tief Luft und versuchte, den Kloß im Hals hinunterzuschlucken, der sie zu ersticken drohte. »Hast du die Brille mitgebracht, wie ich dich gebeten habe?«

»Ja, habe ich.« Er zuckte mit den Achseln. »Zuerst habe ich sie vergessen, deshalb musste ich noch mal zurück und sie holen.«

»Gib sie mir, dann können wir uns über andere Dinge unterhalten.«

»Bis wir uns verabschieden«, erwiderte er niedergeschlagen.

»Bis wir uns verabschieden.«

Bex war sich nicht ganz sicher, was ihre Aufmerksamkeit erregte. Vielleicht gar nichts. Vielleicht war es dieser seltsame sechste Sinn, den erfahrene Agenten entwickelten und der sie warnte, wenn etwas geschah – als ob ein großes, schreckliches Ereignis seine Wellen vorausschickte, entgegen jedem bekannten Gesetz der Physik. Wie auch immer – plötzlich stellten sich ihr die Nackenhaare auf, und sie spürte, wie sie die Muskeln anspannte.

Auch Kieron schien es zu spüren – sie sah, wie plötzlich seine Fingerknöchel weiß wurden, als er die Faust ballte.

»Wa…?«, begann er.

Bex hatte sich im Café nach einer Bedrohung umgesehen, in der Schlange am Tresen, unter den Gästen mit ihren Lattes und Macchiatos und Milchkaffees. Sie sah aus dem Fenster auf die Straße zu ihrem geparkten Auto – bis es nicht mehr da war. Ein plötzlicher Lichtblitz überblendete es und dann war die Straße auf einmal erfüllt von einer explodierenden Wolke aus Staub, Trümmern und Flammen. Das Fenster wölbte sich nach innen und bog sich unter der Druckwelle, bis es in ein Spinnennetz aus Millionen kleinster Bruchteile zersplitterte, die durch eine Kunststoffschicht zusammengehalten wurden. Sie riss glücklicherweise nicht, sondern sackte einfach nur etwas zusammen.

Und dann das Rauschen. Das Rauschen, als wäre eine Ladung Kies von einem Laster auf die Straße gekippt. Schreie. Das *Wumm!*, mit dem die gewölbte Fensterscheibe die Luft im Café zusammenpresste.

All das geschah innerhalb einer Sekunde. Weniger als einer Sekunde.

Bex packte Kieron an der Schulter und zog ihn mit einer Hand von seinem Stuhl, während sie mit der anderen ihren Tisch umstieß, sodass ihre Getränke auf den Boden klirrten. Während sie versuchte, Kieron und sich selbst zu schützen, dachte sie: *Ich hätte dieser Gefahrenmeldung mehr Beachtung schenken sollen …*

Kapitel 3

Kieron dröhnte der Schädel, als hätte ihm jemand mit einem Hammer auf den Kopf geschlagen. Nicht nur, dass ihm die Ohren klingelten und er nichts anderes mehr hören konnte und sein ganzer Kopf zu vibrieren schien. Sein Magen schlug auch Purzelbäume, und trotz der Verwüstung und des Chaos kreiste immer wieder ein und derselbe banale Gedanke durch seinen Kopf: *Die Schlagsahne und die Marshmallows waren ein Fehler …*

Geschockt spähte er über den Rand des Tisches. Das Café, das eben noch ein behaglicher, warmer, sicherer Ort gewesen war, sah aus wie ein Schlachtfeld. Über alles senkte sich Staub herab und Rauch erfüllte die Luft. Es roch verbrannt und er hatte einen metallischen Geschmack im Mund, heiß und kupfern. Vielleicht Blut. Vielleicht hatte er sich auf die Zunge gebissen.

Das große Fenster des Cafés sah aus, als hätten Tausende von Spinnen es mit ihren Netzen überzogen, aber es waren Glassplitter, die zum Glück von einer Plastikschicht zusammengehalten wurden, auf der der Name, das Logo und ein paar Lockangebote gestanden hatten. *Dem Himmel sei Dank für die Werbung,* dachte Kieron – noch so eine Banalität, die ihn beinahe in hysterisches Gelächter ausbrechen ließ.

Keine Flammen. Das war wenigstens etwas. Keine Flammen, also brannte es nicht und sie wurden nicht durch ein Feuer bedroht.

Er stellte fest, dass seine Gedanken seltsame Sprünge machten. *A bedeutet B, was zu C führt.* War das eine Auswirkung des Schocks? Oder hatte er schwerere Verletzungen als eine blutende Zunge? Schnell fuhr er sich mit der Hand übers Gesicht, konnte aber keine Splitter in der Haut spüren, nur jede Menge Staub.

Der Tisch bewegte sich und Bex' Kopf tauchte auf. Ihre Augen waren groß und ihre Pupillen erweitert, aber Kieron glaubte, dass das eher am Schock als etwa an einer Gehirnerschütterung lag. Zumindest hoffte er es.

»Wir müssen hier raus«, sagte sie. Wegen des Klingelns in seinen Ohren drang ihre Stimme nur gedämpft zu ihm durch.

»Wir müssen helfen!«, entgegnete er.

»Das war mein Auto. Jemand versucht mich umzubringen! Und das heißt, dass ich für jeden hier eine Gefahr darstelle. Wir müssen hier weg!«

»Wir sind voll Staub, und das heißt, dass Sie niemand erkennen wird, der Sie sucht«, widersprach Kieron, »zumindest nicht sofort. Und wenn wir weglaufen, macht uns das automatisch verdächtig. Wenn wir hierbleiben und helfen, zumindest ein paar Minuten, fallen wir nicht so auf.«

»Du hast recht.« Bex nickte. »Die Leute, die laufen

können und offensichtlich nicht ernsthaft verletzt sind, bringen wir raus. Wahrscheinlich hat schon jemand den Notruf gewählt.« Sie spähte nach oben. »Ich weiß nicht, ob das Gebäude vielleicht einsturzgefährdet ist. Diese Decke könnte jeden Moment runterkommen. Hilf du den Leuten hier – ich sehe nach, ob vielleicht jemand auf den Toiletten festsitzt.«

Bex ging und Kieron lief zu dem Tisch zwischen ihm und dem Tresen. Dort standen gerade zwei Männer Anfang zwanzig auf und klopften sich den Staub ab.

»Was zum Teufel war das?«, schrie der eine.

»Gasleck?«, vermutete der andere.

Der Erste schüttelte den Kopf. »Bombenanschlag.«

»In Newcastle?«

Kieron drängte sie sanft zur Tür. »Bringt euch in Sicherheit«, sagte er. »Und nehmt alle mit, die so aussehen, als könnten sie sich auf den Beinen halten.«

Sie nickten. Unter normalen Umständen hätten sie ihm vielleicht widersprochen und ihn gefragt, für wen er sich eigentlich hielt, doch nun befolgten sie seine Anweisungen einfach. Vielleicht reagierten Menschen in solchen Situationen einfach so, dachte Kieron. Vielleicht wollten sie einfach nur, dass man ihnen sagte, was sie tun sollten.

Während die Männer einer Mutter und ihren beiden Kindern am nächsten Tisch halfen, ging Kieron zum Tresen. Der stand noch, aber die Explosion hatte ihn aus der Verankerung im Boden gerissen und verschoben. Aus einer kaputten Leitung der verzierten Kaffeemaschine zischte Rauch in Schwaden durch den Raum. Dann sah er die rothaarige Barista unter dem Teil der Theke hocken, auf den die fertigen Kaffees zur Abholung gestellt wurden. Sie hatte sich zusammengekauert und schützte den Kopf mit den Armen. Kieron kniete sich neben sie und legte ihr vorsichtig den Arm um die Schultern, während er nachschaute, ob sie irgendwelche Verletzungen hatte.

»Schon gut«, beruhigte er sie. »Ich glaube, du bist nicht verletzt. Kannst du aufstehen?«

»Was ist denn passiert?«, fragte sie zitternd und richtete sich vorsichtig auf.

»Ich weiß nicht«, erwiderte er.

»Ich habe dieser Maschine nie getraut«, erklärte sie. »Ich habe dem Manager gesagt: *Kauf nicht secondhand. Das ist am falschen Platz gespart.* Aber er hat ja nicht auf mich gehört.«

»Ich glaube kaum, dass es die Kaffeemaschine war, obwohl ich die an deiner Stelle jetzt nicht mehr benutzen würde. Ich glaube, ihre Zeit ist abgelaufen.« Er brachte sie zur Tür. Sie ging etwas zusammengekrümmt und humpelte.

Bex hatte die Toiletten überprüft und ging jetzt neben ihm und der Barista. Sie stützte einen alten Mann mit Gehstock und nickte Kieron leicht zu, als er zu ihr hinübersah.

Die Sanitäter trafen bereits ein. Vielleicht waren sie schon in der Nähe gewesen. Sie richteten vor dem Café einen Bereich ein, in dem die Leute rasch der Schwere ihrer Verletzungen entsprechend eingeteilt und behandelt wurden. Mehrere Polizeibeamte kamen auf das Café zugelaufen.

Bex zog Kieron an der Schulter und raunte ihm zu: »Zeit zu gehen.«

Er wandte sich an die rothaarige Barista. »Das wird

schon wieder«, erklärte er zuversichtlich. »Am besten gehst du da rüber und lässt dich untersuchen.«

»Kieron«, sagte sie verwundert. »Du warst schon heute Morgen hier. Zwei Latte. Und dieses Mal war es eine heiße Schokolade mit allem Drum und Dran.«

»Und dein Name ist Beth.« Er lächelte. »Vielleicht sehen wir uns mal wieder – in einem anderen Café.«

»Vielleicht!« Sie lächelte zögernd.

Bex zog ihn weiter. »Um Teenagerhormone kümmern wir uns später«, knurrte sie. »Jetzt müssen wir hier weg!«

Auf der Straße herrschte Chaos. Verwundete, Ersthelfer und verwirrte Passanten irrten herum. Kieron sah sich um, während Bex ihn durch die Menge zog. Ihr Auto – das Zentrum der Explosion – war kein Auto mehr. Es war eigentlich gar nichts mehr, nur noch eine abstrakte verdrehte Skulptur auf vier geschmolzenen Gummisäulen, die einmal Reifen gewesen waren.

»Ist das … Hat das etwas mit der Gefahrenmeldungsmail zu tun, von der ich Ihnen erzählt habe?«, fragte er atemlos, während er versuchte, mit Bex Schritt zu halten. Irgendwoher konnte er Sirenen hören. Eine Menge Sirenen. »War das eine Bombe oder nur schlechte Wartung?«

»Das scheinen mir zu viele Zufälle zu sein, um ein Zufall zu sein«, rief sie über die Schulter hinweg. »Ich muss lesen, was in der Nachricht steht. Und nein, Autos explodieren nicht einfach so, weil man sie nicht ordentlich gewartet hat. Sie explodieren, weil irgendjemand sich an ihnen zu schaffen gemacht hat.«

»Wo wollen wir hin?«

»In die Wohnung. Wer immer die Bombe an meinem

Auto gelegt hat, weiß, wo die Wohnung ist, und könnte versuchen, Bradley etwas anzutun. Ich muss ihn warnen.«

»Handy?«, fragte Kieron.

Bex hielt die Hand mit ihrem Handy hoch. »Es mag dir vielleicht seltsam erscheinen, aber ich habe schon daran gedacht. Ich versuche, zu ihm durchzukommen, aber das Netz ist zusammengebrochen. Ich bekomme kein Signal.«

»Das Netz ist zusammengebrochen? Meinen Sie, jemand stört es?« Kieron konnte es kaum fassen. Die Lage war wirklich ernst.

Bex schüttelte den Kopf. »Wahrscheinlich versuchen einfach zu viele Leute anzurufen, sodass das Netzwerk überlastet ist. Das gibt sich wieder, aber für den Moment haben wir keine Möglichkeit zu kommunizieren. So etwas passiert immer, wenn in einem Stadtzentrum eine Bombe hochgeht – das Netz ist für eine durchschnittliche Anzahl von Anrufen zur jeweiligen Tageszeit ausgelegt plus einem ausreichenden Puffer. Aber das reicht nicht aus, wenn alle gleichzeitig telefonieren wollen.«

»Das passiert immer an Silvester«, bemerkte Kieron. »Genauer gesagt, kurz nach Mitternacht am Neujahrstag. Da habe ich von einer Party aus versucht, meine Mum anzurufen, um ihr ein gutes neues Jahr zu wünschen, bin aber erst nach zwanzig Minuten durchgekommen.«

»Du warst auf Silvesterpartys?«

»He, ich werde durchaus zu Partys eingeladen. Gelegentlich.«

Bex hielt sich erneut das Handy ans Ohr, ließ es aber

gleich darauf wieder sinken und fluchte leise. »Immer noch nichts. Ich mache mir Sorgen.«

»Ich sage es ja nur ungern, aber bis zur Wohnung laufen wir bestimmt eine halbe Stunde. Zwanzig Minuten, wenn wir rennen. Vielleicht sollten wir ein Taxi nehmen.«

»Darauf werden wir wohl weit länger als zwanzig Minuten warten müssen.«

»Haben Sie eine bessere Idee?«, fragte Kieron.

»Allerdings«, erwiderte sie und bog plötzlich in eine Nebenstraße ab. Kieron stoppte abrupt und folgte ihr.

»Das ist aber keine Abkürzung!«, rief er.

Bex blieb neben einem geparkten Auto stehen, sah sich verstohlen um, drehte dem Auto dann den Rücken zu und fuhr abrupt einen Ellbogen nach hinten aus. Das Fenster auf der Fahrerseite splitterte. Kieron machte sich darauf gefasst, dass ein Alarm losplärren würde, doch nichts geschah. Bex griff ins Wageninnere und entriegelte die Tür.

»Wir brauchen es ja nur für ein paar Minuten«, erklärte sie halb entschuldigend, als sie die Tür aufmachte und einstieg, nachdem sie so viele Glasscherben wie möglich vom Sitz gefegt hatte. Sie sprach etwas lauter, damit Kieron sie noch hören konnte, als er widerwillig auf die Beifahrerseite ging. »Wir stellen es in der Nähe der Wohnung ab und ich lasse etwas Geld im Handschuhfach, okay?« Sie lehnte sich hinüber und machte ihm die Tür auf.

»Wahrscheinlich schon«, meinte er, als er einstieg. »Aber wir sollten doch die Guten sein, oder?«

»Wir sind die Guten«, sagte sie. »Ich werde mit dir jetzt nicht über die Relativität von Moral diskutieren, aber ich finde, ein Auto zu leihen, ist besser, als einen Freund sterben zu lassen, oder?«

»Schon.«

Bex tastete unter dem Armaturenbrett herum und riss unter dem Schloss für den Zündschlüssel zwei Kabel heraus.

»Warum nennt man das Handschuhfach eigentlich so?«, fragte Kieron. »Ich meine, wer tut da schon Handschuhe rein? Normalerweise sind da ein paar Taschentücher drin, etwas Geld, CDs, und wenn man Glück hat, ein paar Bonbons, die man schon vergessen hatte.«

Bex hielt die Drähte aneinander. Plötzlich blitzte ein bläulicher Funke zwischen den beiden Metallenden auf und mit einem rauen Dröhnen sprang der Motor an.

»Ein Tipp für das Stehlen von Autos«, erklärte Bex und ließ die Drähte los. »Die modernen Autos haben Motor-Managementsysteme, Alarmanlagen und ferngesteuerte Zündschlüssel mit Knopf, sodass der Wagen nicht anspringt, wenn der Schlüssel nicht im Schloss steckt. Man sollte also ältere Modelle stehlen. Das ist viel, viel einfacher.«

»Ich habe schon in gestohlenen Autos gesessen«, knurrte Kieron. »Ich weiß, wie das geht.«

Bex fuhr los. »Und ich wette, du kannst nicht ein einziges lateinisches Verb konjugieren. Ich mache mir ernsthaft Sorgen um die Jugend von heute.«

»Lateinische Konjugation würden mir nicht das Leben retten«, maulte Kieron. »Oder Sam und mich von einer Neujahrsfeier nach Hause bringen, wenn die Busse nicht mehr fahren.«

»Auch wieder wahr.«

Sicher steuerte sie das Fahrzeug durch die Straßen

von Newcastle, nicht so schnell, dass sie geblitzt wurden, aber in einem Tempo, dass die roten Ampeln vor ihnen immer gerade grün wurden, wenn sie an die Kreuzung kamen. Zwei Polizeiautos, ein Krankenwagen und ein Feuerwehrauto kamen ihnen mit blitzenden Blaulichtern und heulenden Sirenen entgegen, wahrscheinlich auf dem Weg zum Café und dem Wrack von Bex' Auto.

Bex kurbelte am Lenkrad und ließ den gestohlenen Wagen quer über die Straße in eine Parklücke driften, die kaum größer als das Auto war.

»Los, komm«, forderte sie ihn auf, als sie ausstieg.

»Sie haben doch gesagt, Sie wollten Geld im Handschuhfach lassen?«

»Zuerst müssen wir Bradley da rausholen – und danach brauchen wir das Auto vielleicht noch.«

Sie rannte voraus und Kieron folgte ihr, so schnell er konnte. Er musste sich eingestehen, dass seine mangelnde Kondition, die ihm an Schulsporttagen und bei Geländeläufen schon ziemlich zu schaffen machte, ihn tatsächlich behinderte. Er musste wirklich besser in Form kommen.

An der Ecke blieb Bex stehen. Offenbar sah sie sich nach möglichen Gefahren oder Beobachtern um.

»Ich kann nichts entdecken«, meinte sie, als Kieron sie erreichte.

Er sah an dem Wohnhaus hinauf, in dem Bex und Bradley wohnten – zumindest noch. Er zählte die Stockwerke Fenster für Fenster, bis er die richtige Wohnung fand.

»Ich auch nicht«, sagte er vorsichtig.

Bex hielt das Handy an ihr Ohr. »Immer noch kein

Signal«, murrte sie und folgte seinem Blick. »Wir werden es eben riskieren müssen hinaufzu …«

Plötzlich schien es Kieron, als lege sich ein dunkler Schatten auf das Gebäude. Bevor er sich auch nur fragen konnte, was das war, flog das Fenster, das sie anstarrten, mit einem Krachen nach außen. Wie gierige Zungen leckten orange und gelbe Flammen hervor und hinterließen schwarze Rußspuren auf den Ziegelsteinen. Als die Glasscherben wie gefrorene Regentropfen auf dem Gehweg aufschlugen, flüsterte Bex neben ihm: »O nein!« Ihr Gesicht wurde vom Widerschein der Flammen erhellt.

Irgendetwas schrie im Dunkeln. Vielleicht eine Katze, vielleicht auch jemand im Gebäude – aber so einen Schrei hatte Kieron noch nie von einer Katze gehört. Es klang überhaupt nicht wie irgendetwas Lebendiges.

Er glaubte, ein Zischen aus der Wohnung zu hören. Die Flammen verschwanden und wurden von jeder Menge Rauch abgelöst, der durch den glaslosen Fensterrahmen ins Freie drang.

»Wenigstens ist die Sprinkleranlage angegangen«, stieß Bex hervor. »Das ist schon mal was. Aber wenn Bradley von der Druckwelle erfasst wurde …«

»Wurde ich nicht«, erklang eine Stimme hinter ihnen.

Sie wirbelten herum. Da stand Bradley. Und Sam. Beide sahen ziemlich geschockt und blass um die Nase aus.

»Warum bist du nicht in der Wohnung?«, fragte Bex. Sie klang fast wütend.

»Hätte ich dort sein sollen?«

»Ich habe geglaubt, du bist es!«, schrie Bex.

Bradley sah zu den rauchenden Trümmern der Wohnung hinauf. »Glücklicherweise war ich's nicht.«

»Ich habe Bradley gefragt, ob ich vorbeikommen kann«, erklärte Sam entschuldigend. »Ich war bei Kieron und wollte noch nicht nach Hause.« Er sah Kieron an. »Deine Mum wurde … Na ja, sie hat Selbstgespräche geführt und angefangen zu lallen, daher dachte ich, es sei Zeit zu gehen. Davon habe ich zu Hause schon genug.«

»Als er kam, hat er gefragt, ob wir etwas zu essen oder zu trinken haben«, fuhr Bradley fort. »Aber da unser Kühlschrank offensichtlich nichts enthält, was dem Geschmack von Teenagern genehm ist, sind wir zum Laden an der Ecke gegangen, um uns ein paar Chicken Nuggets und irgendetwas mit viel Kohlensäure und Zucker zu holen.« Er wedelte mit der Hand zur Wohnung hoch. »Wir kommen zurück und dann das.«

»Haben Sie vielleicht das Gas angelassen?«, überlegte Sam.

»Das war keine Gasexplosion«, widersprach Bex. »Vor ein paar Minuten ist mein Auto in die Luft geflogen.«

Bradley zuckte zusammen, aber er nickte. »Ich habe die Sirenen gehört. Ihr wisst schon, wie das ist: Man hört Sirenen und denkt als Erstes: Hoffentlich ist es niemand, den man kennt. Dieses Mal schon.« Er sah hinüber zum Wohnhaus, aus dem jetzt Menschen auf die Straße liefen, die ziemlich geschockt aussahen. »Wenigstens hat sich durch die Sprinkleranlage das Feuer nicht ausgebreitet. Hoffentlich ist niemand verletzt. Geht es dir gut?«

»Ich war bei Kieron im Café. Es ist eine Menge

kaputtgegangen, aber ich glaube, niemand wurde getötet oder ernsthaft verletzt. Nur ein paar Kratzer und Schrammen und wahrscheinlich eine Menge Leute unter Schock.«

Bradley starrte Bex an. »Hat es jemand auf uns abgesehen?«

»Ich glaube, eine Menge Leute haben es auf uns abgesehen. Die Frage ist nur, wie haben sie uns gefunden?« Für einen Moment schloss sie die Augen und holte tief Luft. »Gut. Wir sind alle unverletzt und in Sicherheit. Wir müssen hier weg, uns irgendwo hinsetzen und Informationen austauschen. Und dann müssen wir beschließen, was wir als Nächstes tun.«

»Etwa zehn Minuten von hier ist ein Burgerladen«, schlug Kieron vor. »Da könnten wir hingehen.«

Schweigend machten sie sich auf den Weg, jeder hing seinen Gedanken nach. Zum zweiten Mal an diesem Tag hörte Kieron hinter sich Sirenen.

Der »Burgerladen« war mehr als nur ein »Laden«, er war fast schon ein Restaurant. Sie setzten sich und steckten ihre Nasen in die Speisekarte.

»Glauben Sie …«, begann Kieron, doch Bex hielt warnend die Hand hoch.

»Erst wenn wir bestellt haben«, sagte sie. »Ich will nicht, dass uns jemand belauscht.«

»Ich glaube, ich hab gar keinen Hunger«, stellte Kieron fest. »Nicht nach dem …« Er zuckte die Achseln.

Bradley schlug ihm auf die Schulter. »Bei diesem Job lautet das oberste Gebot, immer dann zu essen, wenn man Gelegenheit dazu hat«, meinte er. »Manchmal weiß man nicht, wo oder wann man wieder etwas bekommt. Es ist wichtig, dass man bei Kräften bleibt.«

»Ich kann mich nicht entscheiden«, beschwerte sich Sam. »Mag ich Blauschimmelkäse?«

»Nein, glaub mir«, antwortete Kieron. »Nimm den Pulled Pork Burger mit Jack-Daniels-Soße. Den hat Mum mir mal gekauft. Der ist super.«

Nachdem sie ihre Bestellung aufgegeben hatten und ihre Getränke vor ihnen standen, beugte sich Bex vor und sah sie der Reihe nach an. »Ich spreche das Offensichtliche ja ungern aus, aber irgendjemand versucht, uns umzubringen. Zumindest versuchen sie, Bradley und mich umzubringen. Ich schätze, ihr beide seid nicht in Gefahr.«

Plötzlich hatte Kieron das Gefühl, als greife eine eiskalte Hand nach seinem Herzen. Ihm war noch nicht einmal in den Sinn gekommen, dass er oder Sam ins Visier geraten könnten. Bex und Bradley hatten sicher schon jede Menge Missionen durchgeführt, bei denen sie sich wahrscheinlich einige Feinde gemacht hatten. Und jetzt versuchten sie auch noch, einen Verräter beim MI6 zu enttarnen – was sie in höchste Gefahr brachte. Sam und er hatten zweimal mit ihnen zusammengearbeitet. Vielleicht standen sie ja ebenfalls auf der Abschussliste. Und das bedeutete …

Er zog sein Handy aus der Tasche und sah, dass Sam das Gleiche tat. Gleichzeitig wählten sie die Nummern ihrer Mütter und starrten einander an. Kieron bemerkte die Besorgnis in Sams Gesicht und vermutete, dass er genauso aussah.

Bei Kierons Mutter klingelte und klingelte es. Er spürte, wie das Herz in seiner Brust hämmerte wie ein Tier im Käfig, das gegen die Gitterstäbe springt, um herauszukommen.

»Los, mach schon«, murmelte er.

»Ja, ich bin es«, hörte er Sam sagen. »Nein, nichts ist los. Ich wollte nur wissen, ob alles in Ordnung ist … Wieso? Kann ich mir nicht einfach mal Sorgen machen, wenn ich es will …?«

Bei Kierons Mutter klingelte es immer noch. Gleich würde die Mailbox anspringen, was ihn völlig wahnsinnig machen würde. In seinem Kopf sah er das von Feuer verwüstete Wohnzimmer vor sich, Putz, der von der Decke bröckelte, die Kunststoffbilderrahmen, die schmolzen und an der Wand hinuntertropften.

»Also, ich lege jetzt auf«, erklärte Sam. »Nein, nichts ist los. Ciao. Ja, tschüss!«

»H-hallo?«, hörte Kieron die Stimme seiner Mutter. Gott sei Dank.

»Ich bin es, Mum.«

»Kieron?«

»Ja, Mum.« Er merkte, wie vorsichtig sie sprach und wie sorgfältig sie jedes einzelne Wort artikulierte. Zu viel Gin. »Ich wollte nur sagen, in der Stadt hat es ein Unglück gegeben, aber mir geht es gut.«

»Das … Das ist schön, dass du dich meldest«, sagte sie. »Danke. Du bist sehr rücksichtsvoll. Du bist der rücksichtsvollste Mensch, den ich kenne.«

»Okay, Mum. Ich muss los.«

»Nicht wie dein Vater. Er war der am wenigsten rücksichtsvolle Mensch, den ich je getroffen habe.«

»Ich hab dich lieb, Mum.«

»Ich habe dir online Essen bestellt – und Geschirrspültabs und Klopapier. Du sollst alles haben, was du brauchst, solange ich weg bin. Und ich habe dir eine Blu-Ray gekauft, die gerade erschienen ist. Ein Horrorfilm. Du magst doch Horrorfilme, oder? Ich bin mir sicher, dass du gesagt hast, du magst Horrorfilme.«

»Mum ...«

»Und morgen früh, bevor ich gehe, bringe ich dir eine Tasse Tee, damit wir uns verabschieden können.«

»Mum, ich muss ... Tschüss!«

Er legte auf, bevor sie noch etwas sagen konnte. Plötzlich stellte er sich vor, wie sie weiter ins Telefon sprach, ohne zu merken, dass er nicht mehr zuhörte. Der Schmerz, den er dabei verspürte, war ein völlig anderer als der, den er gespürt hatte, während er sich vorgestellt hatte, sie würde eine Explosion abbekommen, die eigentlich für ihn bestimmt war. Es war ein viel älterer Schmerz. Viel vertrauter.

»Es geht ihr gut«, sagte er und sah Bex entschuldigend an. »Tut mir leid, aber ich musste nachfragen. Glauben Sie, dass sie in der Wohnung sicher ist?«

Bex nickte. »Ich glaube, die Anschläge sollten gleichzeitig erfolgen oder zumindest so gleichzeitig wie möglich. Wenn bei ihr und Sams Eltern bis jetzt nichts passiert ist, wird wohl auch nichts passieren.«

»Geht es ihnen gut?«, fragte Bradley Sam.

»So weit würde ich nicht gehen, das zu sagen«, antwortete Sam stirnrunzelnd. »Aber zumindest ist nichts Unerwartetes geschehen.«

Bex machte den Mund auf, um irgendetwas zu sagen, doch Bradley unterbrach sie: »Du hast gesagt, dein Auto ist explodiert?«

Sie nickte.

»Aber ich weiß doch, wie vorsichtig du bist. Du kontrollierst es immer auf verdächtige Dinge.«

»Das stimmt«, antwortete Bex. »Wie also haben sie

es angestellt … wer auch immer sie sind … an mir vorbeizukommen? Und wenn ich schon darüber nachdenke, warum ist die Bombe nicht hochgegangen, als ich den Wagen angelassen habe? Normalerweise würde man doch einen Berührungsschalter anbringen, damit die Vibrationen des Motors die Bombe auslösen. Aber das war hier nicht der Fall.«

»Vielleicht ein Zeitzünder?«, vermutete Bradley.

»Möglich, aber woher wussten sie, wie sie ihn einstellen sollen? Ich hatte mich ja erst kurz davor entschieden, ins Café zu Kieron zu fahren. Wahrscheinlich hätten sie den Zeitzünder so einstellen können, dass die Bombe hochgeht, während der Wagen in der Nähe der Wohnung steht, aber wozu sollte das gut sein?«

Kieron beobachtete, wie sich die beiden die Bälle zuspielten, wie eine Katze, die ein Pingpong-Spiel verfolgt.

»Vielleicht haben sie die Bombe gelegt, während du im Café warst«, überlegte Bradley. »Vielleicht ist sie nur unbeabsichtigt losgegangen, während sie sie angebracht haben, selbst verschuldet sozusagen.«

Bex schüttelte den Kopf. »Dazu waren zu viele Leute da. Man hätte sie bemerkt. Und außerdem«, fügte sie hinzu und schüttelte sich, »habe ich mich nach möglichen menschlichen Überresten umgesehen, als ich am Wagen vorbeigegangen bin. Aber da waren keine.«

»Und dann ist da noch die Wohnung«, grübelte Bradley weiter.

»Genau. Wie haben sie die gefunden? Wir haben doch unsere Spuren so sorgfältig verwischt.«

»Und wie um alles in der Welt sind sie an unseren Sicherheitsmaßnahmen vorbei reingekommen und konnten die Bombe legen?«

»Das ist unmöglich.«

»Also«, schlussfolgerte Bradley, »haben wir zwei Unmöglichkeiten: ein Auto, in dem man keine Bombe legen konnte, und eine Wohnung, die unauffindbar und nicht zu infiltrieren war. Was machen wir jetzt damit?«

»Die Gefahrenmeldung?«, schlug Kieron vor.

»Gefahrenmeldung?« Bradley runzelte die Stirn. »Weiß ich davon? Sollte ich davon wissen?«

Kieron machte schon den Mund auf, doch Bex kam ihm zuvor.

»Kieron hat mir davon erzählt, kurz bevor wir uns getroffen haben. Offensichtlich haben wir eine E-Mail von der Gefahrenabteilung bekommen. Ich dachte, es sei nur eine Standard-Mail mit *Passt auf euch auf da draußen, die Welt ist gefährlich.* Aber diese Meinung muss ich wohl revidieren.«

Bradley streckte die Hand aus. »Könnte ich bitte die Brille bekommen, Kieron? Du hast sie doch mitgebracht, oder?«

Widerwillig holte Kieron die Brille aus seinem Rucksack und reichte sie über den Tisch.

Bradley setzte sie auf und berührte den Knopf an der Seite. Dann begann er mit den Händen in der Luft vor ihm präzise kleine Bewegungen zu machen wie ein Mann, der ein klassisches Musikstück dirigiert, das nur er allein hören kann.

»Also – geheimes E-Mail-Konto … Da sind ein paar allgemeine Mails an alle Agenten … Oh, Mrs Gibbons von der Verwaltung geht in Pension – sie veranstalten eine Sammlung … Keine neuen Missionen für uns … Ah, da ist es, ganz oben: *Gefahrenmeldung – Falcon Team,* von der Gefahrenabteilung.« Er hielt eine Weile inne, dann sagte er: »Oh. Oh, das ist nicht gut. Nein, das ist schlimm.«

»Und das heißt?«, fragte Bex düster.

»Schlimm wie: Die Gefahrenabteilung hat einige E-Mails von einem Server im Darknet abgefangen. Die Kriminellen und Terroristen, die diesen Server benutzen, wissen nicht, dass er gehackt wurde – zumindest noch nicht. Aber der MI6 bekommt jetzt alles mit, was darüber läuft. Sie haben eine Nachricht entdeckt, in der unsere Namen erwähnt werden, und haben uns deshalb gewarnt.«

»Wie aufmerksam von ihnen. Was ist das für eine Nachricht? Von wem und an wen?«

»Schwer zu sagen. Sender und Empfänger benutzen offensichtlich beide Decknamen. ›Von‹ ist jemand, der sich *Taskmaster* nennt …«

»Klingt wie ein Superschurke aus einem Comic«, stellte Sam fest.

»… und der Empfänger nennt sich *Asrael.*«

»Diese Namen sagen mir gar nichts«, meinte Bex kopfschüttelnd.

»Mir auch nicht.« Bradley bewegte wieder seine Hände. »Ich suche mal nach dem Taskmaster. Hm, dazu gibt es keine weiteren Hinweise. Dann versuchen wir es mal mit Asrael … Oh, das ist *wirklich* nicht gut.«

»Bradley!«, fuhr Bex auf. »Du bringst mich noch ins Grab!«

»Keine gute Wortwahl«, fand Sam.

»Tut mir leid.« Bex zuckte zusammen.

Bradley setzte die Brille ab und legte sie vor sich auf den Tisch. So ernst hatte Kieron ihn noch nie erlebt.

»Für Asrael gibt es mehrere Einträge. Er oder sie

ist ein Auftragskiller. Offensichtlich ganz neu in der Branche. Behauptet, jedes Ziel überall auf der Welt töten zu können, egal, wie gut es geschützt ist.«

»Das ist eine recht kühne Behauptung.«

»Allerdings, und das ist beunruhigend. Dieser Asrael muss ziemlich selbstsicher sein. Aber das fällt auf einen zurück, sobald man das erste Mal versagt.« Er runzelte die Stirn. »Und das bedeutet, da er jetzt versagt *hat*, wird er wohl versuchen, seinen Fehler zu korrigieren.«

Bex trommelte mit den Fingern auf dem Tisch. »Na gut – dann gehen wir als Arbeitshypothese mal davon aus, dass der neue Killer angeheuert wurde, um uns umzubringen. Daher müssen wir uns auf drei Dinge konzentrieren: Asrael auf irgendeine Art und Weise unschädlich zu machen; herauszufinden, wie er es geschafft hat, trotz unserer strikten Sicherheitsvorkehrungen eine Bombe in der Wohnung und im Auto zu platzieren; und herauszufinden, wer ihn angeheuert hat, damit wir die Auftraggeber zur Strecke bringen können.«

»Ich würde noch zwei weitere Dinge hinzufügen«, meinte Bradley ernst.

»Schieß los.«

»Zuerst und am allerwichtigsten, am Leben bleiben.«

Um Bex' Mundwinkel spielte ein leises Lächeln. »Das habe ich mal vorausgesetzt.«

»Und zweitens müssen wir irgendjemandem beim MI6 Bescheid geben, dass Asrael uns schon gefunden hat.« Er hob die Hand, um Bex' reflexartigem Protest zuvorzukommen. »Wir wissen, dass es einen Verräter in der Organisation gibt, und offensichtlich ist es dieser Verräter, der Asrael angeheuert hat, aber wir dürfen uns nicht verdächtig machen. Wir müssen genau das tun, was wir tun würden, wenn wir nichts von dem Verräter wüssten, und das ist in diesem Fall, es unseren Vorgesetzten zu melden. Außerdem haben wir weder die Zeit noch die Ressourcen, um dein Auto oder die Wohnung forensisch untersuchen zu lassen. Der MI6 schon.« Er lächelte. »Ironischerweise muss der Verräter beim MI6 genau das Gleiche machen wie wir – er muss so tun, als wüsste er von nichts. Das heißt, sie werden sofort ein Forensikteam herschicken.«

»Bis dahin müssen wir weg sein«, erklärte Bex und dachte einen Moment nach. »Gibt es noch mehr über Asrael? Irgendetwas, was uns hilft, ihn aufzuspüren?«

»Ein paar E-Mails lassen vermuten, dass Asrael eine Demonstration für potenzielle Auftraggeber veranstalten wird. Anscheinend in Venedig.«

»Ich hoffe, dein Pass war nicht in der Wohnung.«

Bradley schüttelte den Kopf. »Nein. Na, wenigstens nicht alle.«

Kieron hatte das Gefühl, als tue sich ein Abgrund vor ihm auf. Er hatte ja gewusst, dass Bex und Bradley Newcastle verlassen würden, aber er hatte gehofft, dass er noch ein paar Tage mit ihnen verbringen konnte. Er wollte wenigstens mit ihnen zusammen sein, auch wenn er nicht mehr für sie arbeiten konnte. Jetzt sah es aus, als würden sie innerhalb der nächsten Stunden verschwinden.

»Asrael weiß wahrscheinlich, wie wir aussehen«, überlegte Bradley. »Ganz bestimmt sogar, sonst hätte er uns nicht finden können und versucht, uns zu töten. Sicher würde er uns erkennen, wenn wir bei dieser Demonstration auftauchen.«

Bex überlegte einen Moment. »Wir können uns die Haare färben und unser Aussehen mit Make-up etwas verändern. Sie werden nicht erwarten, dass wir dort auftauchen, und es muss Zehntausende von Menschen geben, die uns ähneln, sodass man uns nicht erkennen wird.«

»Wir kommen mit euch«, stieß Kieron zu seiner eigenen Überraschung hervor.

»Auf keinen Fall«, widersprach Bex bestimmt.

»Aber wir müssen.« Kieron überlegte fieberhaft und fischte aus seinen wirren Gedankengängen ein paar überzeugende Argumente heraus. »Wir sind für Asrael vielleicht keine Ziele, aber wir haben eine Verbindung zu euch. Wenn der Verräter beim MI6 Asrael angeheuert hat, um euch zu töten, und ihr verschwindet, dann wird einer von ihnen hinter uns her sein, weil sie annehmen, dass wir wissen, wo ihr seid. Man könnte uns foltern. Wir sind nur in Sicherheit, wenn wir mit euch kommen.«

Bex sah Bradley an, der mit den Schultern zuckte und sagte: »Wo er recht hat, hat er recht.«

Seufzend nickte Bex. »Na gut. Sieht so aus, als wären wir wieder ein Team. Wir fahren alle zusammen nach Venedig.«

Nach einer kurzen Pause erkundigte sich Sam zögernd: »Wo genau liegt eigentlich Venedig?«

Kapitel 4

»Venedig ist eine Stadt in Italien«, erklärte Bradley. »Sehr alt, sehr berühmt. Viele Hundert Jahre lang war sie ein wichtiger Handelshafen am Mittelmeer, hauptsächlich wegen ihrer günstigen geografischen Lage. Sie lag genau zwischen den politischen Machtzentren in Westeuropa und den großen Imperien im Osten. Dort wurden die wichtigsten Geschäfte getätigt und über fünfhundert Jahre lang war sie ein großes Finanzzentrum. Heute ist die Stadt mehr eine historische Kuriosität und ein Urlaubsziel für Kunststudenten und verliebte Pärchen, weil sie so schön ist und es dort so viele Kunstwerke gibt. Die ganze Stadt ist eigentlich auf einhundertachtzehn einzelnen kleinen Inseln erbaut, die durch vierhundert Brücken miteinander verbunden sind. Es ist eine unglaubliche Architektur.«

»Vielen Dank, Bradleypedia«, murmelte Bex.

Er betrachtete die erstaunten Gesichter um sich herum und tippte auf die AR-Brille. »Was ist? Glaubt ihr, ich muss mir solche Informationen immer mit dem Ding da besorgen? Manche Sachen weiß ich in der Tat selbst.«

»Warst du schon mal dort?«, fragte Bex. »Ortskenntnisse könnten von Vorteil sein.«

»Vor einigen Jahren«, gab Bradley lächelnd zu, während er sich offensichtlich an glückliche Zeiten erinnerte. »Das war, bevor ich aufs College ging, lange bevor ich dich getroffen habe. Ich hatte an der Schule an einem Schreibwettbewerb teilgenommen, der von einer großen Bank ausgeschrieben worden war, und die Verfasser der fünfzig besten Aufsätze wurden auf eine zweiwöchige Busreise durch Europa geschickt, komplett mit Reiseleitung und all-inclusive. Glaubt es oder nicht, ich war einer der fünfzig Gewinner. So habe ich mit neunundvierzig anderen Teenagern Paris, München, Brüssel, Genf, den Vierwaldstätter See und Venedig gesehen. Wir sind in den besten Hotels abgestiegen, haben französischen Wein und deutsches Bier kennengelernt, haben uns verliebt und hatten die beste Zeit unseres Lebens. Unglaublich«, meinte er und schüttelte den Kopf. »Was haben die sich nur dabei gedacht, fünfzig hormongesteuerte Teenager quer durch Europa zu schicken? Völliger Wahnsinn!«

»Klingt ganz nach einem Albtraum«, meinte Kieron und sah Sam an. »Es sei denn, die anderen Kids waren Emos oder Greebs. Dann hätte es möglicherweise Spaß gemacht.«

»Ja, nur dass wir alle immer in unseren Hotelzimmern gehockt hätten, sodass es völlig sinnlos gewesen wäre, uns durch Europa zu schicken«, meinte Sam und sah Bradley an. »Worüber haben Sie denn geschrieben?«, fragte er neugierig.

Bradley runzelte die Stirn. »Soweit ich mich erinnern kann, ging es darum, dass die weltweite Vernetzung von Computern dazu führt, dass alle Geheimnisse aufgedeckt werden und jeder immer Zugang zu jeglicher Art von Information hat.« Mit leisem Lächeln schüttelte er den Kopf. »Wie naiv ich damals doch gewesen bin!«

»Stimmt«, erklärte Bex und schlug entschlossen mit der Hand auf den Tisch. »Aber so nett das hier auch ist, wir haben etwas zu erledigen. Bradley, du buchst die Hotels und planst unsere Reise, da du den Ort schon kennst.« Plötzlich kam ihr ein Gedanke und sie runzelte die Stirn. »Kieron und Sam – wir müssen uns eine Geschichte ausdenken, die ihr euren Familien erzählen könnt. Und die muss überzeugend sein. Ich glaube nicht, dass sie glauben werden, dass ihr bei einem Wettbewerb eine All-inclusive-Studienreise mit Reiseleitung gewonnen habt – nicht nach der Sache in Albuquerque. So etwas funktioniert nur einmal.«

»Ehrlich gesagt brauchen wir dieses Mal gar keine«, meinte Kieron. »Meine Mutter ist die nächsten Tage nicht da, weil sie eine Fortbildung besucht. Deshalb wäre ich sowieso allein zu Haus. Wir müssen also nur Sams Eltern fragen, ob er solange bei mir bleiben kann, damit ich nicht so allein bin. Dann denken sie sicher, dass wir die ganze Zeit in meinem Zimmer hocken und Computerspiele spielen.«

»Das ist brillant!«, rief Sam. »He, weißt du was? Wir nehmen eines von deinen Postern von der Wand und hängen es im Hotel auf. Dann können sie es hinter uns sehen, wenn wir mit ihnen skypen, und denken, wir wären in deinem Zimmer.«

»Gute Idee«, stimmte Bex beeindruckt zu. Doch dann bemerkte sie, dass Kieron sich über die Aussicht auf eine weitere Geheimmission gar nicht so zu freuen schien, wie sie es erwartet hätte, sondern stattdessen die Stirn runzelte.

Auch Bradley hatte es offensichtlich bemerkt und fragte: »Kieron, ist alles in Ordnung?«

»Ja, schon«, antwortete Kieron, ohne die anderen anzusehen.

»Seine Mutter wurde gefeuert«, erzählte Sam geradeheraus. »Er hat es heute erst erfahren. Dafür macht sie ja die Weiterbildung – damit sie einen neuen Job findet.«

»Vielen Dank auch, Kumpel«, knurrte Kieron, ohne den Blick zu heben. »So kann man das auch aller Welt mitteilen.«

Bradley legte ihm eine Hand auf den Arm. »Tut mir wirklich leid, Kieron. Ich hatte ja keine Ahnung.«

Kieron zuckte mit den Achseln, als mache ihm das nichts aus. Er zog seinen Arm aber nicht weg. »Das wird bestimmt wieder«, sagte er. »Sie ist ziemlich fähig. Sie findet bestimmt einen anderen Job. Das hat sie zumindest gesagt. Das Leben ist hart und man bekommt nichts geschenkt. Das hat sie auch gesagt.«

»Ich werde mich im Internet mal umsehen – damit«, versprach Bradley und setzte die Brille wieder auf. »Ich kann auf eine Menge Jobseiten zugreifen, die jeweils nur für Mitglieder zugänglich sind, und kann auch Jobangebote finden, die noch nicht online gestellt wurden, sondern intern auf den Webseiten der Firmen darauf warten, publiziert zu werden. Ich sage Bescheid, wenn ich etwas finde.« Dann kam ihm plötzlich ein Gedanke, und er fügte hinzu: »Wenn du mir ihren Lebenslauf besorgen kannst, kann ich ihn direkt für sie einreichen. Es wäre doch eine schöne Überraschung, wenn sie einen Job angeboten bekommt, für den sie sich nicht einmal beworben hat.«

»Ja«, antwortete Kieron, »sie wird glauben, sie hätte den Lebenslauf eingereicht, als sie betrunken war.« Seufzend fuhr er sich mit der Hand durch die schwarzen Haare. »Tut mir leid – das war ein stressiger Tag. Herauszufinden, dass meine Mutter arbeitslos geworden ist, eine Bombe in einem Café und daran zu denken …« Er sah Bex kurz an. »… Sie wissen schon …«

Sie nickte. »Das Gespräch heben wir uns für ein anderes Mal auf, denke ich. Die Lage hat sich geändert.«

»Können Sie die Reise nach Venedig denn bezahlen?«, erkundigte sich Sam.

Bex warf ihm ein kurzes Lächeln zu, um ihm lautlos für den Themawechsel zu danken.

»Man hat uns sowohl für die Mission in Mumbai als auch für die in Albuquerque bezahlt«, erklärte Bradley. »Und wegen der unerwartet hohen Gefahrenstufe sogar mit Gefahrenzulage. Das heißt, dass wir im Augenblick ziemlich flüssig sind. Deshalb müssen wir uns darum keine Sorgen machen.« Bex bemerkte, dass Bradley irgendwo in die Tiefe des Restaurants blickte, während er sprach, und mit den Fingern kleine Gesten in die Luft zeichnete. Er benutzte die AR-Brille. »Also – wohin wollt ihr? Wenn ihr mich nach einem Hotel fragt, würde ich das Danieli empfehlen – es liegt im Zentrum, quasi um die Ecke vom Markusplatz und fast direkt an der Haltestelle für die Vaporetti, die Wasserbusse, sodass es eine gute Ausgangsbasis ist. Berühmtheiten wie Harrison Ford und Steven Spielberg sind dort abgestiegen.« Er grinste schief. »Übrigens haben auch wir damals bei unserer Europatour dort gewohnt. Ich kann mich daran erinnern, dass wir eines der antiken Tischchen zerstört haben, als wir dort in der Lobby herumalberten. Das waren glückliche Tage …«

»Moment mal«, unterbrach Sam ihn, »Wasserbusse?«

Bradley nickte. »Ja, wenn man nicht zu Fuß geht, sind Boote das normale Verkehrsmittel in Venedig. Ich habe doch von den Inseln erzählt – nun, sie liegen in einem Gewirr von Kanälen, einigen ganz schmalen und einigen ziemlich breiten. Straßen gibt es eigentlich gar nicht. Die meisten Gebäude grenzen an einen Kanal und die Einheimischen fahren mit den Wasserbussen. Man nennt sie Vaporetti.« Er richtete den Blick wieder auf sie anstatt in den unbestimmten Datenraum der Brille. »Ihr solltet diese Reise wirklich genießen, Jungs«, riet er und sah von Kieron zu Sam. »Möglicherweise gibt es Venedig nicht mehr sehr lange.«

Bex wusste, was er damit meinte, doch ihren Gesichtern nach zu urteilen, kam die beiläufige Bemerkung für die beiden Jungen wie ein Donnerschlag.

»Wieso?«, fragte Kieron verblüfft. »Was soll denn damit passieren?«

»Die Stadt versinkt langsam«, erklärte Bradley. »Der Boden unter den Gebäuden besteht zum größten Teil aus Sand und Schlamm und die Gebäude stehen auf dicht nebeneinander eingehauenen Holzpfählen – meist Baumstämme. Das Gewicht der Häuser drückt diese Stämme immer weiter in den Schlamm, und dass durch die globale Erwärmung der Meeresspiegel steigt, macht die Sache auch nicht besser.« Lächelnd beruhigte er die Jungen: »Keine Sorge, Venedig wird nicht versinken, während wir dort sind.«

Sam und Kieron tauschten ungläubige Blicke.

»Wir brauchen noch eine Tarnung«, fuhr Bradley fort. »In Albuquerque war Kieron ein technisches Wunderkind, wie ich mich erinnere, und du seine persönliche Assistentin. Geht das immer noch oder brauchen wir etwas anderes? Unsere eigenen Namen können wir aus offensichtlichen Gründen ja nicht verwenden.«

»Vielleicht sollten wir uns als Familie tarnen«, überlegte Bex nachdenklich. »Aber dafür müssten wir uns falsche Identitäten verschaffen und uns Pässe und so besorgen.«

»Eine Familie?« Bradley sah erst die Jungen und dann Bex an. »Wenn das unsere Söhne sein sollen, müssten wir etwa mit zehn Kinder bekommen haben. Das ist echt krass.«

Bex nickte. Das stimmte wohl. »Vielleicht sind es Pflegekinder. Oder wir sind die älteren Geschwister – unsere Eltern sind tot und wir sind für sie verantwortlich. Das ist doch eine gute Tarnung. Du kannst uns doch schnell die erforderlichen Papiere besorgen, oder?«

Bradley nickte. »Bis morgen. Fotos habe ich von den beiden ja noch von den Papieren für Albuquerque. Die Angaben kann ich auch für die Reisebuchungen benutzen. Soll ich?«

»Mach«, forderte Bex ihn auf.

Sam hob aufgeregt die Hand. »Oooh! Oooh! Kann ich mir meinen Namen selbst aussuchen? Kann es etwas aus einem Spiel sein? Dutch oder Rocky oder so was? Irgendwas, was nach einem Computerspielhelden klingt?«

»Nein«, antwortete Bex, noch bevor Bradley etwas sagen konnte, »auf keinen Fall. Wir sind undercover.

Keine Namen, die irgendwie Aufmerksamkeit erregen, klar? Wir brauchen einfache, schlichte, völlig normale Namen. Namen, die total unauffällig sind. Haben wir uns verstanden?«

»Ich glaube schon.« Sam ließ sich wieder zurücksinken. »Aber nicht Dwayne, ja? Oder Brian.« Er überlegte einen Moment. »Oder Kevin. Oder …«

»Ja, schon klar. Bradley, such Namen aus, die diese beiden sensiblen Pflänzchen laut aussprechen können, ohne rot zu werden, ja?«

»Alles klar. Überlass das mir.« Er zuckte ein wenig verlegen mit den Schultern. »Mein zweiter Vorname ist Bernhard. Ist so eine Familiensache. Ich weiß, wie wichtig Namen sind.«

»Und ihr beide«, wandte sich Bex ernst an Kieron und Sam. »Ihr braucht nicht zu glauben, dass das hier eine Art Undercoverabenteuer wird. Ihr kommt nur mit, damit ihr in Sicherheit seid. Ihr werdet nicht an unserer Mission teilnehmen, klar? Ihr bleibt dieses Mal außen vor. Haben wir uns verstanden?«

Kieron und Sam starrten sie an. Sie hielten ihre Köpfe so starr geradeaus gerichtet, dass sie das Gefühl hatte, sie hätten sich liebend gern angesehen, wagten es aber nicht.

»Wir sehen zu, wie Sie einen internationalen Profikiller jagen, der vor einem Publikum möglicher Auftraggeber seine Fähigkeiten demonstriert?«, fasste Kieron zusammen. »Das kriegen wir hin, nicht wahr, Sam?«

»Das kriegen wir hin«, nickte Sam eifrig.

»Gut«, sagte Bex und sah auf die Uhr. »Es wird spät und wir haben einiges zu erledigen. Kieron, deine Mutter reist morgen ganz früh ab zu ihrer Weiterbildung?«

»Soweit ich weiß.«

»Dann pack deine Sachen, wenn sie weg ist, und wir holen dich mittags ab. Sam – kannst du die Sache mit deinen Eltern klären und bis morgen Mittag bei Kieron sein?«

»Ja, kein Problem.«

»Gut. Nur wenig Gepäck, aber ihr könnt davon ausgehen, dass es kalt und nass ist. Wir bringen die Pässe und Tickets und so mit.« Sie sah die beiden fest an. »Packt Zahnbürsten ein und vergesst die Unterwäsche nicht. Ich weiß doch, wie ihr Jungs seid. Und jetzt geht nach Hause, ich muss noch mit Bradley reden.«

Nachdem die beiden Jungen – sich aufgeregt unterhaltend – gegangen waren, schüttelte Bex seufzend den Kopf. »Das läuft doch alles ganz falsch. Hast du auch manchmal das Gefühl, dass dein Leben in einer Spur verläuft und dass du immer weiterrast, ohne die Richtung ändern zu können? Dass, egal was du machst, alles immer auf dasselbe Resultat hinausläuft?«

»Nee«, grinste Bradley, »bei mir ist es umgekehrt. Ich habe das Gefühl, am Rand zu sitzen und zuzusehen, wie so was anderen Leuten passiert.« Er legte ihr die Hand auf den Arm wie zuvor Kieron. »Das wird schon. Sie kennen das Risiko. Wir bringen sie aus der Gefahrenzone, wir machen diesen Asrael ausfindig und beseitigen die Gefahr, die uns droht. Und dann werden sich die Wege von uns und den Jungen trennen.«

»Jaaaa«, erwiderte Bex gedehnt und wand sich innerlich. »Der Teil mit ›beseitigen die Gefahr‹, wenn wir diesen Asrael erst mal aufgespürt haben, darüber haben wir noch nicht so richtig nachgedacht, nicht wahr? Das könnte der schwierige Teil werden.«

»Nun, wenn man bedenkt, dass wir vor einer halben Stunde noch nie etwas von Asrael gehört hatten und nicht die Absicht hatten, morgen nach Venedig zu reisen, würde ich sagen, dass wir einen großen Teil des Plans schon recht schnell auf die Beine gestellt haben. Um die Details kümmern wir uns später.« Er nahm die Brille ab und steckte sie in die Tasche. »Jetzt muss ich mich um die Pässe kümmern und unsere Reise buchen, und du musst einen offenen Supermarkt finden, damit du uns ein paar Klamotten, Toilettenartikel und so kaufen kannst. Da wir nicht in die Wohnung können, müssen wir uns ein Hotel in der Nähe suchen und das als Basis nutzen. Ist das in Ordnung?«

»Vollkommen.« Bex lehnte sich zurück und seufzte tief. »Aber könnte ich vielleicht – nur vielleicht – erst noch ein Dessert bekommen?«

Sie buchten zwei Zimmer in einem Hotel, das auf Geschäftsreisende spezialisiert war, die für gewöhnlich ein oder zwei Nächte in der Stadt verbrachten. Nachdem Bex alles Notwendige eingekauft hatte, nahm sie vor dem Schlafengehen eine entspannende Dusche. Beim Duschen fand sie kleine Glas- und Metallsplitter im Haar, die noch von den Explosionen stammten. Das Wasser, das in den Abfluss strömte, war schmutziger als erwartet, und es dauerte etwas, bis sie begriff, dass sie sich gerade den Staub und Ruß der Explosionen abgewaschen hatte. Bei dem Gedanken daran, dass sie an diesem Tag dem Tod möglicherweise zweimal nur knapp entronnen war und dass sie Kieron in Gefahr gebracht hatte, krampfte sich ihr der Magen zusammen.

Rigoros unterdrückte sie das Gefühl. Darin war sie mittlerweile ziemlich gut.

Im Bett sah sie sich auf ihrem Tablet die Nachrichten an. Beide Explosionen wurden erwähnt, aber man schien nicht sicher, ob es sich um Terroranschläge oder Unfälle handelte. Zum Glück war niemand getötet oder auch nur ernsthaft verletzt worden. Das war wenigstens eine gute Nachricht und half ihr, schneller einzuschlafen.

Der nächste Tag verging wie im Flug. Beim Frühstück tauschte sie sich mit Bradley aus, und sie fragten sich gegenseitig, ob sie wegen der Mission Bedenken hatten. Da es nicht so war, verbrachten sie danach ein paar Stunden damit, ihre Haare umzufärben und anders zu frisieren und außerdem durch Make-up und Gummipolster in den Wangen ihre Gesichter zu verändern. Nachdem Bex mit ihrem Aussehen zufrieden war, mietete sie ein Auto, mit dem sie von Newcastle nach Manchester fahren würden. Dann holten sie Sam und Kieron ab. Die Jungen zappelten vor Aufregung, und Bex musste sich zwingen, nicht zu Bradley zu sehen, denn sonst hätten sie beide laut gelacht.

Die Jungen hatten jeweils einen kleinen Rucksack für ihre Sachen, Bex und Bradley nur Handgepäck. So würden sie bei ihrer Ankunft nicht lange am Gepäckband auf ihre Gepäckstücke warten müssen. Das sparte Zeit, und Bex war sowieso immer dafür, nur das absolut Notwendigste mitzunehmen und das, was man sonst noch brauchte, am Zielort zu kaufen.

Während Bex fuhr, reichte Bradley den Jungen ihre Pässe.

»Kieron, du bist Ryan Drewe, okay? Merk dir den Namen. Wiederhole ihn so oft, bis er dir völlig vertraut ist. Sam, du bist Craig, Craig Drewe. Mach dasselbe. Und von jetzt an redet ihr euch beide mit den falschen

Namen an, auch wenn ihr glaubt, dass euch keiner hören kann.«

»Und was ist mit Ihnen?«, fragte Kieron. »Wie sollen wir Sie nennen?« Er runzelte die Stirn. »Übrigens, Sie sehen anders aus. Ich meine, ich weiß, dass Sie es sind, aber dann auch wieder nicht, wenn Sie wissen, was ich meine.«

»Danke. Aber euch das jetzt zu sagen, würde euch nur verwirren. Zu viele Namen würden euch im Kopf herumschwirren. Ich sage es euch später. Aber da wir eure großen Geschwister sind, solltet ihr uns ab jetzt duzen!«

Die Jungs machten plötzlich große Augen, antworteten aber: »Oh, ja, okay, geht klar!«

»Wie lauten denn unsere Namen?«, flüsterte Bex, während die Jungen hinten übten, sich gegenseitig mit ihren neuen Namen anzusprechen.

»Ich bin Tom und du bist Chloe.«

»Tom und Chloe Drewe. Okay.«

In der Stunde, die sie in der Abflughalle verbrachten, gab Bradley den Jungen eine schwarz-weiße Karte von Venedig, die er ausgedruckt hatte.

»Prägt sie euch ein«, sagte er streng. »Jeder gute Agent macht sich mit dem Ort vertraut, wohin er fährt. Prägt euch die Grundform von Venedig ein und die wichtigsten Kanäle, Brücken und Wege. Unser Hotel habe ich eingezeichnet, daran könnt ihr euch orientieren.«

»Das war gut«, lobte Bex leise, als er sich wieder zu ihr umdrehte. »Hast du auch Buntstifte für sie, damit sie sie anmalen können?«

»Sei nicht albern«, erwiderte er. »Für dich habe ich auch eine.«

Sie hoben gegen Mittag pünktlich ab, und es schien ihnen, als wären sie kaum in der Luft, als sie auch schon in Brüssel zwischenlandeten. Sie hatten nur wenig Zeit zum Umsteigen, aber sie schafften es gut zu ihrem zweiten Flieger. Und wieder blieb nur wenig Zeit, irgendetwas zu tun, bevor sie schon am Flughafen Venedig Marco Polo landeten.

»Sind wir jetzt wirklich in Venedig?«, wollte Kieron wissen, als sie am späten Nachmittag aus dem Terminal kamen und die warme italienische Luft schnupperten. Der Himmel war bewölkt und es war warm, aber nicht unangenehm. Die Umgebung sah nicht sehr bemerkenswert aus. Eher so wie die an so ziemlich jedem mittelgroßen Flughafen: Straßen, Parkplätze und Taxen, die kamen und abfuhren.

»Wir sind hier etwa 8 Kilometer von der Stadt entfernt«, erklärte Bradley und sah sich um. »Wir könnten einen Bus nehmen, tun wir aber nicht.«

»Taxi«, sagte Kieron wissend zu Sam.

»Hatte ich nicht erwähnt, dass Venedig auf hundertachtzehn Inseln errichtet wurde, verbunden durch Brücken über die Kanäle?«, fragte Bradley. »Es gibt keine Straßen. Und das heißt, dass wir kein Taxi nehmen. Wenn wir mit dem Bus fahren würden, müssten wir am Busbahnhof aussteigen und ein Wassertaxi zum Markusplatz nehmen. Aber glücklicherweise gibt es eine viel bessere und schönere Art, dorthin zu kommen. Kommt mit!«

Er führte sie über einen überdachten Betonweg vorbei an gestressten Touristen mit Koffern und Reisetaschen. Nach ein paar Minuten erreichten sie ein Freigelände, das aussah wie ein künstlicher kleiner

Hafen. Auf dem grauen Wasser schaukelten ein paar Schiffe, die Passagiere ein- oder aussteigen ließen. Es waren breite Boote mit flachen Dächern und schwarzen Rümpfen und einem glashausähnlichen Aufbau auf dem hinteren Deck, in dem Stuhlreihen standen. Durch die großen Fenster konnte man gut nach draußen sehen. Der vordere Teil des Schiffes bestand aus einem offenen Deck, das nur von einer Plane überdacht wurde. Von dort aus hatte man sogar einen noch besseren Blick.

»Wir nehmen ein Vaporetto«, erklärte Bradley.

»Hatten Sie nicht gesagt, die Boote hießen Vaporetti?«, fragte Sam stirnrunzelnd.

»Schön zu sehen, dass du tatsächlich zuhörst«, meinte Bradley. »Vaporetto ist der Singular, im Plural heißt es Vaporetti. Das ist italienisch.«

»Aha.«

Sie bekamen vier Plätze vorn auf dem offenen Deck. Die Jungen standen auf und stellten sich ganz vorn an den Bug des Schiffes. Bei der Abfahrt war das Boot bis auf den letzten Platz besetzt.

Zügig tuckerte das kleine Schiff aus dem Hafen und über die etwas unruhigere offene Lagune, wie es das wahrscheinlich schon tausendmal zuvor getan hatte und noch tausendmal mehr tun würde. Die fast schon gelangweilte Haltung der Crew stand im krassen Gegensatz zur Aufregung der Touristen. In gerader Linie fuhren sie durch die Lagune auf eine dunkle Anhäufung von Gebäuden zu, die sich am Horizont vor ihnen erstreckte und durch einen langen Damm mit dem italienischen Festland verbunden war. Bex spürte, wie auch sie immer aufgeregter wurde, während sie näher kamen.

Sie stellte fest, dass das, was zuerst wie eine einheitliche Masse gewirkt hatte, in Wirklichkeit von Durchlässen durchbrochen war, durch die jede Menge Boote fuhren. Das mussten die berühmten Kanäle sein.

Das Vaporetto, auf dem sie sich befanden, steuerte die größte dieser Öffnungen an. Eben noch waren sie auf der großen Lagune, dann verschluckte sie ganz plötzlich die Stadt. Bex sah sich mit kindlichem Erstaunen um und wunderte sich, wie die Gebäude geradezu aus dem Wasser auftauchten und die Wellen gegen die alten Mauern oder die Wege schwappten, die daran entlangführten. Keine zwei Gebäude sahen gleich aus, auch wenn sie im Grunde alle gleich angelegt waren: Sie waren alt und etwa drei oder vier Stockwerke hoch, hatten hohe Fenster mit hölzernen Läden, und die meisten verfügten über Balkone, auf denen die Bewohner bei Sonnenuntergang ein Glas Prosecco genießen konnten. Alle paar Hundert Meter zweigte ein kleinerer Kanal vom großen nach rechts oder links ab und über das Wasser spannten sich Fußgängerbrücken.

Es gab keine Autos, keine Mopeds, keine Fahrräder. Es war irgendwie magisch – wie ein Zauberland, in dem ganz eigene Regeln galten.

Außerdem gab es Gondeln – lange schwarze Boote mit hochgezogenem Bug, die vom Heck aus von Männern mit langen Rudern gesteuert wurden, die sie geschickt durchs Wasser zogen und die Boote so durch die Kanäle schoben. »Wriggen«, nannte man das, daran erinnerte Bex sich noch aus ihren Tagen in Cambridge. In den Gondeln saßen jeweils ein paar Touristen, die sich an ihren Kameras festhielten und wahrscheinlich absurde Summen für das Privileg bezahlten, diese historischen Fahrzeuge zur Fortbewegung nutzen zu dürfen. Die meisten wirkten ein wenig verlegen.

Auf den Brücken und in den Gassen drängten sich weitere Touristen. Man erkannte sie leicht, weil sie sich ebenso staunend umsahen wie Bex. Einige von ihnen hielten Kameras in ihren Händen, während die, die wohl technisch etwas weiter waren, ihren gesamten Aufenthalt auf den Tablets aufzeichneten, die sie vor sich hochhielten, damit die Linse genau das aufnahm, was sie hätten sehen können, wenn sie sich nicht die Tablets vor die Nase gehalten hätten. Die Einheimischen – die weit in der Minderzahl schienen – schoben sich zwischen den Touristen hindurch wie Haie durch einen Schwarm Beutefische. Sie griffen nicht an, suchten sich aber möglicherweise schon ihr nächstes Opfer aus.

»Das ist … der Wahnsinn«, fand Kieron und sah Bex an. »Danke, dass wir mitkommen durften.«

»He, das war deine Idee. Aber denk daran, dass wir geschäftlich hier sind.«

»Das ist echt absolut *üi*.«

»Üi?«

Kieron grinste spitzbübisch. »Überirdisch.«

Das Vaporetto folgte dem Hauptkanal – dessen S-förmigen Verlauf die Jungen mit dem Finger auf der Karte nachfuhren –, bis sie wieder offenes Wasser erreichten. Vor ihnen sah Bex mehrere flache Inseln, die nicht mit dem Hauptteil von Venedig verbunden waren und die schon eher nach natürlichen Inseln aussahen und nicht so dicht bebaut waren. Doch anstatt eine davon anzusteuern, zog das Vaporetto eine Schleife und fuhr wieder auf die Stadt zu. Wenig später legte es an einem der vielen kleinen Anleger an, die von einem langen, geraden Kai abgingen, der die Grenze eines großen, quadratischen Platzes bildete, umgeben von Bogengängen und Lokalen, vor denen Tische und Stühle standen. Das war also der berühmte Markusplatz.

»Das Hotel ist gleich dort drüben«, erklärte Bradley. »Es ist nicht weit.«

Auf dem Kai tummelten sich einige Einheimische, die den Touristen, die das Boot über eine kurze Gangway zum Ufer verließen, anboten, ihr Gepäck zu nehmen. Falls man überhaupt von »Ufer« sprechen konnte. Bradley winkte die Männer beiläufig, aber bestimmt fort und führte sie über das Pflaster zu einem besonders schön verzierten Gebäude. Uniformierte Portiers hielten ihnen die Glastüren auf, durch die sie eine kühle und beeindruckend große Lobby betraten, die mit Marmor gefliest und mit Holzpaneelen verkleidet war.

Bradley drehte sich zu den Jungen um und verlangte: »Denkt an eure Namen. Wie heißt du?«

»Ryan«, erwiderte Kieron. »Ryan Drewe.«

»Und du?«

»Craig Drewe.«

»Und wir sind …?«

»Tom und Chloe.«

»Sehr gut. Dann beziehen wir mal unsere Zimmer.«

Auch wenn die Jungen schon einmal in einem modernen amerikanischen Hotel eingecheckt hatten, als sie vor ein paar Wochen in Albuquerque gewesen waren, so waren sie wohl noch nie in einem so beeindruckenden und altehrwürdigen europäischen Hotel gewesen wie diesem. Die ganze Pracht, die Uniformen und die Förmlichkeit schien sie ein wenig einzuschüchtern. Auch als sie ihre Zimmer erreichten, waren sie völlig fassungslos.

»Diese Möbel«, fragte Sam staunend, »sind die echt antik?«

»Wahrscheinlich nicht«, antwortete Bex. »Das meiste stammt wohl eher aus einer Massenproduktion, die antik wirken soll. Aber genießt das Ambiente hier trotzdem und macht nichts kaputt.« Bedeutungsvoll sah sie Bradley an. »Vor allem keine Tische.«

»Wahrscheinlich können wir alle eine Dusche vertragen«, schlug Bradley vor. »Ich auf jeden Fall. Ich fühle mich nach Flugreisen immer so dreckig. Und wir brauchen auf jeden Fall alle etwas zu essen. Ich schlage vor, dass wir uns in einer Stunde in der Lobby treffen und bei einem guten italienischen Essen besprechen, was wir als Nächstes tun.«

Die Erfahrung hatte Bex gelehrt, möglichst wenig von ihrem Gepäck in die verschiedenen Schubladen und Schränke des Hotelzimmers zu räumen, für den Fall, dass sie ganz schnell abreisen musste. Daher stellte sie nur ihren Waschbeutel ins Bad, duschte kurz und zog sich eine weniger zerknitterte Bluse an als die, die sie vorher anhatte. Dann setzte sie sich aufs Bett und zappte sich durch die Fernsehkanäle. Es war eine ihrer heimlichen Leidenschaften – sich ausländische Fernsehkanäle anzusehen, um den Klang der fremden Sprache zu hören und die Körpersprache der Menschen zu beobachten, wenn sie miteinander redeten. Von früheren Besuchen des Landes wusste sie, dass Italiener, egal was sie sagten, immer den Eindruck machten, als sei es das Wichtigste auf der Welt. Wenn sie diskutierten, ob sie einen Kaffee trinken sollten oder nicht, konnte es den Anschein erwecken, als würde es gleich eine Messerstecherei geben. Kurz vor den Jungen kam sie in die

Lobby. Bradley stand bereits vor dem Eingang eines der drei Lokale und besorgte ihnen einen Tisch.

»Nun«, meinte Bex leise, als der Kellner mit ihren Bestellungen verschwunden war, »lasst uns mal rekapitulieren. Irgendwo in dieser seltsamen Stadt bereitet gerade ein neuer Auftragskiller mit dem Codenamen Asrael eine Demonstration seiner oder ihrer Fähigkeiten vor. Man hat uns bereits gewarnt, dass wir auf der Abschussliste stehen. Also müssen wir herausfinden, wer es ist und wer ihn angeheuert hat, und ihn davon abbringen, seinen Auftrag auszuführen.«

»Ganz einfach«, fand Bradley und sah auf die Uhr. »Wenn wir das bis morgen Mittag erledigt haben, können wir die nächsten Tage als Touristen genießen.«

»Krieg ich ein Bier?«, fragte Sam.

»Nein. Und du darfst nicht mal reden oder irgendwelche Vorschläge machen, weil Bradley und ich diese Mission durchführen und nicht ihr. Ihr seid Beobachter und solltet dankbar sein, dass ihr überhaupt mit uns an einem Tisch sitzen dürft, während wir besprechen, was wir tun.«

»Verstanden«, erwiderte Sam zögernd. »Vielleicht ein kleines Glas Wein?«

»Auch nicht.«

»Also«, warf Kieron ernst ein, »ich habe über all das nachgedacht. Darf ich etwas sagen? Bitte!«

»Na gut, schieß los«, seufzte Bex.

»Diesen Asrael könnt ihr auf vier verschiedene Weisen finden«, begann Kieron und zupfte nervös an der weißen Damasttischdecke. »Die erste ist, einfach so nach ihm zu suchen, aber da ihr nicht wisst, wie er aussieht, wird das wahrscheinlich schwierig werden. Die zweite ist, während der Demonstration nach ihm zu suchen, aber Venedig ist eine verwirrende Stadt. Daher wird das wahrscheinlich auch nicht funktionieren. Die dritte wäre, so zu tun, als seid ihr potenzielle Auftraggeber, die nach einem Profikiller suchen und irgendwie zu einer Einladung bei dieser Demonstration gekommen sind. Das wäre schon eher möglich, aber dazu müsstet ihr euch wem auch immer als Leute vorstellen, die möglicherweise einen Auftragskiller brauchen, und dann herausfinden, wie ihr an so eine Einladung kommt. Möglich, aber schwierig.« Er hielt inne, um seine Gedanken zu sammeln. »Die vierte Möglichkeit ist, dass ihr nicht nach Asrael sucht, sondern nach seinen potenziellen Kunden, die hier in Venedig sind, und ihnen folgt, bis ihr herausfindet, wo die Demonstration stattfinden soll.«

Bradley nickte anerkennend. »Das klingt wirklich clever.«

»Das hat er aus einem Videospiel«, warf Sam herablassend ein. »Es heißt Alphamind. Aber er ist echt nicht gut darin.«

»Das spielt keine Rolle.« Bradley hielt die Faust hoch und Kieron stieß grinsend mit der seinen dagegen. »Hauptsache, es funktioniert.«

Bex lächelte und freute sich, dass sie sich so locker unterhielten. Mögliche Beobachter an anderen Tischen mussten sie für eine richtige Familie halten, die sich unterhielt, Witze machte und sich auf ihre Ferien freute. Doch dann erstarrte ihr Lächeln, als ihr wieder einfiel, warum sie eigentlich hier waren. Weil sie und Bradley ihr Leben retten mussten.

Während Bradley und Kieron überlegten, wie Kierons Plan tatsächlich funktionieren könnte, gelegentlich unterbrochen von einer sarkastischen Bemerkung von Sam, ließ Bex den Blick durchs Restaurant schweifen. An den ungefähr vierzig Tischen saßen etwa hundert Leute. Da dies eines der vier besten Hotels Venedigs war, handelte es sich mit hoher Wahrscheinlichkeit bei irgendjemandem im Restaurant um einen Kunden von Asrael, der sich von den Fähigkeiten des neuen Profikillers überzeugen wollte. Doch sosehr sie sich auch bemühte, sie hatte keine Ahnung, wer es sein könnte. Hier sahen alle so normal aus.

Je länger sie allerdings darüber nachdachte, desto mehr war sie davon überzeugt, dass irgendjemand in diesem Restaurant dazu bereit war, Geld zu bezahlen, um jemanden umbringen zu lassen.

Auf einmal hatte sie keinen Appetit mehr.

Kapitel 5

Als Kieron am nächsten Morgen aufwachte, wusste er zuerst nicht, wo er war. Er lag im weichsten Bett, in dem er je gelegen hatte, starrte eine stuckverzierte Decke an und dachte: *Bin ich tot? Ist das der Himmel? Mein Zimmer ist das jedenfalls nicht.*

In der Mitte der Decke hing ein kleiner Kronleuchter. Ein richtiger Kronleuchter.

Doch dann hörte er Sam schnarchen, und es fiel ihm wieder ein: Sie waren in Venedig.

Er stand auf und tappte barfuß über den dicken Teppich zum Fenster. Die Sonne war bereits aufgegangen und vom Fenster aus konnte er den großen gepflasterten Platz zwischen dem Hotel und der Lagune überblicken. Auf dem unruhigen Wasser schaukelten Vaporetti und Gondeln. Gestern, als sie angekommen waren, hatte das Wasser ganz grau ausgesehen, aber jetzt in der Morgensonne schimmerte es in sanftem Grün. Die Touristen, die vorübergingen, schienen alle zu lächeln. Er hörte fröhliche Stimmen und irgendwo erklang eine Arie. Zumindest hielt er es für eine Arie. Mit Musik aus der Zeit vor Marilyn Manson kannte er sich nicht sonderlich gut aus. Ein paar Augenblicke lang war er einfach nur froh, mit Freunden zusammen in einer aufregenden fremden Stadt zu sein, und seine Welt war in Ordnung.

Doch dann fiel ihm wieder ein, dass seine Mutter ihren Job verloren hatte und dass er nur hier war, um seine Freunde davor zu bewahren, von einem Auftragskiller getötet zu werden. Sofort verschlechterte sich seine Laune.

»Wassis?«, murmelte Sam vom anderen Bett aus.

»Nichts. Ich sehe nur raus.«

»Na gut.« Sam drehte sich um und schnarchte weiter.

Als Kieron geduscht und sich angezogen hatte, ging er nach unten, um zu frühstücken. In einer Ecke des Restaurants entdeckte er Bex.

»An der Wand, in der Nähe eines Ausgangs«, stellte er fest, als er sich neben sie setzte. »Gute Wahl.«

»Gut gemerkt«, lächelte sie. »Hast du gut geschlafen?«

»Wie ein Stein. Wo ist Bradley?«, erkundigte er sich.

»Weiß ich nicht. Ich habe ihn noch nicht gesehen.« Sie runzelte die Stirn. »Es ist schon komisch, aber wir gehen nur selten zusammen auf Missionen. Normalerweise bin ich allein, gelegentlich undercover, und meist ist meine Lage eher ungemütlich, während er irgendwo anders sitzt, Kaffee trinkt und an einem Croissant mümmelt und mich über das AR-System unterstützt. Ich habe keine Ahnung, was er normalerweise so treibt.«

»Vielleicht ist er joggen gegangen«, vermutete Kieron. »Er sieht aus, als würde er sich recht fit halten.«

»Schon möglich. Aber wenn, dann möchte ich ihn doch lieber nicht in seiner Lauf-Tight sehen.«

»Und wie sieht der Plan für heute aus?«, erkundigte sich Kieron.

»Der Plan«, antwortete Bex scharf, »besteht darin, dass du dir mit Sam die Sehenswürdigkeiten ansiehst, während Bradley und ich arbeiten.«

»Und mit ›arbeiten‹ meinst du, dass ihr versuchen wollt, den zu identifizieren, der …«, er sah sich vorsichtig um, »… der hier diese Demonstrationssache am Laufen hat.«

»Ganz genau.«

»Und wie genau wollt ihr das anstellen?«

Bex winkte einen vorbeigehenden Kellner heran. »Könnten wir bitte noch einen Orangensaft bekommen?«

»Si, Signorina«, sagte der Kellner mit einer Verbeugung.

»Ich mag keinen Orangensaft«, protestierte Kieron. »Ich hätte lieber was mit Kohlensäure.«

»Orangensaft ist gut für dich. Er enthält Vitamine. Softdrinks mit Kohlensäure nicht. Glaub mir – ich bin auf dieser Reise für dich nicht nur das, was einer großen Schwester am nächsten kommt, ich bin *tatsächlich* deine große Schwester.« Sie sah sich um. »Und wir machen das, indem ich mit der AR-Brille herumlaufe und so vielen Leuten wie möglich ins Gesicht sehe, ohne total bekloppt zu wirken, während Bradley an seinem Ende eine Gesichtserkennungssoftware aufruft. Er lässt die Gesichter durch alle möglichen geheimen Datenbanken für bekannte Verbrecher und Terroristen laufen und prüft, ob es Übereinstimmungen gibt.«

Der Kellner brachte Kieron seinen Saft.

»Es würde wahrscheinlich helfen, wenn Sam und ich auch herumlaufen und mit den Handys jede Menge Fotos von Menschen und Gruppen in Straßencafés machen und sie euch ab und zu mailen«, meinte er und nahm einen Schluck. »Dann könnte Bradley die ebenfalls überprüfen. So kriegt ihr dreimal so viele.« Plötzlich bemerkte er den Geschmack des Orangensaftes, der gleichzeitig süß und sauer war, und leckte sich über die Lippen. »Oh, das ist gut. Das ist echt gut!«

»Ist das üi?«

Er sah sie missbilligend an. »Lass das. Erwachsene sollten keine Jugendsprache verwenden. Das ist peinlich.«

Er sah auf und bemerkte, dass Bex ihn anstarrte. Nach einer Weile sagte sie leise: »Diese ganze Sache wäre so viel einfacher, wenn ihr beide dumm wärt. Dann könnten wir einfach gehen, ohne es zu bereuen. Das Dumme ist nur, ihr seid nicht dumm. Ihr seid schlau, alle beide. Und ich weiß, dass uns das fehlen wird, wenn wir euch wegschicken.«

»Aber ihr wollt uns trotzdem wegschicken«, entgegnete er leise. »Das müsst ihr, nicht wahr?«

»Wenn einem von euch etwas passieren sollte …« Sie brach ab und sah weg. »Das könnte ich mir nie verzeihen. Und Bradley sich auch nicht.«

»Vielleicht könnte ich beim MI6 anfangen«, schlug er vorsichtig vor. »Vielleicht könnten wir dann weiter zusammenarbeiten.«

»So einfach ist das nicht. Zuerst mal musst du dort angenommen werden. Und allgemein gilt, dass die, die unbedingt dazugehören wollen, besser nicht angenommen werden. Und selbst wenn sie dich nehmen, musst du eine Ausbildung machen. Eine endlose Ausbildung. Was auch nicht garantiert, dass du ein Agent wirst. Es ist wahrscheinlicher, dass sie dich als Analysten anstellen, der sich die Berichte der Geheimdienste ansieht, oder für Aufgaben im Verwaltungs- oder IT-Bereich. Und auch wenn man dich als Agenten akzeptiert, müsstest du noch weitere Kurse machen, so wie Waffentraining, Selbstverteidigung, Überlebenstraining, Undercoverausbildung, defensives und aggressives Autofahren … Bis du das alles durchhast, bin ich längst pensioniert.«

»Und du hast das alles gemacht?«, fragte Kieron beeindruckt.

Bex schüttelte den Kopf und antwortete achselzuckend: »Nein, Bradley und ich haben das AR-System entwickelt, deshalb hat uns der MI6 angeworben. Na ja, wir haben schon einen Teil der Ausbildung mitgemacht, das gehörte zu den Vertragsbedingungen. Aber im Grunde sind wir freiberuflich für sie tätig. Keine Krankenversicherung, keine Betriebsrente.«

Kieron nahm einen weiteren Schluck Orangensaft und sagte strahlend, als wäre ihm das gerade erst eingefallen: »In diesem Fall kannst du und Bradley Sam und mich doch einfach einstellen – auf eure Rechnung.«

»Ja, träum weiter.«

Kurz darauf gesellte sich Bradley zu ihnen und dann auch Sam. Das kontinentale Frühstück bestand hauptsächlich aus jeder Menge Schinken, Wurst und Käse, die man auf oder in fünfzehn verschiedene Sorten Brot, Brioche oder Croissant packen konnte. Sam kam stolz mit einem Turm aus Fleisch und Käse in einem Bagel an den Tisch zurück.

»Das kriegst du doch nie in den Mund«, prophezeite Bradley. Er aß Müsli mit Joghurt und Blaubeeren.

»Wollen wir wetten?«, grinste Sam.

»Er kann seinen Kiefer aushängen wie eine Anakonda. Deshalb kann er den Mund echt weit aufreißen«, erklärte Kieron. »Das kenne ich schon.« Misstrauisch betrachtete er das turmhohe Schinken-Käse-Sandwich. »Was ist das da ganz oben?«

»Ananas«, antwortete Sam, als er sich setzte. »Frisch. Gibt es da in Scheiben.«

Beim Essen erzählte Bex Bradley von Kierons Vorschlag.

Zögernd nickte er. »Ja, das ist gut. Für die Jungen besteht dabei kaum eine Gefahr, aber unsere Chance, Gesichter zu identifizieren, erhöht sich. Das war ein guter Gedanke, Kieron.«

»Bleibst du hier im Hotel?«, erkundigte sich Sam.

Bradley schüttelte den Kopf. »Ich glaube, ich gehe raus in ein Café. In Italien ist es üblich, einen Cognac zum Espresso zu nehmen – ich glaube, das mach ich auch, damit ich nicht auffalle.«

»Entschuldigt mich bitte einen Moment«, bat Bex. »Ich bin gleich zurück.«

Kieron und Bradley sahen zu, wie Sam seinen überladenen Bagel mit beiden Händen auf die Hälfte seiner Größe zusammenpresste und dann grinsend ein großes Stück davon abbiss.

»Man lernt doch nie aus«, meinte Bradley kopfschüttelnd.

Zehn Minuten später war Bex mit einer Tüte zurück.

»Was hast du denn da?«, wollte Sam wissen.

»Handys mit Prepaidkarte, ohne Vertrag. Für jeden

eines. Wenn wir unsere eigenen Handys benutzen, laufen wir Gefahr, dass man uns aufspürt – besonders wenn dieser Asrael mitkriegt, dass wir hier sind. Die hier verringern das Risiko.« Sie verteilte die Geräte. »Hier ist eine Liste mit unseren Nummern. Ich schlage also vor, dass wir alle diese Nummern in unsere Kontaktlisten eintragen. Mit den Handykameras könnt ihr die Fotos machen.« Sie deutete auf die Tasche. »Ich habe euch auch noch zusätzliche Speicherkarten geholt, falls ihr sie brauchen solltet.«

Sam hielt sein Handy hoch und runzelte missbilligend die Stirn. »Gewöhnliche Androidtelefone? Hätten wir nicht auch etwas kriegen können, was ein bisschen schicker ist?«

»Du musst noch eine Menge über die Undercoverarbeit lernen«, stellte Bex fest.

»He, Kieron, sollte sie das nicht so sagen wie Yoda?«, fragte Sam ihn und brachte in groteskem Gurgeln hervor: »Über Undercoverarbeit du noch viel lernen musst.«

Kieron musste sich krampfhaft das Lachen verkneifen. Ein Seitenblick auf Bex zeigte ihm, dass sie sie finster ansah.

»Es geht darum, sich einzufügen und nicht herauszustechen«, fuhr sie fort. »Also, habt ihr genug gegessen? Ihr zwei habt die Karten, die Bradley euch gegeben hat? Wenn nicht, könnt ihr an der Rezeption auch welche in Farbe bekommen. Ich schlage vor, wir sehen uns die nächsten zwei Stunden um und treffen uns dann wieder hier, um die Handys aufzuladen, während ihr beide Bradley eure Bilder gebt. Danach können wir uns einen Ort zum Mittagessen suchen.«

Plötzlich kam Kieron ein Gedanke und er hob verlegen die Hand. »Äh … was ist mit Geld?«

»Geld?«, fragte Bex verwundert.

»Na ja, kann ja sein, dass wir etwas kaufen wollen. Etwas zu trinken vielleicht oder Schokolade. Könnten wir nicht wenigstens ein bisschen Geld bekommen?«

Seufzend sah Bex Bradley an. »Ich wusste ja, dass es so kommen würde. Jetzt wollen sie auch noch bezahlt werden. Demnächst wollen sie wahrscheinlich noch eine Altersversorgung.«

Bradley nahm ein paar Geldscheine aus seiner Brieftasche. »Das sind zehn Euro für jeden von euch. Gebt nicht alles auf einmal aus, schreibt keine Postkarten nach Hause und kauft keine kitschigen Souvenirs für eure Familien. Denkt daran, dass wir eigentlich gar nicht hier sein sollten.«

Als Kieron das Geld nahm, fiel sein Blick zufällig auf ein älteres Ehepaar am Nebentisch. Er war nicht gut darin, das Alter von Menschen zu schätzen, aber sie sahen aus wie Mitte siebzig. Sie lächelten ihn an.

»Es ist so schön, eine Familie im Urlaub zu sehen«, sagte die Frau. Sie war rundlich und hatte graues Haar, eine Brille und ein freundliches Lächeln.

»Besonders heutzutage«, fand ihr Mann. Zumindest nahm Kieron an, dass es ihr Mann war. Vielleicht hatten sie auch eine Affäre und waren nach Venedig durchgebrannt. Das konnte man ja nie wissen. »Ihr Jungen habt wirklich Glück, dass ihr einen solchen Ort besuchen dürft. Genießt die Zeit!«

Kieron wusste nicht, was er sagen sollte. Also lächelte er nur ein wenig verlegen und sah dann wieder Bex an, die die Speicherkarten verteilte.

»Seid ihr so weit?«, fragte sie und sah ihn forschend an.

Während Bradley im Restaurant sitzen blieb und überlegte, was er tun sollte, verließen Kieron, Sam und Bex zusammen das Hotel. Draußen war es sonnig, aber kalt. Bex sah sich um.

»Also«, sagte sie. »Diese Straße ist die Riva degli Schiavioni. Kieron, du gehst nach rechts um die Ecke. Wenn du quer über den Markusplatz gehst, kommst du durch die Gassen und Straßen zur Rialtobrücke. Du musst nur den Schildern ›Ponte di Rialto‹ folgen. Sam, du gehst nach links und läufst an der Lagune entlang, bis es dir zu langweilig wird. Dann biegst du wieder nach links ab, vom Wasser weg. Lauft einfach herum. Achtet darauf, wo ihr seid, und seht ab und zu auf die Karte. Falls ihr euch verlauft: Es gibt überall Schilder. Ich gehe da lang«, sagte sie und deutete nach rechts, »zum Guggenheim-Museum. Macht, wenn möglich, keine Bilder von Einzelpersonen, das würde nur Verdacht erregen. Fotografiert Gebäude oder Brücken, aber immer so, dass ihr eine Menge Menschen mit aufs Bild bekommt, möglichst von vorn. Falls ihr euch verlauft, könnt ihr mich anrufen oder jemanden nach dem Weg zum Markusplatz fragen. Okay? Alles klar? Dann los!« Sie wedelte mit der Hand. »Auf, auf, meine kleinen Helferlein!«

Aufgeregt lief Kieron in die angegebene Richtung los und betrat den weiten, offenen Markusplatz. Reich verzierte Gebäude und Säulengänge umgaben ihn und überall flatterten und stolzierten Tauben herum. Der Ort kam ihm sehr vertraut vor – er schätzte, es war wie mit dem Trafalgar Square in London oder dem Central

Park in New York: Jeder hatte diese Orte schon mal im Fernsehen oder in einem Film gesehen.

Vor einer großen Kirche blieb er stehen. Hunderte von Touristen standen davor, machten Fotos oder bewunderten einfach die Architektur. Er machte ein paar Selfies mit seinem neuen Handy, achtete aber darauf, Bex' Anweisung zu befolgen und so zu tun, als fotografiere er die andere Seite des Platzes mit einem großen roten Turm, damit er möglichst viele Gesichter mit aufs Bild bekam.

Ob international agierende Verbrecher, die zu einer geheimen Demonstration angereist waren, tatsächlich herumlaufen und sich die Sehenswürdigkeiten ansehen würden?, fragte er sich unwillkürlich. Natürlich würden sie, schalt er sich gleich darauf. Und sie mussten auch essen und aufs Klo gehen – nur weil sie Verbrecher waren, hieß das nicht, dass sie nicht menschlich waren. Venedig war eine der größten Touristenattraktionen der Welt. Wenn sie Zeit hatten, würden sie sich auf jeden Fall umsehen.

Vielleicht war jemand hier vor der Kirche einer der Supergangster, die zu Asraels Vorführung gekommen waren? Er sah sich um und tat so, als sehe er sich die Gebäude an, forschte aber in den Gesichtern. Wie sah so ein internationaler Verbrecher wohl aus? Er stellte sich eine Figur aus einem James-Bond-Film vor: groß und schlank, mit einem dunklen Bart und einem schwarzen Anzug mit rundem Kragen. So jemanden konnte er hier nicht entdecken. Hier waren hauptsächlich junge Leute in Polohemden und Turnschuhen oder ältere Leute in bequemer Kleidung und mit Krückstöcken. Vielleicht waren die Gangster alle woanders. Vielleicht hatten sie eine eigene Gruppenführung gebucht und liefen gemeinsam durch die Stadt.

Er musste lachen und ging weiter.

Doch anstatt den Platz zu überqueren, wie Bex vorgeschlagen hatte, betrat er die Kirche – teils, weil er jede Menge Leute darin vermutete, aber auch, weil es ihn interessierte, wie sie von innen aussah.

Die Kirchenfassade zum Markusplatz hin bestand aus fünf Bogenportalen zwischen bunten Marmorsäulen. Dahinter gelangte er an eine gewaltige Bronzetür, die ins Innere führte – den Narthex nannte man diese Vorhalle, daran erinnerte er sich noch von einem Schulprojekt. Jede Kirche hatte einen Narthex. Dieser hier war riesig. Hunderte von Metern stiegen die Säulen um ihn herum in die Höhe und bildeten große Kuppeln, die mit Mosaiken aus goldenen und bunten Steinen verziert waren. Benommen sah er nach unten und stellte fest, dass der Boden unter seinen Füßen aus vielen Hundert großen Marmorplatten bestand.

Wie lang hatte man wohl für den Bau gebraucht?, fragte er sich. Wie lang hatte es gedauert, all diese Skulpturen zu schaffen und die vielen Bilder zu malen? Es mussten Jahrhunderte hingebungsvoller und konzentrierter Arbeit gewesen sein. Was würde es wohl kosten, so etwas heute nachzubauen? Wahrscheinlich mehr, als sich je ein Land leisten konnte. Und für welchen besseren Zweck hätte man das Geld damals wohl verwenden können – vielleicht, um die Armut zu lindern?

Eine Weile bewunderte er, wie sich die Bogen zu den Kuppeln aufschwangen. Er staunte über das architektonische Wissen, das es gebraucht hatte, um sicher zu sein, dass die Kuppeln nicht einstürzten. In der Schule lernte er Ingenieurwissenschaften nur widerwillig, aber jetzt konnte er plötzlich sehen, wofür das alles gut war. Er konnte sich vorstellen, wie die Form der Bogen und Kuppeln als Gleichungen aussahen und wie diese Gleichungen zeigten, dass der Bau sicher war. Es war nicht so, als würde er alles plötzlich verstehen, aber er erkannte, wie man es verstehen konnte.

Nach einer halben Stunde hatte er das Gefühl, jede Person in der Kirche mindestens zweimal fotografiert zu haben, daher ging er hinaus und schlenderte quer über den Platz zu einer Gasse. Im Säulengang auf dieser Seite des Platzes befanden sich Läden, und Kieron blieb stehen, um in die Schaufenster zu sehen. Es waren teure Läden, so teuer, dass er beim Anblick der Preisschilder nach Luft schnappen musste. Auch wenn die Preise in Euro waren, so waren Euro und Pfund doch ungefähr gleich viel wert – das hatte Bex zumindest gesagt. Hier gab es Schuhe, die mehr als einen Monatslohn seiner Mutter kosteten und mehr, als er je an Taschengeld in einem Jahr bekommen würde. Und Stifte – altmodische Füllfederhalter –, die teurer waren als ein Wocheneinkauf. Und es gab Masken. Manche Läden verkauften nichts anderes als Masken. Einige davon waren billige, einfache weiße Plastikmasken, die nur das Gesicht verdeckten, aber andere waren extravagant und aus poliertem Leder, mit großen schnabelartigen Nasen und übertriebener Stirnpartie. Warum gab es in Venedig Maskenläden?

In der Gasse selbst kam er an einer skurrilen Mischung aus Modeläden, Lebensmittelläden und Geschäften vorbei, in denen Glasteller und Besteck mit gläsernen Griffen verkauft wurden. An jeder Ecke wehte ihm der Geruch von Knoblauch und Tomaten um die Nase. Und so viele Menschen! Ständig musste er jemandem ausweichen oder eine Gruppe von Touristen umgehen, die stehen geblieben war, um etwas zu bestaunen. Eine Skulptur, eine Statue, einen Brunnen oder einfach nur einen Haufen alter Ziegel.

Im Unterricht hatte Sam über ein Shakespeare-Stück, das sie gerade lasen, gesagt: »Das Ding ist randvoll mit Zitaten!« Mit Venedig schien es ähnlich zu sein: Venedig war randvoll mit Geschichte, die hier beliebig aneinandergefügt zu sein schien.

Die nächsten fünfundvierzig Minuten lief er einfach nur herum und verließ sich darauf, dass er seine Karte und sein Handy hatte, falls er in Schwierigkeiten geriet. Er überquerte Plätze, kam an Kirchen, Häusern und Restaurants vorbei und lief über winzige Brücken und die Gehwege an den Kanälen entlang. Fast nie war er allein – überall waren Menschen, die sich staunend umsahen und unablässig Bilder machten. Ein einziges Mal war nur er auf einem kleinen Platz mit einem alten Brunnen in der Mitte. Doch als er ihn überquerte, stellte er fest, dass ihn von den Stufen des Brunnens aus mehrere Katzen beobachteten.

Gelegentlich sah er Leute mit Masken wie die, die er in dem Laden gesehen hatte. Sie trugen auch Umhänge, lange schwarze oder weiße Roben, die bis zum Boden reichten. Und merkwürdige Hüte mit drei Spitzen. Meist waren sie zu zweit oder zu dritt und posierten für Fotos mit den Touristen. Wie Pantomimen.

Die Menschen mit den Masken beunruhigten ihn. Er nahm zwar an, sie gehörten einfach zum »Venedig-

Erlebnis« dazu und verwiesen auf einen Teil der Stadtgeschichte. Aber da er nach möglichen Kriminellen suchte, fand er es unangenehm, dass einige Leute tatsächlich ihre Identität vor ihm verbargen.

Gerade als er glaubte, sich völlig verlaufen zu haben, kam er aus einer schmalen Gasse an einen breiten Kanal. Er glaubte, dass es der war, durch den das Vaporetto gefahren war, das sie vom Flughafen zum Markusplatz gebracht hatte. Vor ihm wölbte sich eine große, reich verzierte Brücke über den Kanal. Anders als die Brücken, die er bislang gesehen hatte, hatte sie ein steinernes Dach. Und sie sah alt aus: so alt, dass die Steine vom Regen der Jahrhunderte ausgewaschen zu sein schienen.

Das war wohl die Ponte di Rialto, darauf hätte er wetten können.

Er machte weitere Fotos, während er zur Mitte hinaufging und dann auf der anderen Seite wieder hinunter. Die Brücke war so groß, dass auf beiden Seiten Läden Platz hatten, und an den Enden gab es Stände, an denen Obst und Gemüse verkauft wurde.

In dem Teil von Venedig auf der anderen Seite der Brücke herrschte eine andere Atmosphäre: eleganter und kultivierter. Kieron bog nach Möglichkeit immer links ab, um irgendwann wieder zum Kanal zu gelangen. Als er ihn erreichte, konnte er keine anderen Brücken entdecken. Also ging er am Ufer entlang zur Rialtobrücke zurück und wanderte von dort aus auf mehreren Umwegen wieder zum Markusplatz.

Zufrieden machte er sich auf den Weg zum Hotel Danieli. Er hatte sich ganz allein in einer fremden Stadt zurechtgefunden. Zumindest glaubte er das, bis er plötzlich feststellte, dass er sich verlaufen hatte. Er hatte das Gefühl, übers Ziel hinausgeschossen zu sein und sich nun in einer Gegend zu befinden, die ihm völlig unbekannt vorkam. Er stand auf einer Brücke und sah zu den glatten klippenartigen Mauern der Gebäude zu beiden Seiten des Wassers hinauf bis zu einer anderen Brücke ein Stück weiter. Doch diese Brücke war vollständig von Stein umgeben, es war ein geschlossener Gang. Oben mit steinernen Rollen und in den unteren Bogen waren steinerne Masken geschnitzt. Nur durch zwei vergitterte Fenster konnten die Passanten, die auf der Brücke waren, hinaussehen.

»Das ist die Seufzerbrücke«, erklärte eine Stimme neben ihm.

Er drehte sich um. Neben ihm stand eine Frau, die nur wenig älter schien als Bex. Sie hatte einen Rucksack auf dem Rücken, ein Halstuch um und trug Shorts und ein Hemd in Khakifarben. Offenbar war sie kurzsichtig, denn die Brille auf ihrer Nase hatte dicke Gläser, durch die sie angestrengt hindurchstarrte. Sie sah aus wie eine Pfadfinderin.

»Warum nennt man sie so?«, fragte Kieron neugierig.

»Weil sie die Verhörräume des Dogenpalasts mit den Gefängniszellen auf der anderen Seite des Kanals verbindet. Aus diesen Fenstern konnten die Gefangenen einen letzten Blick auf die Stadt werfen, bevor sie ins Gefängnis kamen.« Sie lächelte. »Man nahm an, dass die Gefangenen beim letzten Blick auf die Schönheit der Welt draußen seufzten, bevor sie in ihre Zellen gesteckt wurden, um nie wieder das Tageslicht zu erblicken.«

»Wow«, machte Kieron. Mehr fiel ihm nicht ein.

»Ist aber nur eine hübsche Geschichte, die sich der Dichter Lord Byron ausgedacht hat«, fuhr die Frau fort. »Die Tage der Inquisition, der Folter und der Massenexekutionen waren längst vorbei, als diese Brücke vor fünfhundert Jahren erbaut wurde.«

Kieron sah zu der Brücke hinauf. »Fünfhundert Jahre? Und sie ist immer noch heil? Und nie in den Kanal gestürzt?«

»Offenbar wusste man damals, wie man solche Dinge baut.«

»Können Sie mir sagen, wie ich zum Markusplatz zurückkomme?«, fragte er.

Sie deutete in eine Richtung. »Da entlang. Es ist nur zwei Minuten von hier.«

»Vielen Dank«, erwiderte Kieron und machte sich auf den Weg.

Als er am Hotel ankam, sah er Bradley vor einem Stück Kuchen, einem großen Kaffee und einem kleinen Glas mit einer durchsichtigen Flüssigkeit an einem Tisch draußen sitzen. Er drehte sich zu Kieron um und sah ihn durch die AR-Brille an. Doch Kieron hatte diese Brille selbst getragen, gelegentlich eine ganze Weile, und war sich nicht ganz sicher, ob Bradley wirklich ihn ansah oder ob er etwas sah, was nur in der Brille sichtbar war, oder beides – dass er durch etwas, was er in der Brille sah, Kieron anblickte.

»Hi«, sagte Kieron unsicher. »Kann ich mich setzen?«

»Bitte«, antwortete Bradley. »Hast du dich amüsiert?«

»Die Stadt ist unglaublich«, antwortete Kieron ehrlich. »Sie ist so lebendig und so alt. Leben hier eigentlich auch Leute oder ist das Ganze eher ein historischer Themenpark?«

Bradley lachte. »Das wäre zwar eigentlich eine recht zutreffende Beschreibung, aber tatsächlich leben hier Menschen. Ich habe mal davon geträumt, dass ich irgendwann genug Geld verdiene, um mir hier eine Wohnung kaufen zu können und meinen Lebensabend gemütlich zu verbringen, Grappa zu trinken und Teilchen zu essen.«

»Obwohl die Stadt versinkt?«

»Das könnte aus versicherungstechnischer Sicht ein Problem sein«, meinte Bradley achselzuckend. »Vielleicht sollte ich lieber Miami vorziehen?«

»Was ist mit den Senkgruben dort? Darüber habe ich mal eine Doku gesehen. Da tun sich einfach Löcher im Boden auf und verschlingen ganze Häuser und Autos und so.«

»Guter Punkt. Wie wäre es mit Japan?«

»Erdbeben und Vulkanausbrüche.«

»Sieht aus, als würde ich im guten alten England festhängen«, seufzte Bradley.

Kieron legte sein neues Handy auf den Tisch. »Hier sind die Fotos, die ich gemacht habe. Soll ich die Speicherkarte herausnehmen?«

»Nein, kein Problem.« Bradley wedelte einen Augenblick mit den Händen in der Luft. »Gut – ich habe eine Bluetooth-Verbindung hergestellt und lade die Fotos herunter. Und wenn ich schon mal dabei bin – ich habe dein altes Handy mit diesem verbunden, sodass alle Anrufe automatisch auf dein neues Handy weitergeleitet werden, und alle Anrufe, die du machst, oder Nachrichten, die du sendest, aussehen, als kämen sie von deinem eigenen.« Er reichte ihm das Handy zurück. »Hier, bitte sehr.«

»Wo sind die anderen?«, fragte Kieron und sah sich um.

»Noch nicht zurück.«

»Na gut. Kann ich mich noch ein wenig umsehen? Ich würde gern noch mehr von der Stadt sehen, solange ich die Gelegenheit dazu habe.«

»Von mir aus«, meinte Bradley ein wenig abgelenkt. Seine Finger bewegten sich schon wieder. »Sei in einer halben Stunde wieder da, ja?«

»Okay.«

Bradley deutete vage in die Richtung, wo die Vaporetti an- und ablegten. »Wenn du dort langgehst, kommst du zu Harry's Bar. Da ist Ernest Hemingway hingegangen. So wie Charlie Chaplin, Orson Welles und Alfred Hitchcock.«

»Die Namen sagen mir nichts, bis auf Charlie Chaplin. War das nicht ein Komiker?«

»Kim Kardashian?«, seufzte Bradley.

»Ja, von *der* habe ich gehört«, erwiderte Kieron wegwerfend. »Aber mir ist egal, wo sie was trinkt.«

Er ging in die Richtung, in die Bradley gedeutet hatte. Nach einem kurzen Stück auf der Riva degli Schiavoni kam er zu einer großen Gruppe von Touristen, die um vier Straßenmusiker herumstanden, von denen drei Steeldrums um den Hals hängen hatten, während der Vierte eine Trommel schlug. Sie spielten etwas mit hämmerndem Rhythmus und einer bekannten Melodie – Kieron glaubte, die Titelmusik einer amerikanischen Fernsehserie zu erkennen, die er im Kabelfernsehen gesehen hatte. Er blieb ein paar Minuten stehen und lauschte mit geschlossenen Augen, während er spürte, wie sich die Vibrationen der Trommeln durch den Boden in seinen ganzen Körper übertrugen.

»Gut, nicht wahr?«, sagte neben ihm jemand mit hartem Akzent. Er machte die Augen auf und wandte den Kopf. Neben ihm stand ein Mädchen, das etwa genauso alt zu sein schien wie er. Ihr Haar war so blond, dass es fast weiß war.

»Ja, wirklich«, gab er zu und lächelte schüchtern.

»Da würde man am liebsten tanzen.«

»Ich nicht. Ich tanze nicht.«

Lächelnd nickte sie. »Das ist vernünftig. Jungen sollten nicht tanzen. Sie haben kein Rhythmusgefühl. Sie sehen nur albern aus, ohne es zu wissen.«

»Ich weiß wenigstens, wie albern ich aussehe«, erklärte Kieron.

»Im Moment siehst du nicht albern aus«, fand das Mädchen. »Ruinier das nur nicht, indem du anfängst zu tanzen.«

Kieron war ein wenig nervös. Es war schon lange her, dass er sich so lang mit einem Mädchen unterhalten hatte, abgesehen von Bex. Er hatte wohl schon mal etwas zu einem Mädchen gesagt, aber das waren nur Sprüche gewesen. Eine richtige Unterhaltung hatte es selten gegeben. »Bist du von hier oder bist du zu Besuch in der Stadt wie ich?«

»Klinge ich wie eine Italienerin?« Sie lachte.

»Nein«, antwortete er und fügte ohne nachzudenken hinzu: »Aber dein Akzent klingt hübsch.«

Innerlich wand er sich wegen des dummen Kommentars, doch das Gesicht des Mädchens strahlte auf einmal vor Überraschung und Freude.

»Danke! Ich bin aus Norwegen. Ich heiße Katrin.«

»Bist du mit deiner Familie hier?«

»Mit meinen Schwestern.« Sie trat einen Schritt zurück und deutete auf zwei Mädchen neben ihr. Auch sie hatten sehr helles Haar. »Das ist Eva und das ist Hekla.«

»Hi«, sagte Kieron. »Ich bin Kieron.«

»Und, bist du auch mit deiner Familie hier?«, fragte eines der Mädchen. Er war sich nicht sicher, ob es Eva oder Hekla war.

»Nein.« Doch dann fiel ihm wieder die Undercoverstory ein, die ihm Bex und Bradley eingebläut hatten. »Äh, doch, mit meinen beiden Brüdern und meiner Schwester. Wir wohnen im Hotel Danieli.«

»Ah«, nickte Katrin. »Wir auch.«

»Vielleicht könnten wir uns Venedig ja zusammen ansehen?«, stieß Kieron nervös hervor, noch bevor er sich bremsen konnte.

Doch anstatt sich höhnisch kichernd abzuwenden, lächelte Katrin. »Das wäre nett.«

Das warme Gefühl aus Triumph und Freude, das ihm wie ein Blitz durch die Glieder fuhr, wurde im gleichen Augenblick vom Klingeln seines Handys zunichtegemacht. Er wusste, dass es sein Handy war, weil es auch vibrierte. Dummerweise war es so eingestellt, dass es die Titelmelodie der Kinderserie *Thomas, die kleine Lokomotive* spielte. War das etwa Bradleys Vorstellung von Humor? Er konnte nur hoffen, dass die Mädchen es als Ironie betrachteten und nicht als Beispiel für seinen Geschmack.

»'tschuldigung, da muss ich rangehen.«

»Sicher«, sagte Katrin.

Kieron hielt das Telefon ans Ohr. »Ja?«

»Ich bin es, Bex. Würdest du bitte zurückkommen? Wir müssen uns beratschlagen.«

»Okay.« Er legte auf und wandte sich an Katrin. »Tut

mir leid, ich muss gehen. Aber vielleicht sehen wir uns später in der Lobby?«

Katrin lächelte, und Kieron glaubte, sein Herz würde schmelzen.

»Das wäre schön«, meinte sie.

Den ganzen Weg zum Hotel zurück spürte er das warme Gefühl in seinem Inneren.

Kapitel 6

Bex hatte während ihrer Wanderung eine einladend wirkende Trattoria entdeckt. Sie lag an einer Ecke mit einer schmalen Fensterfront zu einem der Kanäle hin. Außerdem erstreckte sie sich noch weit nach hinten und es gingen verschiedene Bereiche zu beiden Seiten ab. Trotz der Mittagszeit waren die meisten Tische unbesetzt und die Kellner standen gelangweilt herum. Die vier setzten sich an einen Tisch unter einem Bogen, wo sie nicht belauscht werden konnten.

»Gut«, sagte Bex, nachdem der Kellner ihre Bestellung aufgenommen hatte, »Bradley wird uns berichten, was er gefunden hat. Los, Bradley.«

»Ja, los, Bradley!«, riefen Kieron und Sam und stießen kichernd mit den Fäusten in die Luft.

Bex starrte sie finster an. »Ruhe, ihr beiden! Das hier ist wirklich ernst!«

Bradley hatte einen Tabletcomputer mitgebracht, den er so stellte, dass die anderen drei den Bildschirm sehen konnten, aber nicht der Rest des Lokals. Bex wusste, dass er durch die AR-Brille dieselbe Sicht hatte.

Das erste Bild zeigte ein Mosaik aus winzigen Fotos.

»Ihr alle habt mir eine Menge Daten zum Bearbeiten geliefert«, begann er. »Insgesamt waren es ungefähr sechshundert Fotos und fünftausend einzelne Gesichter. Plus ein paar Nahaufnahmen von Sams Daumen.«

»Ja, tut mir leid«, murmelte Sam. »Ich musste mich erst daran gewöhnen, wo die Linse ist.«

»Komisch«, meinte Bradley, »sonst schien zum Glück niemand dieses Problem gehabt zu haben. Egal, weiter. Ich habe mit einer Such-App alle Gesichter vereinzelt und mit einer Wiedererkennungsapp jedes Gesicht mathematisch charakterisiert, wobei zum Beispiel der Augenabstand, die Neigung der Wangenknochen, die Breite des Mundes und die Gesichtsform berücksichtigt und zu einer eigenen mathematischen Gleichung gemacht werden.« Während er sprach, verschwanden die kleinen Bildchen und wurden durch ein Raster aus vielen kleinen Gesichtern ersetzt. Auf jedem Gesicht erschien ein winziges Netz aus feinen grünen Linien. »Dann habe ich diese einzelnen mathematischen Gleichungen mit denen in den Datenbanken über bekannte Kriminelle und Terroristen abgeglichen, die die großen Polizei- und Geheimdienstorganisationen auf der ganzen Welt haben. Dadurch wurden mehrere Hundert Gesichter identifiziert, die diesen Organisationen bekannt sind.«

Die meisten der kleinen Gesichter auf dem Raster verschwanden. Die anderen Gesichter verschoben sich und bildeten ein neues Raster. Dieses Mal waren sie groß genug, dass Bex sie unterscheiden konnte. Etwa drei Viertel davon waren Männer im Alter von Teenagern bis Rentnern.

»Das sind immer noch eine Menge Leute«, meinte Kieron. »Die werden aber doch nicht alle wegen Asraels Demonstration hier sein?«

»Wahrscheinlich nicht«, stimmte Bradley zu. »Wir können davon ausgehen, dass auch Verbrecher und Terroristen mal Urlaub machen. Also habe ich als Nächstes alle Taschendiebe, Juwelendiebe, Schläger, Versicherungsbetrüger, schlechten Autofahrer und anderen irrelevanten Charaktere von der Liste gestrichen, da ich davon ausgehe, dass jemand, der einen Auftragskiller anheuert, entweder a) recht wohlhabend ist, oder b) sich nicht auf kleine Diebstähle oder andere eher mindere oder spontane Verbrechen konzentrieren würde.« Es verschwanden weitere Gesichter und wieder wurden die übrig gebliebenen vergrößert und neu angeordnet. »Damit bleiben uns achtundzwanzig Personen. Zwölf davon gehören kriminellen Organisationen wie der Russenmafia, der japanischen Yakuza, der Chinesischen Tong oder verschiedenen italienischen kriminellen Familien an, die in New York immer noch an der Macht sind. Zehn von den anderen haben Verbindungen zu Terroristenverbänden wie dem IS und den Taliban. Die anderen sechs arbeiten entweder für große internationale Gesellschaften, die verdächtigt werden, mit höchst illegalen Methoden gegen ihre Konkurrenz vorzugehen, oder für Firmen, die Söldner oder Leibwächter für undurchsichtige Missionen in gefährlichen Ländern stellen, oder die verdächtigt werden, anderweitig in schwere Verbrechen verwickelt zu sein.«

»Aber das sind sicher nicht die einzigen Leute, die wegen der Demonstration hier sind«, meinte Kieron nachdenklich. »Es gibt bestimmt auch welche, die auf keiner Liste stehen – vielleicht, weil sie noch nie geschnappt oder auch nur verdächtigt wurden.«

»Und wir haben ja schließlich auch nicht jeden Menschen in Venedig fotografiert«, warf Sam ein.

»Genau«, bestätigte Bradley. »Da habt ihr recht. Ich glaube sogar, dass wir Glück hatten, dass wir achtundzwanzig Leute gefunden haben, die vielleicht – *vielleicht* – zu diesem exklusiven Treffen eingeladen wurden.« Er tippte mit den Händen in die Luft und die meisten Gesichter verschwanden vom Bildschirm. Nur noch sechs blieben übrig. »Diese Leute wohnen in unserem Hotel.«

»Zwei davon habe ich heute Morgen beim Frühstück gesehen«, rief Kieron. »Die beiden alten Leute am Tisch rechts von uns. Die haben sogar mit mir gesprochen!«

»Das sind Eric und Joan Lysander«, erklärte Bradley. »Sie werden verdächtigt, Millionen von Pfund von einer Transportgesellschaft unterschlagen zu haben, für die Eric arbeitet. Bevor man sie verhaften konnte, sind sie geflüchtet. Seitdem wohnen sie weitgehend auf Kreuzfahrtschiffen.«

»Aber warum sollten sie einen Auftragskiller brauchen?«, fragte Bex interessiert.

Bradley zögerte und holte sich Informationen vom AR-System, bevor er antwortete: »Ah ja, sie hatten wohl einen Komplizen, der aber mit der Hälfte des Geldes nach Barbados verschwand. Vielleicht wollen sie sich rächen. Vielleicht wollen sie ihm aber auch nur drohen, damit er das Geld herausrückt.«

»Und dann lassen sie ihn trotzdem umbringen«, nickte Sam weise. »So würde ich das jedenfalls machen.«

»Gut zu wissen«, meinte Bex und sah ihn mit hochgezogener Augenbraue an. Nachdem er rot geworden war und den Blick gesenkt hatte, betrachtete Bex die sechs Gesichter auf dem Bildschirm. »Hm, ein reiches älteres Ehepaar in Venedig – gut möglich, dass sie hier wirklich nur Urlaub machen. Was ist mit den anderen vier?«

Bradley wischte die Gesichter der Lysanders fort. Zurück blieben eine junge Frau mit gefärbten blonden Haaren und übertriebenen falschen Wimpern, ein älterer Mann mit kahl geschorenem Kopf und zwei Männer mit dunkler Haut und Bärten.

»Ich denke, unsere beste Chance ist die Frau: Bethany Wilderbourg. Den Informationen nach, die ich über sie habe, ist sie mit einem italienischen Milliardär verheiratet, der eine Reihe von Affären hat. Sie will ihn tot sehen, damit sie sein Vermögen erbt. Offensichtlich hat sie das schon öfter gemacht, ohne dass man ihr etwas nachweisen konnte, was vor Gericht standhielt.« Traurig schüttelte er den Kopf. »Sie ist mit ihrem Yogalehrer hier, einem David Harringdon. Er ist verheiratet mit einer früheren alten Kundin, Linda. Ich glaube, dass er sie auch gern tot sähe, damit die beiden Turteltäubchen heiraten können. Es ist wie in einer Realityshow.«

»Es geht doch nichts über die wahre Liebe«, fand Bex. »Und von allen hier stellt sie wahrscheinlich das geringste Risiko dar, wenn wir geschnappt werden.«

»Wobei geschnappt werden?«, erkundigte sich Kieron.

»Wie wir uns in ihr Zimmer schleichen.«

Bex nickte Bradley zu, und er fuhr fort: »Ich bin zu den achtundzwanzig Leuten zurückgegangen, von denen wir vermuten, dass sie wegen der Demonstration hier sind, und habe mit dem AR-System auf ihre E-Mails und Textnachrichten zugegriffen, nicht nur die offiziellen, sondern auch die von geheimen Konten oder Burner-Handys sowie die, die sie eigentlich gelöscht haben, die man aber trotzdem noch finden kann. Offenkundig müssen sie mit diesem Asrael irgendwie kommuniziert haben – ich bezweifle, dass sie sich im Supermarkt zufällig getroffen haben. Ich bezweifle auch, dass sie so dumm wären, irgendwelche unverschlüsselten Nachrichten herumliegen zu lassen. Daher habe ich mir alle normalen Nachrichten angesehen und nach Dingen gesucht, die sie alle gemeinsam haben, Dinge, die an sich unauffällig sind, aber möglicherweise eine Geheimbotschaft enthalten.«

Seine Finger zuckten, und das Raster aus Gesichtern auf dem Bildschirm wurde von einem Gemälde ersetzt, das Bex erkannte. Genauer gesagt erkannte sie nicht das Bild, aber den Stil des Künstlers.

»Das ist ein Jackson Pollock«, sagte sie.

»Korrekt«, bestätigte Bradley. »Es heißt Alchemie und hängt im Peggy-Guggenheim-Museum für moderne Kunst hier in Venedig.«

»Sieht aus, als hätte jemand einfach Farbe auf der Leinwand verspritzt«, meinte Sam kritisch, »und dann hat er mit einem Stock Figuren in die nasse Farbe gekratzt. Das könnte ich auch.«

»Die Bilder von Jackson Pollock erzielen Preise von mehreren Millionen Pfund«, gab Bradley zurück, »während ich bezweifle, dass du irgendetwas, was du gemalt hast, auch nur gegen einen Hamburger eintauschen könntest.« Sam sah beleidigt drein, und Bradley fuhr fort: »Auf jeden Fall hat jede der achtundzwanzig Personen, die wir identifiziert haben, eine E-Mail mit diesem Bild empfangen.« Er sah sich am Tisch um. »Weiß einer von euch, was Steganografie ist?«

»Das ist eine Art Dinosaurier«, antwortete Sam immer noch stirnrunzelnd.

»Der heißt aber Stegosaurier«, meinte Kieron. »Hat das etwas mit Verschlüsselung zu tun?«

»Gewissermaßen.« Bradley nickte anerkennend. »Gut mitgedacht! Bei der Steganografie geht es darum, Informationen in einem digitalen Bild zu verstecken, sodass man sie nicht sehen kann.«

»In diesem Bild könnte man einen Elefanten verstecken«, schnaubte Sam. »Eigentlich sieht es aus, als hätte es ein Elefant gemalt.«

Bradley tat so, als hätte er den Kommentar nicht gehört. »Ich habe das Bild überprüft und eine Geheimbotschaft in den digitalen Daten gefunden. Sie bestätigt, dass alle Empfänger zu einer Veranstaltung eingeladen wurden, die als ›eine Demonstration der Fähigkeiten des internationalen Killers Asrael‹ beschrieben wurde, und nennt Datum, Zeit und Ort. Außerdem steht da, dass jeder Empfänger per Post einen Ausweis mit einem Funkerkennungs-Chip erhält, wie sie in Reisepässen integriert sind oder bei den Sicherheitsetiketten in Geschäften. Dieser Chip ist ihre Eintrittskarte. Genau genommen ist …«

»Du hast gesagt, Datum, Zeit und Ort«, unterbrach Bex ihn. »Wann und wo?«

»Das Datum ist heute, die Zeit neunzehnhundert Ortszeit und der Ort hier in Venedig. Aber der genaue Ort ist noch nicht angegeben. Offensichtlich werden die Teilnehmer um 18:30 Uhr an einem Pier am Canal Grande abgeholt, und wenn ihre Identität bestätigt ist, werden sie übers Wasser irgendwo hingebracht.« Er hielt kurz inne. »Wenn sie wollen, können die Teilnehmer venezianische Masken tragen, um anonym zu bleiben. Solche Masken habt ihr sicher auf eurem Spaziergang durch die Stadt beim Fotomachen auch gesehen.«

Kieron nickte eifrig. »Manche davon sahen echt schräg aus – wie Vögel mit riesigen Schnäbeln.«

»Das sind traditionelle venezianische Karnevalsmasken«, erklärte Bradley. »Der Karneval ist einmal im Jahr, meist im Februar. Einige Masken sind schlicht und sollen nur das Gesicht verbergen, während andere Charaktere aus dem mittelalterlichen Theater darstellen. Die, die du meinst, sind den Masken nachempfunden, die die Ärzte im Mittelalter trugen, um sich nicht bei ihren Patienten mit irgendwelchen grässlichen Krankheiten anzustecken. In dem Schnabelteil steckten Kräutermischungen, die Krankheiten abwehren sollten. Ob das tatsächlich gewirkt hat, ist zu bezweifeln. Die Hälfte der Patienten haben sich wahrscheinlich zu Tode erschreckt, was die ganze Sache irgendwie irrelevant machte. Auf jeden Fall gehören diese Masken jetzt zu Venedig einfach dazu.«

»Also«, fasste Bex zusammen und lehnte sich auf ihrem Stuhl zurück, »wir wissen, dass diese Bethany Wilderbourg eine Einladung und einen ID-Chip erhalten hat. Den hat sie offensichtlich dabei. Also muss ich mich heute Nachmittag in ihr Zimmer schleichen und ihn stehlen. Und du …« Sie sah Bradley an. »Du musst dafür sorgen, dass sie nicht plötzlich in ihr Zimmer zurückkommt und mich erwischt. Kannst du das?«

»Sicher kann ich das«, erwiderte Bradley.

»Glaubt ihr nicht, dass sie den ID-Chip bei sich

trägt?«, fragte Kieron. »Ich an ihrer Stelle würde ihn mitnehmen, damit er nicht verloren geht oder gestohlen wird.«

»Guter Gedanke«, lobte Bex, »aber Venedig ist wie jede andere Stadt in Italien ein Nest voller Taschendiebe und Handtaschenräuber, die es auf die Touristen abgesehen haben. Besonders die Handtaschenräuber sind gefährlich. Sie schneiden dir den Riemen deiner Tasche mit einem Rasiermesser durch und nehmen sie dir ab, bevor du es überhaupt merkst. Nein, Bethany wird den Chip in ihrem Zimmer aufbewahren, wahrscheinlich im Safe.« Sie überlegte einen Moment. »Ich werde wohl so eine halbe Stunde brauchen. Kannst du mir die verschaffen, Bradley?«

»Kein Problem. Aber es könnte sein, dass ich die Jungs brauche. Ich kann auf den Vordereingang des Hotels aufpassen, aber es gibt mindestens noch einen weiteren Weg hinein. Ist das okay?«

»In welchem Zimmer wohnt sie?«, fragte Bex.

»Dritter Stock, Zimmer 319.« Bradley schnaufte. »Das ist eines der billigeren Zimmer in diesem Hotel. Offensichtlich geht sie mit dem ›ererbten‹ Geld ihrer toten Ehemänner sparsam um.«

»Na gut«, sagte Bex zuversichtlicher, als sie sich fühlte, »legen wir los.«

Die vier machten sich auf den Weg zurück zum Hotel. Während Bex direkt in den dritten Stock ging, setzte sich Bradley in die Lobby, um den Haupteingang zu observieren, während die Jungen die anderen Eingänge im Auge behielten.

Der Flur war leer und Bex' Schuhe glitten lautlos über den dicken Teppich. Sie kam an einer offenen Tür mit einem Wagen voller Handtücher und Toilettenartikel vorbei und erhaschte einen Blick auf ein Zimmermädchen, das das Bett machte. Das Zimmer, zu dem sie wollte, lag zehn Türen weiter – selbst wenn das Mädchen sich in ihre Richtung vorarbeitete, würde Bex fertig sein, bevor sie dort anlangte.

Vor Zimmer 319 blieb sie stehen, holte tief Luft und klopfte. Keine Antwort. Sie klopfte noch einmal. »Zimmerservice!«, rief sie, doch von drinnen kam kein Laut. Die Tür blieb geschlossen.

Gut. Es hatte den Anschein, als sei Bethany Wilderbourg tatsächlich nicht da, was bedeutete, dass ihre Operation steigen konnte. Hätte sie geöffnet, hätte Bex sich eine Ausrede ausdenken müssen und gesagt, sie hätte sich im Zimmer geirrt. Dann hätte sie gewartet, bis Bethany tatsächlich fort war. Das hätte eine Weile dauern können.

Schnell sah sie sich im Gang um. Immer noch war niemand zu sehen.

Das Schloss an der Tür war ein einfaches Schlüsselkartenschloss. Bethany hatte dafür eine Karte mit einem Magnetstreifen erhalten, der von einem Sensor im Schloss gelesen wurde, wenn sie ihn durch den Schlitz über dem Türgriff zog. Hätte Bex mehr Zeit gehabt, hätte sie versucht, sich an der Rezeption eine zweite Karte zu besorgen. Sie hätte sich für Bethany Wilderbourg ausgegeben und behauptet, sie hätte ihre Karte aus Versehen in den Kanal fallen lassen. Das Personal an der Hotelrezeption erinnerte sich meist nicht an das Aussehen der einzelnen Gäste, dazu sahen sie zu viele davon. Aber da die Zeit drängte, musste Bex auf einem anderen Weg ins Zimmer gelangen.

Sie nahm ein Gerät aus ihrer Tasche, das ungefähr so groß war wie ein Edding. Ein kurzes Kabel mit einem Stecker war daran befestigt. Mit den Fingern tastete sie nach der kleinen Steckdose unter dem Metallschloss. Diese Arten von Schlössern waren nicht an die Hauptstromversorgung angeschlossen, daher musste man den Akku ab und zu aufladen, und wenn nötig, auch den Sicherheitscode des Chips darin ändern.

Als sie die Dose gefunden hatte, steckte sie den Stecker ihres Gerätes hinein und drückte auf den kleinen Knopf am anderen Ende. Das Gerät piepte einmal und ein paar Sekunden später noch einmal. Das erste Piepen bedeutete, dass das Gerät den Code des Chips erfolgreich kopiert hatte, und das zweite, dass es ihn dem Schloss wieder übermittelt hatte.

Bex schickte ein kleines Stoßgebet zu einem Gott, an den sie nicht glaubte, aber sie war sicher, dass es auch nicht schaden konnte.

Am Schloss leuchtete ein grünes Licht auf und die Tür sprang auf.

Schnell schob sie sie auf, schlüpfte hinein und schloss sie hinter sich wieder. Mit einem schnellen Blick aufs Bett überzeugte sie sich davon, dass Bethany nicht etwa nur eingeschlafen war. Aber es war leer. Außerdem war es gemacht, sodass sie nicht Gefahr lief, vom Zimmermädchen gestört zu werden, falls dieses sich entschließen sollte, ein paar Zimmer zu überspringen.

Bex wusste, was für Tricks Leute wie sie benutzten, um zu erkennen, ob jemand ihr Zimmer durchsucht hatte – ein mit Spucke über geschlossene Schubladen oder Koffer geklebtes Haar, leicht verschobene Objekte, deren Position man sich gemerkt oder fotografiert hatte, damit man wusste, ob sie verschoben worden waren. Bex fasste absichtlich nichts an. Das musste sie auch nicht. Wenn Bethany vernünftig war, dann hatte sie die Einladung zu Asraels Demonstration und ihren ID-Chip im Zimmersafe eingeschlossen. Entweder das oder sie hatte sie mitgenommen. In diesem Fall würden sie schleunigst einen neuen Plan brauchen.

Der Safe war da, wo Bex ihn vermutet hatte: in einem Fach im Schrank. Diese Fächer besetzten die linke Hälfte des Schrankes, auf der rechten war eine Garderobenstange, an der mehrere Kleider hingen. Bethany hatte anscheinend einen teuren Geschmack – es waren Designerstücke, die weit außerhalb von Bex' finanzieller Reichweite lagen. Sie ignorierte sie und konzentrierte sich auf den Safe, der glücklicherweise ebenfalls genau so beschaffen war, wie sie es erwartet hatte. Dicke Stahlwände und eine dicke (geschlossene) Stahltür sowie ein elektronisches Schloss und ein LED-Display. Die Anweisungen für die Eingabe des Codes waren an die Innenseite der Schranktür geklebt. Wenn ein neuer Gast das Zimmer bezog, stand die Safetür offen und der Code war auf 0000 eingestellt. Wenn man etwas hineinlegen wollte, tat man es, schloss die Tür und gab seinen eigenen Code mittels der Tastatur ein. Dieser Code funktionierte, solange der Gast den Safe benutzte, bis er auscheckte. Vorausgesetzt, er ließ die Tür offen, würde sich der Code nach einer gewissen Zeit wieder auf 0000 zurückstellen. Natürlich hatte das Hotel die Möglichkeit, den Safe zu öffnen, falls ein Gast einmal seinen Code vergaß, aber dafür hatte Bex keine Zeit. Zum Glück kannte sie einen besseren Weg.

Unter der Tastatur sah sie dicht am Rand der geschlossenen Safetür eine kleine ovale Plakette mit dem Logo des Herstellers, die mit zwei kleinen Schrauben befestigt war. Mit einem feinen Werkzeug an ihrem Schlüsselbund löste Bex eine der Schrauben und drehte die Plakette um neunzig Grad. Dahinter kam ein kleines Loch zum Vorschein. Dies war ein zusätzliches Sicherheitsschloss – eine Möglichkeit, den Safe zu öffnen. Die Geschäftsführung des Hotels hatte bestimmt einen Schlüssel dafür, aber Bex' umfangreiche Agentenausbildung hatte auch Schlösserknacken in Theorie und Praxis beinhaltet. Sie war gut darin, und was vielleicht noch wichtiger war, es machte ihr Spaß.

Sie bückte sich, um besser sehen zu können, und zog eine Haarnadel aus ihren Haaren. Es war nicht wirklich eine Haarnadel, sondern ein formbarer Metalldraht. Aber für jeden, der sie durchsuchte, sah er aus wie eine Haarnadel.

Sie bog das Metallstück gerade und steckte es in das Loch. Dann schob sie den dünnen Schraubenzieher von ihrem Schlüsselring darunter. Beide zusammen passten so gerade in das Loch hinein. Danach musste sie nur noch sachte atmen und Druck auf das Schloss ausüben, indem sie den Griff des Schraubenziehers leicht drehte und den Draht bewegte. Sobald sie die von Federn gehaltenen Bolzen spürte, die den Riegel hielten, drückte sie so vorsichtig wie möglich darauf, bis sie nach oben aus dem Weg sprangen. Nachdem sie das mit allen vier Bolzen getan hatte, war es ganz einfach, den Schraubenzieher wie einen Schlüssel zu drehen und den Safe aufzuschließen.

Die Anzeige zeigte »OFFEN« und die Tür ging auf.

Drinnen lagen Bethany Wilderbourgs Pass, ein Stapel Euroscheine, zwei Karten mit gewellten Rändern in der Größe von Einladungskarten, zwei geschlossene weiße Umschläge und zwei schwarze Plastikscheiben, die aussahen wie Casino-Chips.

Warum zwei?, wunderte sich Bex. Aber sie hatte keine Zeit, sich jetzt darüber Gedanken zu machen. Den Pass und das Geld würde sie dalassen. Die hatten nichts mit der Demonstration zu tun und sie wollte nicht Bethanys Sachen stehlen. Die Karten und die Chips allerdings konnten relevant sein, daher steckte sie sie ein. Sie fragte sich, ob die Umschläge zu dem Rätsel dazugehörten oder nur Einladungen von irgendjemandem waren, den Bethany in Venedig kannte. Schließlich steckte sie sie zu den Karten und den Chips, falls sie doch irgendwie wichtig waren, schloss die Safetür und drückte auf den Knopf, um ihn zu verriegeln. Der Safe summte und auf dem Display stand »ZU«.

Fertig. Zeit zu gehen.

In diesem Moment hörte sie von der Tür her ein Piepen und dann ein Klicken.

Mist, dachte sie. *Immer passiert mir das. Ich sollte mich aus den Hotelzimmern anderer Leute heraushalten.*

Bevor sich die Tür öffnete, schlüpfte sie schnell in den Schrank, schob die Kleider zur Seite und zog die Tür zu.

Durch den Spalt zwischen den Türen sah sie, wie die Zimmertür aufging und eine Frau eintrat. Es war nicht das Zimmermädchen, es war Bethany Wilderbourg. Bex erkannte sie von dem Bild auf Bradleys Tablet. Ihre Haare waren nass und sie hatte ein zusammengerolltes Handtuch dabei. Sie war gar nicht auf Touristenpfaden durch Venedig unterwegs, sondern am Hotelpool gewesen!

Bethany ging ins Bad. Sie blieb nur ein paar Sekunden dort – nicht lange genug, dass Bex aus dem Schrank und aus dem Zimmer hätte schlüpfen können –, dann kam sie ohne das Handtuch zurück. Wahrscheinlich hatte sie es zum Trocknen aufgehängt.

Bitte lass sie gleich wieder rausgehen und jetzt Sightseeing machen, betete Bex. *Bitte!*

Bethany kam auf den Schrank zu.

Verdammt, sie will sich umziehen oder braucht eine Jacke oder so. Ich bin erledigt!

Entsetzt fiel Bex ein, dass sie die Metallplatte, die über dem Loch des Sicherheitsschlosses gewesen war, lose hatte hängen lassen. Gleich würde Bethany es entdecken!

Mit der rechten Hand tastete sie nach dem Safe. Ihre Finger berührten ihn. Schnell schob sie ihre Hand so weit, dass sie die Metallplatte erreichte, und drückte sie wieder in die richtige Position. Gerade noch rechtzeitig.

Bethany zog die linke Schranktür auf – die mit den Fächern, dem Safe und etwa 7 Zentimetern von dem Teil mit der Garderobenstange, glücklicherweise aber nicht die andere. Bex hielt den Atem an, presste sich so weit wie möglich an die Rückwand des Schankes und versuchte, nicht mit den Kleidern zu rascheln. Doch sie musste sie berührt haben, denn plötzlich stieg ihr ein Parfum in die Nase, das noch vom letzten Tragen darin hing. Es kitzelte sie in der Nase, und sie musste sich konzentrieren, nicht zu niesen.

Bethany tippte den Code ein und die Safetür öffnete sich mit einem Piepen.

Bitte lass sie nicht bemerken, dass die Einladungen und die ID-Chips weg sind!

Der starke, blumige Duft des Parfums kitzelte Bex immer stärker in der Nase. Sie kniff sich die Nasenflügel zusammen, aber das machte die Sache nur noch schlimmer. Als wäre ein kleines Insekt darin gefangen und versuchte verzweifelt hinauszukommen. Bex verzog das Gesicht und zwang sich, den Niesreiz zu unterdrücken.

Bethany griff in den Safe, zog drei Scheine aus dem Geldbündel, warf den Rest wieder hinein und schloss die Safetür, die sie mit einem Knopfdruck wieder verriegelte. Dann schob sie die Schranktür zu, nahm ihre Jacke von dem Stuhl, über den sie sie geworfen hatte, und verließ das Zimmer.

Das Jucken in Bex' Nase war jetzt fast unerträglich, aber sie zwang sich, bis zehn zu zählen, bevor sie den lautesten Nieser ihres Lebens ausstieß.

Glücklicherweise brachte das Geräusch Bethany nicht dazu, umzukehren und nachzusehen, was Bex fast befürchtet hatte.

Sie tastete in der Tasche nach der Karte und den Chips, drückte die Zimmertür einen Spaltbreit auf und lauschte. Irgendwo den Gang runter hörte sie das Klingeln des Aufzugs. Wahrscheinlich war das Bethany auf dem Weg nach unten. Das, dachte Bex, würde Bradley oder den Jungen sicherlich einen ganz schönen Schrecken einjagen. Sie hatten aufgepasst, ob Bethany das Hotel betrat. Sie plötzlich hinausgehen zu sehen, würde sie völlig überrumpeln. Sie hoffte nur, dass sie sich nichts anmerken ließen. Bradley auf jeden Fall nicht, dazu war er zu sehr Profi. Aber die Jungen könnten

Bethany warnen, wenn sie sich ihre Überraschung anmerken ließen.

Doch dann schüttelte Bex den Kopf. Diese Jungen hatten sich wieder und wieder bewährt. Sie würden sie jetzt nicht enttäuschen, indem sie sich amateurmäßig verhielten und sie verrieten.

Sie nahm die Treppe in die Lobby hinunter. Bradley saß noch an seinem Platz in einem bequemen Sessel. Er wirkte, als würde er etwas auf seinem Tablet lesen.

Sie setzte sich neben ihn.

»Das war echt interessant«, sagte sie leise.

»Ja, ich habe unsere Zielperson gehen sehen. Was ist passiert?«

»Sie war schwimmen.«

»Wie der Dichter Robert Burns schon sagte: *Der beste Plan, ob Maus, ob Mann, geht oftmals ganz daneben.* Das bedeutet …«

»Ich weiß, was das bedeutet. Die militärische Variante davon lautet: *Kein Plan überlebt den Feindkontakt.* Das hat mein Vater immer gesagt.«

»Hast du, was du wolltest?«

»Habe ich. Zumindest habe ich etwas, worauf die Beschreibung passt, und es war am richtigen Ort. Aber es waren zwei Sets, nicht nur eines. Wir sollten sie uns allerdings nicht hier ansehen, falls sie zurückkommt und uns damit sieht. Wir können in dein Zimmer gehen. Oh, und wir können unterwegs die Jungen holen.«

Fünf Minuten später saßen sie alle in Bradleys Zimmer.

Bex holte die Karten und die Chips heraus. »Abgesehen von Bargeld und einem Pass waren das die einzigen Sachen im Safe. Wenn die nicht das sind, was wir suchen, dann haben wir ein Problem.« Sie warf Bradley die Chips zu. »Hast du alles da, um sie zu überprüfen?«

»Ob *ich* alles dahabe?«, lachte er. »Was glaubst *du* denn?«

»Hast du?«, fragte Kieron stirnrunzelnd.

»Ja, habe ich«, seufzte Bradley. »Gebt mir ein paar Minuten.«

Während er seinen Tabletcomputer aufstellte, sah sich Bex die erste Karte an. Sie war aus dickem elfenbeinfarbenem Karton und hatte gewellte Ränder wie eine beliebige vornehme Einladung. Selbst die Schrift war ziemlich gewöhnlich für so etwas – sie sah nach kunstvoller Schreibschrift aus. Als sie mit den Fingern über die Karte fuhr, spürte sie, dass sich die Tinte vom Papier abhob wie aufgeprägt. Sehr beeindruckend.

Die Worte waren einfach und direkt:

Einladung zu einer Demonstration der Fähigkeiten von Asrael

Finden Sie sich am fünften Tag nach dem Erhalt dieser Einladung um 18:30 Uhr am Pier 13 am Markusplatz ein.

Bringen Sie diese Karte und den beiliegenden Chip mit. Dies sind die einzigen Ausweise, die Sie brauchen und die akzeptiert werden.

Erzählen Sie niemandem davon.

Bringen Sie niemanden mit.

Waffen oder Aufzeichnungsgeräte sind nicht erlaubt.

Sie werden nicht glauben, was Sie sehen werden.

Sie betrachtete die zweite Karte, auf der genau das Gleiche stand.

Die beiden weißen Umschläge starrten sie herausfordernd an. Sie waren unbedruckt und aus festem Papier. Mit einem Anflug von schlechtem Gewissen öffnete Bex den ersten.

Darin lag nur ein Streifen Karton mit dem handgeschriebenen Namen: Charles Wilderbourg. Bethanys Ehemann? Wahrscheinlich.

Auf dem zweiten Streifen stand ein anderer Name: Linda Harringdon.

Auf den Karten standen Adressen, beide in nobleren Teilen von Los Angeles.

»Ich habe die Chips überprüft«, verkündete Bradley und riss sie aus ihren Gedanken. »Jeder hat einen eigenen Code – aber keine zusätzlichen Informationen. Ich kann nicht herausfinden, wo die Demonstration stattfinden soll. Der einzige Weg, das herauszubekommen, ist hinzugehen.«

»Ja, aber wir haben ein Problem«, erwiderte Bex. »Sie hat einen Freund und der wurde auch eingeladen. Wenn ich allein komme, könnte Asrael misstrauisch werden. Zumindest wird es Aufmerksamkeit auf mich lenken. Ich brauche einen Begleiter.« Sie hielt die zweite Karte hoch und wedelte damit Bradley zu. »Benimm dich. Du kommst mit.«

»Solange es ein Glas Wein und ein paar Pasteten gibt«, meinte Bradley. »Gut, dass ich einen Anzug und ein Hemd mitgenommen habe.«

Bex sah ihn an und stellte fest, dass er zum selben Schluss gekommen war wie sie. Er nickte leicht und sie nickte zurück. Dann wandte sie sich an Kieron und Sam.

»Wir werden eure Hilfe brauchen«, sagte sie.

Beide grinsten und unwillkürlich musste auch sie lächeln.

»Wie ihr gehört habt, muss ich noch jemanden zur Vorstellung mitbringen«, erklärte sie. »Aber das kann keiner von euch sein. Ich bezweifle, dass Asrael glauben würde, mein Partner wäre ein Teenager. Am besten wäre es, wenn ich allein gehe und Bradley mich von hier aus mithilfe der AR-Brille unterstützt – aber das geht dieses Mal nicht.« Sie hielt inne und sah von einem zum anderen. »Ihr beide müsst also hierbleiben und uns die nötige Unterstützung geben. Seid ihr dabei?«

Kieron sah Sam an. »Sind wir das? Was meinst du?«

»Werden wir nicht langsam zu alt für den Mist?«

Kieron nickte. »Ehrlich gesagt, ich habe heute ein Mädchen kennengelernt. Sie kommt aus Norwegen. Wir wollten uns später unten in der Lobby treffen. Sie hat eine Schwester. Sogar zwei.«

»Klingt gut.«

Noch ein paar Sekunden behielten die beiden ihre Pokerfaces bei, während sie Bex und Bradley in die Augen sahen. Doch dann hielten sie es nicht länger aus und mussten lachen.

»Natürlich helfen wir!« Kieron schnappte prustend nach Luft.

Drei Stunden später, nachdem Bex und Bradley sich in ihren Zimmern kurz hingelegt hatten, um für ihre Mission fit und ausgeruht zu sein, und nachdem sie sich schick angezogen hatten – ein schwarzer Anzug für Bradley und ein eleganter Hosenanzug für Bex –, trafen sie sich in der Lobby und gingen zum Pier.

»Hast du das gesehen?«, fragte Bradley, als sie das Hotel verließen.

»Was?«

»Bethany Wilderbourg. Sie hat sich an der Bar mit einem Mann gestritten. Wahrscheinlich behauptet sie, er hätte die Einladungen und die Chips, und er sagt, sie hätte sie. Geh einfach weiter.«

Draußen war es kalt. Jenseits der Lagune glitzerten die Lichter auf den anderen Inseln.

»Wer von uns trägt die Brille?«, fragte Bradley.

»Ich bin mehr daran gewöhnt, und ehrlich gesagt, ich sehe damit auch besser aus. Gib sie mir.«

Wortlos reichte ihr Bradley die Brille und einen Kopfhörer. »Also ist es meine Aufgabe, neben dir zu stehen und dekorativ auszusehen?«

»Deine Aufgabe ist es, neben mir zu stehen und auszusehen wie ein Yogalehrer.« Bex setzte die Brille auf, steckte sich den Kopfhörer ins rechte Ohr und drückte auf den winzigen Knopf im rechten Bügel der Brille. Dabei sah sie, wie Bradley sich auch einen Kopfhörer ins Ohr steckte, einen, den sie übrig hatten. »Kieron, bist du da?«

»Ich bin hier«, erklang es in ihrem Ohr. »Dreh mal den Kopf, damit ich die Schärfe und den Infrarotmodus überprüfen kann. Ja, so ist es gut. Funktioniert alles bestens.«

»Gut. Dann los.«

Sie schlenderten an der Lagune entlang. Bex hakte sich bei Bradley ein. »Nur damit wir nicht auffallen. Komm ja nicht auf dumme Gedanken«, sagte sie.

»Würde mir nicht im Traum einfallen. Außerdem habe ich eine Freundin in Newcastle.«

»Du hast Courtney noch nichts gesagt?«

»Wann hätte ich das denn machen sollen?«

»Hey!«, klang es aus der AR-Brille.

»Sorry«, murmelte Bradley. »Ah, da vorn ist Pier 13.«

Bex sah in die Richtung, in die er zeigte. Statt eines Vaporetto oder einer Gondel lag dort eine schwarze Motorjacht am Kai. Sie war über 20 m lang und hatte am Heck eine hohe Kajüte. Der Bug lief spitz zu. Es stand niemand in der Nähe, aber eine Gangway führte vom Pier an Bord.

»Sunseeker, sagt die Bootserkennungsseite, die ich mit der Brille gefunden habe«, informierte sie Kieron. »Genauer gesagt, eine Sunseeker 75. Sehr schön. Sehr, sehr teuer. Das internationale Killergewerbe scheint sich zu lohnen.«

»Okay«, sagte Bex. »Los geht's!«

Kapitel 7

Kieron sah Bex und Bradley über die Gangway an Bord der schwarzen Jacht gehen. Dabei zeigte ihm die AR-Brille über dem tatsächlichen Bild eine leuchtend grüne Planzeichnung vom Inneren der Jacht, sodass er jede Kabine und jeden Stauraum sehen konnte sowie die Maschinen und die Dieseltanks. Gleichzeitig hoben die Infrarotsensoren alle Wärmequellen hervor: die Motoren und die Getriebewellen, aber auch jede einzelne Person an Bord.

»Auf der Brücke sind zwei Personen«, murmelte Kieron. »Und weitere unter Deck.«

»Okay«, sagte Bex, als ob sie zu Bradley spreche, doch Kieron wusste, dass sie den Erhalt seiner Information bestätigte.

Das Bild, das Bex' Brille übertrug, zeigte Kieron einen bärtigen Mann mit weißem Jackett, weißem Hemd und weißen Hosen sowie einer spitzen weißen Mütze, der auf die beiden zukam. Über dem Bild tauchte eine rote Textbox auf, die durch eine Linie mit der linken Seite des Jacketts des Mannes verbunden war. In der

Box blitzte in roten Buchstaben: *Faltenwurf des Stoffes lässt auf Bewaffnung schließen.*

»Ihre Einladung bitte«, sagte der Mann und streckte die Hand aus. Er hatte einen leichten Akzent.

Georgischer Akzent, informierte die Brille. *Wahrscheinlich aus der Gegend südlich von Tiflis.*

Bex griff in die Jacke und holte die Einladungen heraus.

»Hier, bitte«, sagte sie und reichte sie dem Mann.

»Danke.« Der Mann betrachtete sie kurz. »Scheinen in Ordnung zu sein. Und die Chips, bitte?«

Die bekam er von Bradley. Doch anstatt sie zu nehmen, holte der Mann einen Scanner aus dem Gürtel und fuhr damit über die auf Bradleys Handfläche liegenden Chips. Der Scanner piepte zweimal.

»Alles in Ordnung.« Der Mann nickte ihnen zu. »Wenn Sie nichts dagegen haben, würden wir sie gern nach Waffen und Kommunikationsgeräten absuchen.«

»Und wenn wir etwas dagegen haben?«, erkundigte sich Bex.

»Dann muss ich Sie bitten, das Schiff zu verlassen«, antwortete der Mann ruhig.

Bradley trat vor.

»Entweder über die Gangway oder über Bord«, fuhr der Mann gelassen fort. »Ihre Entscheidung.«

Mit einer übertriebenen Geste riss Bradley das Jackett weit auf, um sein Hemd zu zeigen. Der Mann strich mit dem Scanner darüber, begann an der Brust und arbeitete sich über Rücken, Arme und Beine vor. Nachdem er sich davon überzeugt hatte, dass Bradley keine Waffen trug, wandte er seine Aufmerksamkeit Bex zu. Sie unterzog sich der Durchsuchung geduldig und öffnete sogar ihre kleine Handtasche, damit er dort nachsehen konnte.

»Danke. Bitte entschuldigen Sie die Unannehmlichkeiten, aber Asrael nimmt es mit den Vorkehrungen für die Vorführung sehr genau.«

»Verständlich«, antwortete Bex. »Und wo genau fahren wir hin?« Sie drehte sich um, sodass Kieron die Gangway sehen konnte, über die gerade ein Mann an Bord kam: Mitte dreißig, dunkelhäutig, mit einer Narbe auf der Wange.

»Nicht weit. Bitte machen Sie es sich in der Lounge gemütlich. Es gibt Cocktails, wenn Sie möchten. Wir werden bald ablegen.«

Der Bärtige ging, um den Neuankömmling zu begrüßen. Bex sah diesen weiter an, damit Kieron ihn gut scannen konnte. Schließlich starrte der Dunkelhäutige Bex böse an und sie schaute weg. Kieron konnte sich vorstellen, wie sie freundlich lächelte.

»War das lang genug?«, fragte sie leise.

»Ich sehe gerade nach«, antwortete Kieron und glich mit der Brille das Gesicht des Mannes mit den vielen Datenbanken ab. Er bekam einen Treffer. »Er ist nicht unter den Leuten, die wir heute fotografiert haben«, sagte er und las sich schnell die Informationen durch, »aber er hat Verbindungen zu den bosnischen Separatisten. Kein netter Mann.«

»Ich gehe mal davon aus, dass wir uns auf einem Schiff voller Nicht-netter Menschen befinden«, murmelte Bex in sein Ohr.

»Immerhin gibt es Cocktails«, meinte Bradley. »Ist doch was Gutes.«

Kieron verfolgte, wie sie unter Deck gingen. Vor

ihnen lag eine Bar mit zwei Barkeepern. Außer ihnen waren schon eine ganze Menge andere Leute da. Das war wie bei einem Schulball, dachte Kieron. Alle standen am Rand herum und redeten nicht miteinander. Die AR-Brille lief auf Hochtouren, um die Gesichter zu identifizieren. Wäre Kieron Epileptiker, hätte er von den vielen aufblitzenden Lichtern sicher einen Anfall bekommen.

»Ich werde euch nicht mit den Einzelheiten langweilen«, sagte er, »aber ihr befindet euch in einem Raum mit internationalen Verbrechern, Terroristen und übergelaufenen Spionen. Seid sehr, sehr vorsichtig.«

»Hat jemand Lust auf eine Runde Poker?«, fragte Bradley in die Runde, und als ihn alle nur anstarrten, fuhr er fort: »Nein, nicht? Na, vielleicht später.«

Der dunkelhäutige Neuankömmling kam herein, drückte sich an Bex vorbei und hielt schnurstracks auf die Bar zu.

»Cocktail?«, fragte Bradley Bex.

»Gern. Irgendetwas Antialkoholisches.«

»Oh«, erwiderte Bradley enttäuscht. »Ja, gute Idee.«

Die Brille erzitterte und Kieron vernahm ein dumpfes Brummen durch die Kopfhörer seines Gerätes.

»Das Boot legt ab«, sagte Bex, als spreche sie mit Bradley. »So nennt man das, glaube ich.«

»Ich habe die Position der Brille markiert«, versicherte Kieron ihr. »Sie überträgt ein Ortungssignal, das ich über Satellit empfange. Ich werde euch nicht verlieren.«

»Es sei denn, das Signal wird blockiert«, verkündete Sam hinter ihm.

Die Szene, die Kieron sah, veränderte sich, als Bex die Kabine durchquerte und durch ein Bullauge hinaussah. Er beobachtete, wie die Lichter des Markusplatzes und der Pier zurückblieben. Dort standen zwei Leute, ein Mann und eine Frau, die dem Boot wütend nachsahen. Er war sich nicht sicher, aber wahrscheinlich war die Frau Bethany Wilderbourg.

»Wie bestellt und nicht abgeholt«, murmelte Bex. »Wie traurig.«

Als sie sich wieder umdrehte, um ihren Drink von Bradley entgegenzunehmen, rief Kieron eine Karte der Lagunenstadt auf. Sie nahm zwar fast das ganze Sichtfeld der Brille ein, aber er war sich sicher, dass vor der Ankunft an ihrem Zielort nicht viel passieren würde, und er wollte wissen, wo sie ungefähr hinfuhren.

»Also«, sagte er, während er den blinkenden Punkt verfolgte, der die Position des Schiffes darstellte, »ihr fahrt nach Südosten. Links von euch ist der Hauptteil von Venedig und rechts von euch der Lido, das ist der Strand. Ich vermute, dass ihr euch nach Norden wendet und zwischen den Inseln Sant'Elena und La Certosa hindurchfahrt. Und in ein paar Minuten kommt ihr dann an der Insel Le Vignole vorbei.«

»Das ist gut«, sagte Bex und nippte an ihrem Drink. »Meine ich.«

Das blinkende Licht fuhr wieder nach Osten, um Le Vignole herum und dann geradeaus. Vor ihnen verteilten sich einige kleine Inseln in der Lagune, die nicht alle einen Namen hatten. Dahinter lag in der Ferne das italienische Festland.

Bald darauf war klar, dass das Boot geradewegs auf eine kleine, unregelmäßig geformte Insel zufuhr, die ein wenig abseits lag wie ein Kind, das auf einer Geburtstagsparty von den anderen gemieden wird. Kieron wählte das Bild mit den Fingern aus und suchte nach Informationen darüber. Viel fand er nicht.

»Sieht aus, als würdet ihr auf einer Insel namens Isola San Zan Degola landen«, las er vom Bildschirm ab. »Sie ist ganz klein und unbewohnt. Vom sechzehnten bis achtzehnten Jahrhundert diente sie wohl als Friedhof, wurde aber während einer Pestepidemie aufgegeben.« Er zögerte kurz. »Aber jetzt ist es bestimmt sicher. Die Einheimischen meiden den Ort allerdings immer noch. Es fährt offensichtlich niemand dorthin. Angeblich wird die Insel von den Geistern eines Regiments italienischer Soldaten heimgesucht, die im frühen 19. Jahrhundert dort stationiert waren.« Er pfiff leise, als er die Worte vor seinen Augen las. »Oh – offenbar hat ihr Kommandant auf dem Festland den Kontakt zu ihnen verloren. Als er Boten ausschickte, um nachzusehen, fanden sie nur Tote.« Nach einer dramatischen Pause fügte er hinzu: »Und die Leichen wiesen keinerlei Spuren von Gewalt auf.«

»Buhuuuu!«, machte Sam hinter ihm.

Das Motorengeräusch des Bootes veränderte sich, und das Bild in der AR-Brille wackelte ein wenig, als das Boot schwankte und Bex beinahe das Gleichgewicht verloren hätte.

»Nun«, sagte sie fröhlich zu den verschiedenen Terroristen und Kriminellen um sie herum, die sich schweigend an ihren Drinks festhielten, »freuen wir uns auf die Show!«

Sie bekam keine Reaktion.

Das Boot wurde langsamer, und das Bild ruckelte, als der Bug gegen eine Kaimauer oder einen Anleger stieß.

»Bitte hier entlang«, erklang eine Stimme von der Tür her.

Als Bex sich zu dem Sprecher umdrehte, sah Kieron wieder den bärtigen Mann. Er trat beiseite, um die Tür freizugeben. Nacheinander verließen die Männer und Frauen die Kabine. Bex und Bradley waren die Letzten.

Das Boot schaukelte sanft auf dem ruhigen dunklen Wasser der Lagune. An Deck sah Bex zum Himmel, an dem Kieron kurz ein paar helle Sterne erkannte. Als sie wieder hinunter auf die Gangway blickte, die vom Boot auf einen Betonsteg führte, bemerkte er eine unregelmäßige schwarze Silhouette ein paar Hundert Meter weiter. Dahinter blitzten rote, blaue und violette Lichter auf. Durch die kleinen Lautsprecher in der Brille hörte er auch Musik: einen stampfenden Rhythmus, der über die Verbindung gar nicht mal so schlecht klang, aber an Bex' Standort bestimmt ohrenbetäubend war.

Wie zur Bestätigung hörte er Bex zu Bradley sagen: »Hätte ich gewusst, dass wir tanzen gehen, hätte ich mein Partykleid angezogen.«

»Sie hat ein Partykleid?«, erklang Sams Stimme. »Wer hätte das gedacht?«

»Benehmt euch, ihr zwei«, knurrte Bradley.

»Kannst du mithören?«, fragte Kieron Sam.

»Wenn ich nahe genug bin, ja«, antwortete der. »Und wenn du den Kopf ein wenig drehst, kann ich sogar etwas sehen.«

»Gut zu wissen.«

Vom Anleger aus führte ein Weg das Ufer hinauf zu den Lichtern. In einer Reihe schritten die Leute vom Boot darauf zu.

Bex wandte den Kopf. Hinter ihr und Bradley kamen

die vier Mann Besatzung des Schiffes. Jeder von ihnen trug ein Sturmgewehr. Kieron begriff mit Schaudern, dass es von hier keinen Weg zurück gab.

Hinter der Anhöhe wurde das Display der AR-Brille von der plötzlichen Helligkeit der Lichter einen Moment überblendet. Als Kieron nach einem fast schmerzhaft grellen Blitz wieder etwas erkennen konnte, sah er einen runden Platz mit einem Durchmesser von ein paar Hundert Metern. Vor einer großen Bühne mit einem riesigen LED-Bildschirm wie denen bei Rockkonzerten waren Stühle aufgestellt und aus den Lautsprechern daneben dröhnte pulsierende Musik. Spotlights ließen rote, blaue und gelbe Lichter tanzen. Auf dem Bildschirm prangte ein Logo mit einem stilisierten Drachen mit dem Schriftzug ASRAEL.

Es war offensichtlich, was erwartet wurde. Bex und Bradley folgten den anderen vom Boot zu dem improvisierten Auditorium und setzten sich.

Bex sah sich langsam um, damit Kieron einen guten Blick auf die Umgebung bekam. Als Erstes fiel ihm auf, dass die vier Besatzungsmitglieder sich am Rand des Kreises hinter den Spotlights postiert hatten. Sie hatten die Waffen gesenkt, hielten sie aber bereit.

»Das gefällt mir ganz und gar nicht«, sagte Kieron so leise, dass Bex es hoffentlich nicht hören konnte.

»Mir auch nicht«, flüsterte Sam. Sein Atem kitzelte die Härchen in Kierons Nacken und ließ sie zu Berge stehen.

»Falls es jemand geschafft hat, eine Waffe hierherzuschmuggeln, werden ihn die Lichter lange genug blenden, sodass die Wachen rechtzeitig darauf reagieren können«, sagte Bex zu Bradley, sodass Kieron mithören konnte. »Wir sind hier also taktisch im Nachteil. Das ist alles sehr gut geplant.«

Plötzlich verstummte die dröhnende Musik, was die darauf folgende Stille paradoxerweise noch lauter erscheinen ließ.

Bex sah zur Bühne.

Dort schossen eine Reihe von Feuerwerkskörpern in großen Feuerfontänen in die Luft.

»Sehr theatralisch«, bemerkte Bradley und hielt sich die Hand vor die Augen. »Ich hoffe, es gibt auch irgendwann ein Steak, sonst bin ich bitter enttäuscht.« Als Bex ihn von der Seite ansah und Kieron einen Blick auf sein Profil erhaschte, fuhr er fort: »Mir ist nur gerade gekommen, dass das hier möglicherweise gar keine Werbemaßnahme für Asrael ist. Vielleicht möchte irgendjemand einen Haufen seiner Konkurrenten aus dem Weg räumen. Ich meine, wir haben uns so sehr darauf konzentriert, die Leute zu identifizieren, die hier sind, dass wir vergessen haben, uns die anzusehen, die nicht hier sind. Vielleicht ist hier alles vermint.« Er schnaufte und schüttelte den Kopf. »Hey, vielleicht sind es unsere Bosse vom MI6 oder der CIA oder so jemand, der versucht, ordentlich aufzuräumen. Das ist vielleicht nicht legal und auch nicht moralisch vertretbar, aber auf jeden Fall effektiv. Und welche Ironie, wenn sie dabei auch uns erwischen würden.«

»Nervös?«, fragte Bex sanft.

»Warum fragst du?«

»Weil du zu viel redest. Geht es dir gut?«

Sie sah ihn an, doch er hielt den Blick starr auf die Bühne gerichtet. Plötzlich stieß er hervor: »Ich bin es nicht gewöhnt, vor Ort zu arbeiten. Ich sitze normalerweise an einem sicheren Ort bei Kaffee und Kuchen und sehe zu, wie du gefährliche Situationen meisterst, während ich mein Bestes tue, dir zu helfen.«

»Und das machst du verdammt gut«, stellte Bex fest.

»Aber jetzt sitze ich hier, und da sind Männer mit Gewehren, und ich bin mir nicht sicher, was ich hier eigentlich mache.«

»Du hilfst mir in einer schwierigen Situation«, antwortete Bex. »Nur dass du mir dieses Mal näher bist als sonst. Vertrau mir einfach. Ich bringe uns hier schon raus. Versprochen.«

»Und ich decke euch den Rücken«, fügte Kieron hinzu.

»Und ich decke Kieron den Rücken«, rief Sam.

»Ja«, sagte Kieron. »Und wer deckt deinen?«

Die Feuerfontänen verloschen alle auf einmal. Auf der Bühne standen drei Gestalten, von den Spotlights hinter ihnen angeleuchtet. Nach einem dramatischen Augenblick der Stille drehten sich einige andere Spotlights herum, die irgendwo von hinter der Bühne ferngesteuert wurden, und beleuchteten die Neuankömmlinge.

Kieron schnappte nach Luft.

»Was ist?«, fragte Bex besorgt.

»Ihr werdet es nicht glauben«, sagte Kieron, der selbst in seinen eigenen Ohren überrascht klang, »aber die kenne ich!«

Er zoomte mit der Brille auf die Bühne, um besser sehen zu können, doch er war sich bereits sicher. Die drei, die dort vor dem Bildschirm standen und ihr gebanntes Publikum herausfordernd ansahen, waren die Norwegerinnen, die er am Vormittag kennengelernt hatte.

»Wer sind die?«, fragte Bex, als sei das eine rhetorische Frage. Um sie herum wurde Gemurmel laut, da die Leute überraschte Kommentare austauschten.

»Das Mädchen in der Mitte ist Katrin. Die neben ihr sind Eva und Hekla.« Er fühlte sich plötzlich irgendwie leer und maßlos enttäuscht. Er hatte gedacht, wenn er auf dieser Reise noch mal etwas Freizeit haben würde, könnte er sich vielleicht mit Katrin treffen, vielleicht einen Kaffee trinken, E-Mail-Adressen oder Social-Media-Kontakte austauschen. Man hörte ja immer, wie sich Leute in den Ferien verliebten. Es war ein Klischee, das von unzähligen Filmen verbreitet wurde. Wie dumm war er gewesen zu glauben, dass ihm das passieren könnte.

Sam drückte ihm mitfühlend die Schulter. »Sie sieht wirklich sehr nett aus«, meinte er. »Alle drei sogar.«

»Zu dumm, dass sie internationale Killer sind«, seufzte Kieron. »Damit spiele ich nicht in ihrer Liga.«

»He«, entgegnete Sam, »du bist ein topsecret Geheimagent. *Die* spielen nicht in *deiner* Liga.«

Schnell tippte Kieron Anweisungen in den virtuellen Bildschirm.

»Ich lasse ihre Daten durch die Gesichtserkennungssoftware laufen«, erklärte er, »genau wie die Gesichter der anderen Anwesenden. Aber es kommt nichts dabei heraus. Wer auch immer sie sind, sie sind keiner Polizeiorganisation und keinem Geheimdienst bekannt.«

»Die sind doch noch nicht mal aus der Schule raus, oder?«, meinte Bradley.

»Ich glaube, sie sind älter, als sie aussehen«, erwiderte Bex ruhig.

Das Mädchen in der Mitte – Katrin – trat vor.

»Guten Abend«, begrüßte sie die Anwesenden mit

dem schönen nordischen Akzent, den Kieron so bewundert hatte. Ein Schauer lief ihm über den Rücken. »Vielen Dank, dass Sie alle heute Abend gekommen sind. Wir sind Asrael, und wir wollen, dass Sie Ihre Geschäfte mit uns machen. Wir wollen Ihr bevorzugter Todeslieferant sein.« Sie lächelte zuversichtlich. »Wir wissen, dass der Markt überfüllt ist. Im Darknet gibt es jede Menge Anzeigen von Exsöldnern, Exgangmitgliedern und Exterroristen, die Ihnen weismachen wollen, dass sie jeden töten können, den Sie ihnen nennen.« Sie sah sich im Publikum um. Bex tat es ebenfalls und bemerkte eine Menge zweifelnder Gesichter. »Das können sie natürlich nicht«, fuhr Katrin fort. »Vielleicht schaffen sie es, bei jemandem einzubrechen und denjenigen im Schlaf zu erschießen, oder jemandem die Bremskabel am Auto durchzuschneiden, sodass es außer Kontrolle gerät und verunglückt. Aber das funktioniert nur, wenn die Zielperson keine Bodyguards und keine Alarmanlagen hat. Die Zielpersonen, die die meisten von Ihnen gerne loswerden wollen, werden schlauer sein. Sie werden Vorsichtsmaßnahmen ergreifen. Sie werden von einem undurchdringlichen Schild, bestehend aus elektronischer Abwehr, gut bewaffneten Menschen und altmodischem Beton, Ziegel oder Stein, umgeben sein.« Sie hielt einen Moment inne. »Undurchdringlich für jeden außer uns. Wir – und *nur* wir – können den Schutzschild Ihrer Zielperson durchdringen. Überall auf der Welt und jederzeit.«

»Das glaube ich nicht«, erklärte Bradley skeptisch.

»Und was war mit meinem Auto und mit unserer Wohnung?«, murmelte Bex ihm zu. »Vielleicht ist da doch etwas dran.«

»Auf jeden Fall nehmen sie den Mund ganz schön voll«, sagte Sam neben Kierons Kopf. »Nach dem ganzen Hype sollten sie aber auch liefern können.«

»Das klingt ja, als wolltest du wirklich, dass sie jemanden umbringen«, empörte sich Kieron.

»Ich mein ja nur.«

»Als wir Sie eingeladen haben, haben wir Sie alle gebeten zu überlegen, wen Sie gern aus Ihrem Leben entfernen würden«, fuhr Katrin fort. »Einfach weg. Tot. Wir haben Ihnen Karten gegeben und Sie gebeten, Namen und Aufenthaltsort der Person daraufzuschreiben, bevor Sie hierherkommen, und sie in den Umschlag zu stecken. Wir haben Sie auch gebeten, diese Umschläge stets bei sich zu haben.« Sie machte eine Kunstpause. »Vielleicht haben Sie uns den Namen von jemandem gegeben, den Sie wirklich tot sehen wollen, vielleicht aber auch den eines Fremden, den Sie zufällig gewählt haben, weil Sie uns nicht trauen und sich nicht verraten wollen. Das spielt keine Rolle. Für einen von Ihnen wird Ihr Wunsch heute in Erfüllung gehen. Ihre Zielperson wird sterben. Wenn es jemand war, den Sie tot sehen wollen, dann haben Sie eine kostenlose Ermordung von uns erhalten. Falls es ein zufälliger Fremder war, nun …« Sie zuckte mit den Achseln. »Das ist dann wohl Pech für ihn und seine Familie.«

»Können die das wirklich?«, fragte Kieron nervös. »Ich meine, das kommt mir so unwahrscheinlich vor. Und so kaltherzig. Ist es ihnen denn egal, irgendwelche Fremden zu töten?«

»Auftragskiller sind nicht gerade für ihre Skrupel bekannt«, meinte Bradley.

Katrin sah sich im Publikum um und blickte jedem

der Anwesenden in die Augen. Einen Moment lang sah sie auch Bex direkt an, doch Kieron hatte mit seiner Brille das Gefühl, als starre sie ihn an.

Er schauderte.

»Möglicherweise glauben Sie, dass wir jemanden ins Publikum gesetzt haben, den wir wie zufällig aussuchen können, damit er uns eine Zielperson nennt, auf die wir bereits vorbereitet sind. Nur um zu beweisen, dass das nicht der Fall ist…« Sie deutete auf Hekla, die einen Schritt vortrat und die Hand hob, in der sie eine kleine rote Kugel hielt, etwa so groß wie ein Tennisball. »Ich weiß, das ist nicht gerade Hightech«, gab Katrin zu, »aber es ist effektiv. Bitte, wenn der Ball in Ihre Richtung fliegt – fangen Sie ihn!«

Hekla drehte sich mit dem Rücken zum Publikum und warf den Ball so hoch, wie sie konnte, in die Luft.

»Also, fürs Kricket taugt sie nicht«, fand Sam.

»Du taugst auch nichts beim Kricket«, bemerkte Kieron. »Und ich auch nicht.«

Der Ball flog in hohem Bogen ins Publikum. Als er herunterfiel, sahen ihm die Leute im schwachen Licht unruhig entgegen. Ein Mann in einem Dinnerjacket und mit Fliege fing ihn mit beiden Händen und hielt ihn hoch.

»Jetzt werfen Sie ihn bitte erneut«, wies ihn Katrin an.

Der Mann zuckte leicht die Achseln, offenbar enttäuscht, dass nicht er der Auserwählte sein sollte, doch er warf den Ball über die Schulter, ohne hinzusehen, wohin er flog.

Eine ältere Frau in einem schwarzen Lederoverall, der für eine deutlich jüngere designt war, fing ihn mit einer Hand. Sie stand auf und winkte aufgeregt mit dem Ball.

»Bitte werfen Sie den Ball in irgendeine Richtung.«

Die Frau hielt sich theatralisch eine Hand vor die Augen und warf den Ball nach links. Er traf einen Mann in schwarzer Lederjacke, der – obwohl es dunkel war – eine Sonnenbrille trug, am Hinterkopf und prallte dort ab. Er fluchte laut, als ein schlanker dunkelhäutiger Mann in einem Kampfanzug ihn sich schnappte. Grinsend hielt der ihn hoch, damit ihn alle sehen konnten.

»Vielen Dank«, sagte Katrin. »Bitte nennen Sie uns den Namen Ihrer Zielperson.«

Der Mann runzelte die Stirn und sah sich misstrauisch um. Dann rief er mit starkem Akzent: »Der Präsident der Vereinigten Staaten von Amerika!«

Das Publikum lachte.

»Sehr gut«, rief Katrin und klatschte anerkennend in die Hände. »Dummerweise glaube ich Ihnen nicht. Wer ist wirklich Ihr Ziel? Wen haben Sie auf Ihrer Karte stehen?«

»Oscar Fernandez Marroquín«, rief der Mann.

»Wissen wir, wer das ist?«, fragte Bex.

»Ich arbeite daran«, antwortete Kieron und verschob Informationen auf dem AR-Bildschirm, um bestimmte Optionen auszuwählen. »Ah ja, Oscar Fernandez Marroquín: Anführer des Medellín-Kartells, eines großen Drogenschmuggelrings in Kolumbien. Dem FBI zufolge ist er ungefähr dreißig Milliarden Dollar schwer und trägt den Spitznamen ›Kokain-Kaiser‹.« Er hielt kurz inne, um die Fakten zu prüfen. »Es scheint, als gebe es innerhalb des Kartells einen Machtkampf. Der Mann mit dem Ball ist einer von Marroquíns Helfern und heißt Pablo Eliente. Ich nehme an, er will seinen Boss loswerden und selbst das Kartell übernehmen.«

»Danke«, rief Katrin dem Mann im Kampfanzug zu. »Sie können sich wieder setzen.« Herausfordernd sah sie sich im Publikum um. »Glaubt irgendjemand von Ihnen, dass dieser Name nicht zufällig gewählt wurde? Kann sich irgendjemand vorstellen, wie wir diese Wahl hätten manipulieren sollen, damit ein von uns bereits ausgewählter Name aufgerufen wird?«

Auch Bex – und mit ihr Kieron – sah sich um. Die Leute im Publikum schienen alle die Köpfe zu schütteln oder mit den Schultern zu zucken.

»Nun gut – wenn Sie alle der Meinung sind, dass der Name von Oscar Fernandez Marroquín zufällig gewählt wurde, machen wir weiter.«

Während niemand auf sie geachtet hatte, hatte Hekla sich einen Tabletcomputer besorgt. Sie hielt ihn nun mit einer Hand vor sich und tippte mit der anderen Anweisungen ein.

Die Liste mit Namen verschwand aus Kierons Blickfeld. Dafür tauchte plötzlich ein Bild vor seinen Augen auf. Erst glaubte er, es sei eine Karte von einem Waldgebiet mit einer Lichtung in der Mitte. Doch dann erkannte er, dass es ein richtiges Bild war, das bei Tageslicht von oben aufgenommen worden war. Das heutige Datum und eine Uhrzeit waren in einer Ecke des Bildschirms eingeblendet, aber die Uhrzeit zeigte: 14:25:38 Uhr. Die Sekunden tickten fortlaufend.

»Die Zeit stimmt nicht«, bemerkte Kieron.

»Das ist die Ortszeit von Bogota«, erklärte Bex. »Die liegt sechs Stunden hinter Venedig. Das heißt, es ist ein Livebild.«

Langsam zoomte das Bild heran und zeigte im Zentrum der Lichtung ein Gebäude, das von einer Mauer umgeben war.

»Das ist das Anwesen von Oscar Fernandez Marroquín«, erklärte Katrin und deutete auf den Bildschirm. »Das Bild ist live und wird in diesem Augenblick von einem Ort über dem Anwesen übertragen.« Sie deutete auf den Mann, dessen Zielperson ausgewählt worden war, und rief: »Erkennen Sie das Anwesen?«

Er nickte und schrie: »Ja, genau da wohnt das Schwein!«

»Und Sie sind einverstanden, dass wir das Attentat jetzt durchführen?«

»Ja!«, schrie er begeistert.

Plötzlich kam Kieron ein Gedanke. Er legte einen Infrarotfilter über das Bild auf der AR-Brille.

»Ich suche mal nach Wärmequellen«, sagte er und betrachtete das Bild. Die Haut von Katrin, Hekla und Evas Händen und Gesichtern leuchtete orange und gelb, ihre Kleidung ein wenig dunkler in Blau und Grün. Heklas Tablet zeichnete sich rot ab, weil der Akku und die Elektronik darin Wärme erzeugten, doch jede von ihnen trug auch einen roten Knopf in ihrem rechten Ohr.

»Sie haben alle Kopfhörer«, sagte Kieron. »Von da, wo ihr sitzt, könnt ihr es wahrscheinlich nicht sehen, aber ich denke, sie bekommen Anweisungen von jemandem hinter der Bühne.«

»Oder auch nur Informationen«, warf Sam ein. »Sie könnten trotzdem das Kommando haben.«

Katrin nickte Hekla zu, die Befehle in den Tabletcomputer eintippte.

Langsam zoomte das Bild heran. Die Gebäude wurden immer größer, bis Kieron Einzelheiten erkennen konnte. Vor dem Haus standen Autos – Jeeps, eine Limousine und mehrere Sportwagen. Dunkle, sich bewegende Punkte waren wahrscheinlich bewaffnete Bodyguards, die auf dem Gelände patrouillierten. An den Rändern des Flachdaches standen weitere schwarze Punkte. Noch mehr Bewaffnete? Wahrscheinlich.

»Ich frage mich, wie das Bild übertragen wird«, überlegte Bex. »Ein Aufklärungssatellit vielleicht?«

»Dafür ist die Auflösung zu gut«, widersprach Bradley. »Ich bin mir zwar sicher, dass sich ein Drogenkartell einen Satelliten leisten könnte, aber wie sollten sie ihn ins All bringen?« Er schwieg einen Moment nachdenklich. »Vielleicht ein Aufklärungsflugzeug. Oder eine Drohne.«

Kieron erkannte einen leuchtend blauen Swimmingpool in der Mitte des Flachdaches, umgeben von grünen Flecken, die wohl Topfpflanzen darstellten. Im Pool selbst schwamm eine rechteckige Luftmatratze, in deren Mitte ein rosa Klumpen lag. Ein paar Sekunden später erkannte er: »Das ist ein Mann, nicht wahr? Er sonnt sich. Und ich weiß nicht, ob er überhaupt eine Badehose anhat.«

»Vielleicht trägt er so eine enge Speedo-Badehose, die wir noch nicht sehen können«, meinte Sam optimistisch. »Dreh ein bisschen den Kopf, Kieron – du versperrst mir die Sicht.« Er zögerte einen Moment. »Vielleicht hat er auch eine fleischfarbene Badehose an?«, schlug er unsicher vor. »Er ist ziemlich fett, oder?«

Auf dem Bild erschien neben dem kleinen Gesicht des auf dem Pool treibenden Mannes ein leuchtendes rechteckiges Feld. Darin tauchte ein weiteres Bild auf, das das Gesicht in Großaufnahme zeigte. Er hatte einen schweren Kiefer, war unrasiert und hatte kleine Schweinsäuglein, die er wegen der grellen Sonne zusammenkniff.

»Ist das Oscar Fernandez Marroquín?«, fragte Katrin. »Erkennen Sie ihn?«

»Das ist er«, rief Pablo Eliente aus dem Publikum.

»Stimmt«, bestätigte Kieron, der das Gesicht des Mannes auf der Luftmatratze markiert hatte und über die AR-Brille eine Identitätsprüfung laufen ließ. Plötzlich durchfuhr ihn ein Gedanke. »He, wisst ihr was? Mir fällt gerade auf, dass ich das Bild eines Bildes betrachte, in das ein drittes Bild eingeblendet ist. Das ist schon irgendwie schräg.«

Bex hustete warnend, doch bevor sie Kieron ermahnen konnte, sich zu konzentrieren, verschwand die Nahaufnahme von Marroquín. Jetzt sah man wieder die Aufnahme des Hauses mit den Punkten, die wahrscheinlich die Wachen darstellten, und mit dem Swimmingpool und der Luftmatratze im Bildmittelpunkt. Von der Seite schien etwas mit einem Zischen an der Bildquelle vorbeizusausen. Plötzlich verschwand der gesamte Swimmingpool und wurde von einem explodierenden Feuerball verschluckt. Die winzigen Punkte eilten auf die Stelle zu, an der eben noch der Pool gewesen war. Als die Flammen erloschen, begann sich dichter Rauch auszubreiten.

»Nur für den Fall, dass Sie Zweifel hegen, haben wir das Ganze auch noch aus einer anderen Perspektive«, verkündete Katrin.

Hekla gab weitere Befehle in das Tablet ein und die

Aufnahme auf dem Bildschirm begann zu flackern. Kieron brauchte einen Moment, um zu begreifen, was da geschah.

»Das ist ein Bild aus einem etwas anderen Winkel, aufgenommen ein Stück neben dem ersten«, sagte er.

Das Bild veränderte sich, als würde das Aufnahmegerät auf das Haus fallen. Kieron nahm an, dass es sich um einen weiteren Kamerazoom handelte, aber dieser schien gröber und weniger professionell. Der Swimmingpool wurde immer größer und mit ihm die Luftmatratze und der Mann darauf. Je kleiner der Ausschnitt wurde, desto mehr stellte sich das Bild auf den wehrlosen Drogenbaron scharf. Kieron konnte jetzt sein Gesicht erkennen, doch irgendetwas stimmte nicht. Das schien auch der Mann auf der Luftmatratze zu merken: Er schlug jetzt die Augen auf. Seine Verwirrung war fast komisch. Doch dann weiteten sich seine Augen vor Entsetzen und er begann zu schreien.

Dann wurde das Bild schwarz und zeigte gleich darauf wieder die vorherige Ansicht. Durch den schwarzen Qualm konnte Kieron deutlich das Loch im Dach erkennen, wo der Swimmingpool gewesen war.

»Oscar Fernandez Marroquín ist tot«, verkündete Katrin. »Unter Ihren Stühlen finden Sie je einen Tabletcomputer. Sie können jetzt anfangen, dafür zu bieten, dass wir das Gleiche mit *Ihren* Feinden machen. Das höchste Gebot wird unseren Service als Erstes erhalten – Sie können also zwischen Geschwindigkeit und Preis des Auftrags wählen. Vielen Dank für Ihre Zeit und Ihre Aufmerksamkeit.«

Bex beugte sich vor, um etwas unter ihrem Stuhl hervorzuziehen. Kieron sah, dass es ein kleines Tablet in einer stoßfesten, nahezu militärtauglichen Hülle war. Es war in einen verschließbaren durchsichtigen Beutel eingepackt, wahrscheinlich, um es vor möglichem schlechten Wetter zu schützen. Bex wandte den Kopf, sodass Kieron sehen konnte, dass Bradley das Gleiche tat. Als sie sich wieder aufrichteten und ihre Tablets betrachteten, sagte Bex leise: »Ich schätze, wir müssen wenigstens so tun, als würden wir mitmachen.« Sie zog den Plastikbeutel auf, nahm den Computer heraus und faltete die Tüte zusammen, um sie einzustecken. Man konnte ja nie wissen, wozu sie noch gut sein konnte.

Dann berührte sie den Bildschirm mit dem Finger. Sofort leuchtete er auf und zeigte das Asrael-Logo.

»Ich hoffe, du hasst niemanden so sehr, dass du ihn hier nominieren willst«, meinte Bex leise.

»Ehrlich gesagt gab es da einen Jungen an meiner Schule«, erwiderte Bradley. »Er hat mir das Leben zur Hölle gemacht. Ich könnte ja nur zum Spaß seinen Namen eingeben.« Als Bex ihn schräg ansah, fügte er schnell hinzu: »Ich mache nur Spaß. Das würde ich ihm nicht antun. Außerdem ist er mittlerweile fett und kahl, hat zwei Exfrauen und fünf Kinder, die er ernähren muss. Ich denke, was den Erfolg im Leben angeht, habe ich gewonnen.«

»Oder aber auch nicht, mein Freund«, erklang eine Stimme mit starkem Akzent hinter ihnen, und eine große Hand legte sich auf Bex' Schulter. »Ihr kommt mit uns!«

Kapitel 8

Bex spürte, wie sich kräftige Finger in ihre Schulter gruben, und hörte, wie Bradley neben ihr nach Luft schnappte. Ihm passierte dasselbe.

»Als Sie die Bildschirme der Tablets berührt haben, wurden Ihre Fingerabdrücke gescannt«, knurrte eine Stimme hinter ihr, »und wir haben sie mit den Datenbanken abgeglichen, auf die wir Zugriff haben. Offensichtlich arbeiten Sie beide für den britischen Geheimdienst. Wer hätte das gedacht? Zu dumm für Sie, dass wir technisch nicht völlig unbegabt sind. Gut für uns, dass Sie es nicht sind.«

»Was soll ich jetzt machen?«, schrie Kieron in Bex' Ohr.

»Abwarten«, sagte Bex scheinbar zu dem Mann, der sie jetzt wegführte, und fügte hinzu: »Wir können das alles erklären!«

»Einschließlich der Frage, wie Sie die Einladungen von zwei unserer Gäste gestohlen und sich bei dieser Veranstaltung eingeschlichen haben?« Die Finger gruben sich in das weiche Gewebe ihrer Schulter und trafen einen Nerv. »Darauf freuen wir uns schon. Ich muss zugeben, wir haben uns über die beiden am Anleger gewundert, als wir abgefahren sind.«

Der Kerl drehte Bex den Arm auf den Rücken und bugsierte sie zum Ende ihrer Sitzreihe. Bradley wurde vor ihr hergeschoben. Immer wieder sah er besorgt zu ihr zurück. Bex musste daran denken, dass er, obwohl er dieselbe Ausbildung hatte wie sie, nie wirklich undercover gearbeitet hatte. Er kannte nur die Theorie, hatte sie aber noch nie in der Praxis umsetzen müssen.

»Bleib ruhig«, versuchte sie ihm lautlos zu sagen. »Wir kommen hier schon wieder raus.«

Das Publikum aus Verbrechern, Terroristen und ausländischen Geheimagenten sah ihnen mit misstrauischen Blicken nach. Ein paar schienen zum Pier laufen und verschwinden zu wollen, aber die verbleibenden Wachen bedeuteten ihnen mit ihren Waffen, dass sie bleiben sollten, wo sie waren.

»Keine Sorge«, erklärte Katrin über Lautsprecher. »Keine gute Party ohne unerwünschte Gäste. Sie können sicher sein, dass man sich um sie kümmern wird. Nun – setzen wir die Auktion fort!«

Die Kerle zerrten Bex und Bradley über den freien Platz zwischen der ersten Sitzreihe und der Bühne. Doch sie brachten sie nicht auf die Bühne vor das gesamte Publikum, sondern zerrten sie hinter den gewaltigen Bildschirm.

Bex überlegte fieberhaft, wie sie sich aus dieser Lage befreien könnten. Das Problem war nur, dass ihr nichts einfiel. Alle Pläne, die sie sich ausdachte, befreiten sie zwar aus ihrer augenblicklichen Lage, stellten sie aber vor noch größere Probleme mit weiteren bewaffneten

Wachen oder überließen sie dem gesamten Publikum aus Verbrechern.

Hinter dem großen Bildschirm ging es zu wie in einem Theater, in dem gerade eine Vorstellung lief. Mehrere Leute mit Headsets liefen herum und sprachen leise in ihre Mikros. Auf einem Tisch war ein Audio-Video-Mischpult aufgebaut. In alle Richtungen erstreckten sich Kabel wie ein multifunktionaler Hightech-Oktopus. Und an der Seite rumpelte ein kleiner transportabler Generator.

Mittendrin stand Hekla – groß, blond, mit schönen, scharf geschnittenen Gesichtszügen. Sie hatte Eva und Katrin die Bühne überlassen und hielt immer noch ihr Tablet in der Hand.

Die Kerle stießen Bradley und Bex an einem freien Platz zu Boden und traten dann mit erhobenen Waffen zurück.

»Was machen wir jetzt mit euch?«, fragte Hekla und schüttelte traurig den Kopf, während sie lässig auf sie zugeschlendert kam. »Wir waren ja schon darauf vorbereitet, dass irgendjemand versuchen würde, unsere kleine Versammlung zu infiltrieren, aber ihr wart schlauer, als wir erwartet haben.« Sie lächelte. »Ich denke, wir können euch nicht für einen Deal interessieren? Fünfzig Prozent auf eure ersten drei Mordaufträge?« Sie sah zwischen den beiden hin und her. »Nein, wohl eher nicht.«

Keiner hatte sie erkannt. Das war interessant. Die kleinen Veränderungen, die Bex und Bradley an ihrem Aussehen vorgenommen hatten, schienen zu wirken.

»Also, was jetzt?«, fragte Bex und spürte die Steine am Boden unangenehm unter den Knien.

»Jetzt werden wir euch töten«, antwortete Hekla. »Ihr habt unsere sorgfältig organisierte Demonstration gestört. Das können wir natürlich wiedergutmachen. Aber dazu gehört, dass das Publikum sieht, wie ihr bestraft werdet. Tut mir leid, aber das hier ist Business«, meinte sie achselzuckend.

»Bex«, erklang Kierons Stimme panisch in ihrem Ohr, »versucht, Zeit zu gewinnen. Ich habe einen italienischen Polizeihubschrauber in eurer Nähe an der Küste ausfindig gemacht und mich in ihr Kommunikations- und Einsatzsystem gehackt. Ich habe ihnen gemeldet, dass es auf der Insel einen Unfall gab. Sie sind unterwegs zu euch. Wartet einfach ab.«

»Das geht?«, fragte Bex überrascht.

»Wir kontrollieren hier alles auf dieser Insel«, erwiderte Hekla und zog die Brauen hoch. »Natürlich geht das.«

»He, ich bin Experte an diesem Ding!«, protestierte Kieron gleichzeitig beleidigt. »Klar kann ich das!«

»Darf ich vielleicht fragen, wie ihr diese ferngesteuerte Tötung bewerkstelligt habt?«, erkundigte sich Bex. Sie versuchte, genug Zeit zu schinden, dass Kierons Plan aufging. »Ich meine, das ist schon sehr beeindruckend. Aber ich verstehe nicht, welche Technik dahintersteckt.«

»Das ist offensichtlich geheim«, erwiderte Hekla achselzuckend.

»Nun ja, aber da ihr uns töten wollt, könnt ihr es uns doch sagen. Wir werden dieses Wissen mit ins Grab nehmen. So sterben wir zufrieden, und ihr habt die Genugtuung zu wissen, dass wir es niemandem sagen können.«

Hekla lächelte die beiden nur an.

»Mein erster Gedanke war ja eine Art Satellitenwaffe«, sagte Bradley langsam, um Bex bei ihrer Verzögerungstaktik zu unterstützen. »Das Video von dem Drogenbaron wurde von ein wenig schräg oben aufgenommen. Das lässt mich sofort an eine Satellitenwaffe denken. Die USA haben im Kalten Krieg Lasersatelliten entwickelt.«

»Würde das funktionieren?«, fragte Bex.

»Zwischen Satelliten wahrscheinlich. Vom Satelliten zur Erde höchst unwahrscheinlich. Die große Entfernung durch die Atmosphäre würde den Laserstrahl so auffächern, dass er für destruktive Zwecke unbrauchbar wäre.« Er runzelte die Stirn. »Ich schätze, man könnte einen Aufklärungssatelliten als Zielsystem für eine andere Waffe einsetzen, aber die Einstellung, die wir gesehen haben, zeigte keine Anzeichen, dass sich die Kamera bewegt, und Aufklärungssatelliten sind recht schnell. Nein, wenn ich genauer darüber nachdenke, halte ich es für wahrscheinlicher, dass es etwas wesentlich niedriger Fliegendes gewesen ist, entweder ein Flugzeug oder eine Drohne.«

»Klingt einleuchtend«, nickte Bex. Sie sah zu Hekla, die sie mit überheblichem Interesse beobachtete.

»Bevor der Kerl gestorben ist, hat die Kameraperspektive gewechselt. Das heißt, dass wahrscheinlich eine Drohne zur Beobachtung weit oben in der Atmosphäre schwebte, während eine andere mit einem Sprengkopf ausgestattet in der Nähe wartete. Sobald die erste Drohne das Ziel ausgemacht hatte, wurde die zweite direkt zum Pool geleitet.«

»Aber«, beeilte sich Bex zu sagen, da sie aus den

Augenwinkeln sah, dass Hekla sich langweilte und sie unterbrechen wollte, »die Zielperson wurde doch zufällig ausgewählt. Das bedeutet, dass Asrael überall auf der Welt, über jedem Land, solche Drohnen haben muss. Hunderttausende von Drohnen, die nur darauf warten, ein Ziel zugewiesen zu bekommen, das sie töten können. Vielleicht sogar Millionen von Drohnen, die in den Wolken warten. Die würde doch sicher jemand bemerken? Flugzeuge, Radarsysteme, Amateurastronomen mit Teleskopen ...«

»Es sei denn, die Drohnen sind irgendwie transparent«, fügte Bradley hinzu wie jemand, der gerade eine Trumpfkarte ausspielt.

Bex wandte sich wieder an Hekla. »Also – so wie wir das sehen, hat Asrael entweder eine Million transparente Drohnen mit hochauflösenden Kameras und Sprengladungen am Himmel platziert, ohne dass es jemand merkt, oder das alles ist ein ganz übler Trick. Wollen Sie uns sagen, was stimmt?«

»Ich glaube, es ist ganz gut, dass ihr beide bald tot seid«, sagte Hekla.

»Wie lange dauert es noch, bis irgendetwas passiert?«, fragte Bex ein wenig lauter, damit Kieron wusste, dass sie eigentlich mit ihm sprach.

»In weniger als einer Minute«, erwiderte Kieron, der sofort reagierte.

Hekla zuckte mit den Schultern. »Wir werden euch nicht foltern – das ist zwecklos. Irgendetwas Schnelles, denke ich, und dann werden wir eure Leichen in der Lagune entsorgen.« Sie lächelte. »Keine Sorge, ihr werdet so schnell sterben, dass ihr es kaum merkt.«

»Bei dem Verschmutzungsgrad der Lagune würde

mich das überhaupt nicht wundern«, erklärte Bradley gelassen.

»Eins habt ihr aber nicht berücksichtigt«, sagte Bex zu Hekla.

»Was denn?«, fragte das Mädchen stirnrunzelnd.

Bex lächelte. Sie war sich nicht sicher, ob es funktionieren würde, aber sie vertraute darauf. Außerdem hatte sie ein gutes Gehör und hatte ein dumpfes Wummern vernommen, das sie halb als Geräusch, halb als Vibration durch ihre Hände und Knie wahrnahm.

»Ihr habt Kunden«, sagte sie, »aber wir haben Freunde.«

Plötzlich wurde der gesamte Bereich hinter der Bühne erleuchtet. Das Licht war so grell, dass Bex die Augen zusammenkneifen musste.

»*Tutti, per favore, rimanete dove siete!*«, ertönte eine Stimme aus einem Lautsprecher, die die Luft erzittern ließ.

»Das ist der italienische Polizeihubschrauber«, erklärte Kieron. »Verschwindet!«

Bex sah sich nach rechts und links zu den beiden Kerlen mit den Gewehren um, die sie auf sie und Bradley gerichtet hielten.

Sie warf einen Blick hinüber zu Bradley und sah, dass er die linke Hand am Boden hielt, seine Finger gruben sich in die Erde. Sein Kopf war leicht schräg geneigt und sie sah das Glitzern in seinen Augen. Er wartete. Auf sie.

Auch sie grub die Finger in den Boden. In dieser Erde ruhten möglicherweise die Asche von toten Venezianern mehrerer Jahrhunderte sowie die Keime der Beulenpest, aber egal. Sie nahm eine gute Handvoll und sagte: »Wir brauchen einen Countdown.«

»Wie bitte?«, wunderte sich Hekla.

»Drei …«, zählte Kieron, »zwei … eins … los!«

Bex warf dem Mann mit dem Gewehr rechts von ihr eine Handvoll Erde ins Gesicht. Bradley links neben ihr tat das Gleiche.

Die beiden Kerle taumelten zurück und versuchten, sich den Schmutz aus den Augen zu reiben. Schnell sprang Bex auf, warf sich auf einen der Kerle, riss ihm das Gewehr aus der Hand und stieß ihm das Knie zwischen die Beine.

»Lauf!«, schrie sie, packte Bradley am Arm, der gerade hochkam, und stieß ihn zurück, wobei sie den Schwung nutzte und sich selbst nach vorn auf Hekla warf. »Partykleid!«

Als sie mit der Schulter Heklas Brust rammte, sodass die Norwegerin zurückprallte, hörte sie Bradleys Schritte ungleichmäßig hinter ihr davoneilen. Sie hoffte, dass er den Hinweis verstanden hatte. Hätte sie geschrien: »Wir treffen uns am Pier, wo ich den Witz über mein Partykleid gemacht habe«, hätte die Crew von Asrael sofort gewusst, wohin sie wollten. Indem sie einen scheinbar bedeutungslosen Begriff rief, hatte sie ihnen hoffentlich eine Chance verschafft. Hoffentlich. Es hing davon ab, wie aufmerksam Bradley war.

Hekla verlor das Gleichgewicht und taumelte. Bex riss ihr den Tabletcomputer aus der Hand und merkte erst da, dass sie den von ihrem Platz noch in der Hand hielt. Mit den beiden Geräten zugleich versetzte sie Hekla einen Schlag unters Kinn, sodass ihre Zähne mit hörbarem Klappern zusammenschlugen und sie mit vor Schreck weit aufgerissenen Augen rücklings zu Boden ging.

Bex rannte erst mal los, bevor sie sich umsah, um die Lage zu erfassen. Sie rannte mit Absicht in die entgegengesetzte Richtung von der, die Bradley genommen hatte. Falls sie verfolgt wurden, war es besser, die Kräfte der Verfolger zu teilen. Unter ihren Füßen spritzten Steine auf. Sie warf einen Blick über die Schulter zurück.

Einer der Bewaffneten hinter ihr half Hekla auf die Füße, während der andere sein Gewehr auf den Polizeihubschrauber über ihnen richtete. Bex sah, wie er den Abzug betätigte und einen Kugelhagel nach oben sandte. Als der Helikopterpilot merkte, dass er unter Beschuss geriet, zog er am Steuerknüppel. Der Hubschrauber drehte ab und gewann an Höhe, um außer Schussweite zu kommen. Als er seitwärts schwenkte, beleuchtete sein greller Scheinwerfer für einen Moment Bradley, der an dem großen Bildschirm vorbei durch das Publikum rannte. Niemand schien ihn zu verfolgen. Das war zumindest schon mal Glück.

Bex rannte so schnell wie möglich durch die fast völlige Dunkelheit. Abgesehen vom Scheinwerfer des Hubschraubers und den Spotlights, die Asrael mitgebracht hatte, gab es offenbar keine weiteren Lichtquellen auf der Insel. Sie konnte nur sehen, was von den Sternen und dem Halbmond am Horizont beleuchtet wurde.

Der Boden unter ihren Füßen stieg leicht an. Irgendwo vor ihr konnte sie einen niedrigen Grat erahnen. Zumindest würde ihr der ein wenig Deckung geben, und vielleicht konnte sie dahinter verborgen zum Pier schleichen, falls er dorthin führte.

Sie hoffte nur, dass Bradley es auch schaffte.

»Kieron?«, fragte sie plötzlich, weil ihr einfiel, dass er ja auch noch da war.

»Ja-a?«, kam es zögernd zurück. »Alles klar bei euch?«

»So weit ja. Aber die Party ist wohl vorbei.«

»Gut, dass du nicht dein Partykleid anhast. Damit könntest du sicher nicht richtig rennen.«

»Du würdest dich wundern«, gab sie zurück. »Ich habe mal einen Kerl in einem Brautkleid gejagt. Das hatte ich an – nicht er.«

»Danke für die Klarstellung«, erwiderte Kieron ein wenig aufgemuntert. »Aber du bist doch nicht verheiratet, oder? Oder etwa doch?«

»Ich war undercover«, erklärte sie. Mittlerweile war sie auf dem Hügel angelangt und rutschte auf der anderen Seite hinunter. »Und ich glaube nicht, dass die Zeremonie richtig zu Ende gebracht wurde. Wir waren gerade bei ›Wenn jemand etwas gegen diese Verbindung einzuwenden hat …‹, als der ganze Zauber losging.«

Sie nahm sich einen Moment, um sich umzusehen. Der Hügel erstreckte sich in beide Richtungen, doch was dahinter lag, verschlug ihr kurz den Atem. Da lagen viele Reihen blockartiger Gräber aus einem weißen Stein, der fast im Mondlicht zu leuchten schien. Dazwischen gab es Wege aus unebenen gesprungenen Bodenplatten, zwischen denen das Gras wucherte. Es waren keine einzelnen Gräber wie auf einem englischen Friedhof, sondern jede Reihe war vielleicht drei Meter hoch und hatte fünf kleine Türen übereinander vom Boden bis zum kunstvoll verzierten Giebel. Die Türen waren aus dem gleichen weißen Stein, hatten aber kleine Vorsprünge, auf die man Kerzen oder Pflanzen stellen konnte. Es sah aus wie eine endlose Reihe von Aktenschränken, dachte Bex fast belustigt, nur dass wahrscheinlich in jeder Schublade eine Leiche lag. Eine sehr alte Leiche.

»Siehst du das auch?«, fragte sie Kieron. »Ich halluziniere doch nicht, oder?«

»Wenn du Halluzinationen hast, dann habe ich sie auch. Den Film habe ich mal gesehen. Der geht nicht gut aus.«

Bex hörte Schritte auf der anderen Seite des Hügelkamms. Schnell lief sie über den freien Platz, um hinter einer der Grabreihen Schutz zu suchen.

»Bradley hat doch noch seinen Kopfhörer, oder?«, überlegte Bex.

»Wahrscheinlich«, vermutete Kieron, klang aber nicht sehr überzeugt. »Vielleicht ist er bei dem Durcheinander auch herausgefallen. Aber da er kein Mikro hat, könnte er uns zwar hören, aber wir ihn nicht.«

»Verstanden.« Sie sprach leise, damit ihr Verfolger – falls es einer war – sie nicht hören konnte. »Ich will, dass du dir das AR-Brillenvideo von unserer Ankunft ansiehst. Gibt es hier noch andere Boote außer dem, mit dem wir gekommen sind? Bradley und ich müssen hier irgendwie wegkommen, und ich will wissen, was wir für Möglichkeiten haben. Ich glaube nicht, dass wir uns auf die Polizei verlassen können – die würden uns erst mal einsperren wie alle anderen und später herausfinden, wer wir eigentlich sind.«

»Mach ich.«

So leise wie möglich lief sie den breiten Gang an der nächsten Grabreihe entlang und lauschte, ob sie Bewegungen hörte. Alle zehn Meter gab es eine schmale Lücke zwischen den Blöcken, die im rechten Winkel zu den breiteren Wegen verlief. Das war nützlich. Ohne diese Abzweigungen würde sie jeder, der an einem Ende des Weges stand und die Grabreihe entlangschaute, sehen können. So hatte sie zumindest einen Ausweg.

In der Ferne heulte etwas. Wahrscheinlich der Wind in den Gassen, sagte sie sich. Nichts, was sie beunruhigen sollte. Zumindest war es kein Werwolf oder Geist. So etwas gab es nicht.

Schwer atmend schlüpfte sie in eine der engen Lücken und sah von dort in die Richtung zurück, aus der sie gekommen war. Es war niemand zu sehen. Hinter den Gräbern war der Lichtkegel des Polizeihubschraubers in der Ferne sichtbar, der auf das Amphitheater leuchtete, in dem die Demonstration stattgefunden hatte. Er flog jetzt höher und wackelte sichtlich. Sie glaubte, schnelles Gewehrfeuer zu hören, war sich aber nicht sicher, ob es vom Boden oder vom Hubschrauber kam. Vielleicht von beiden.

»Ich schätze, Asraels kleine Party haben wir zumindest gesprengt«, sagte sie. »Vielleicht sind sie so damit beschäftigt, ihren beschädigten Ruf zu retten, dass sie uns für eine Weile in Ruhe lassen.«

»Das können wir nur hoffen«, meinte Kieron.

»Ich weiß«, fuhr Bex fort. »Es wäre nur schön, wenn wir etwas sicherer sein könnten.«

Sie musste irgendwie zum Pier gelangen und hoffte, dass auch Bradley dort wäre. Sie wandte sich ab und ging durch den schmalen Gang zwischen den Gräberblöcken hindurch zum nächsten breiteren Weg. Vorsichtig streckte sie den Kopf hinaus und sah sich nach rechts und links um. Auf dem Weg war in beiden Richtungen niemand zu sehen. Sie betrat den beunruhigend breiten Gang und lief zum Hügelkamm zurück auf das Amphitheater zu. Wenn sie in die andere Richtung ging, lief sie Gefahr, sich zwischen den Gräbern zu verlaufen, da sie alle gleich aussahen. Sie musste zu einem Orientierungspunkt zurückkehren, den sie wiedererkannte.

Viele der Steintüren, die die Gräber versiegelten, waren kaputt. Manche waren zerbrochen und einige fehlten ganz. Dort, wo sie hineinsehen konnte, erkannte sie kistenähnliche Fächer voller Staub und gelegentlich einen Haufen Lumpen. In ein oder zweien glaubte sie Knochen zu sehen, und sie war davon überzeugt, dass sie aus einem Grab ein runder Totenschädel aus leeren dunklen Augenhöhlen anstarrte.

Dieser Staub ... Immer wieder musste sie an Kierons beiläufige Erwähnung der Beulenpest denken. Wie lange konnten die Bakterien überleben? Ein Jahr? Zehn Jahre? Hundert? Bestand ein Risiko, sie einzuatmen?

Um ehrlich zu sein, das war wahrscheinlich die geringste Gefahr, um die sie sich kümmern musste.

Als ein Schrei in den Mauern des Mausoleums widerhallte, dessen Richtung oder Entfernung man nur schlecht feststellen konnte, hielt sie inne. Nur eine Eule, sagte sie sich. Wirklich, nur eine Eule. Kein Werwolf oder Geist.

»Gibt es in Venedig Eulen?«, fragte sie Kieron unwillkürlich.

»Was?«

»Egal.«

Plötzlich erklang hinter ihr ein Geräusch. Kiesel, die auf eine Steinwand trafen. Sie fuhr herum und sah den Gang zwischen den beiden Gräberreihen entlang, konnte aber nichts entdecken. Vorsichtig zog sie sich zum nächsten Grab zurück und versuchte, sich flach an die

Wand zu drücken, um möglichst nicht gesehen zu werden. Direkt neben ihr befand sich eine offene Tür, der Stein war zerbrochen und ein großes Stück davon lag auf dem Boden.

Mit angehaltenem Atem wartete sie.

Nichts. Keine Bewegung, kein Laut.

Ein klein wenig entspannte sie sich. Vielleich war es nur ein Vogel gewesen oder eine Katze, die nach Futter suchte. Oder Mäuse, die vor einer Eule flüchteten, die durch die Nacht flog.

Aus dem Türspalt neben ihr berührte etwas ihr Haar.

Bex erstarrte vor Schreck. Sie unterdrückte den Schrei, den sie instinktiv ausstoßen wollte, machte einen Schritt weg und drehte sich um, die Hände erhoben, um sich gegen das zu wehren, was dort aus der Dunkelheit kommen würde.

Die spitze Nase und die Schnurrhaare einer Ratte zuckten neugierig, bevor sie sich wieder in die Dunkelheit zurückzog.

Bex stieß den Atem aus, den sie unwillkürlich angehalten hatte. Ratten und Friedhöfe. Das hätte sie eigentlich nicht überraschen sollen.

»Geht es dir gut?«, erkundigte sich Kieron plötzlich. »Ich meine nur, deine Herzfrequenz ist plötzlich in die Höhe geschossen.«

»Ich bin nur ein bisschen erschrocken«, erklärte Bex. »Hier ist es ziemlich … seltsam. Ziemliche Gothic-Atmosphäre.«

Als sie wieder zum Amphitheater sah, stellte sie fest, dass der Polizeihubschrauber noch höher gestiegen war und der Suchscheinwerfer hin und her zuckte, wahrscheinlich um irgendeinen Sinn in den hektischen Aktivitäten zu erkennen, die dort vor sich gingen. Immerhin war das Gewehrfeuer anscheinend eingestellt worden.

»Die italienische Polizei schickt noch mehr Hubschrauber«, meldete sich Kieron. »Ich höre ihre Kommunikation mit. Sie halten das hier für terroristische Aktivitäten oder vielleicht auch einen Krieg zwischen Drogengangs. Auf jeden Fall nehmen sie es ernst.«

»Konntest du dir die Kameraaufzeichnung ansehen?«, fragte Bex.

»Ja. Abgesehen von der Sunseeker, mit der ihr gekommen seid, liegen noch ein paar Motorboote vor Anker. Damit kannst du und Bradley flüchten – falls ihr vor Asrael dorthin kommt.«

»Dann sollte ich mich beeilen.«

Sie machte drei entschlossene Schritte an der Grabreihe entlang, wobei sie darauf achtete, mindestens eine Rattenlänge von den dunklen Löchern der Türen entfernt zu bleiben. Als sie an eine der Gassen kam, die die breiteren Wege kreuzten, sah sie erst zu der auf der anderen Seite und dann über die Schulter.

Und von dort stürzte sich eine dunkle Gestalt auf sie.

Der Kolben eines Automatikgewehrs traf sie an der Wange und eine Sekunde lang sah sie nur noch Sterne in einem blutroten Nebel. Ein Schlag raubte ihr den Atem, und sie brauchte einen Moment, um zu erkennen, dass sie gestürzt und mit der Schulter aufgekommen war. Verspätet nahm sie den Schmerz wahr, der ihren Körper wie eine kalte Welle überlief. Mit zusammengebissenen Zähnen sog sie scharf die Luft ein. Keine Zeit zur Erholung, nur Zeit zu reagieren. Wie immer.

Sie hatte die Beine an den Körper gezogen, in Richtung der Gasse zwischen den Grabreihen. Blindlings stieß sie mit den Füßen zu und hatte Glück: Ihre Fersen trafen die Knöchel des Mannes, der sie mit seinem Gewehr niedergeschlagen hatte. Sie hörte ihn vor Schmerz ächzen, und gleich darauf fiel seine Waffe scheppernd zu Boden, als er selbst neben ihr hinstürzte.

Sollte sie bleiben oder gehen? Seine Waffe mitnehmen oder einfach so schnell wie möglich verschwinden?

Bex rollte sich herum und tastete nach dem Gewehr. Ihre Finger berührten den Lauf, sie packte ihn und riss das Gewehr dem Mann aus der Hand.

Er drehte sich um und krabbelte weg, versuchte wieder auf die Beine zu kommen. Bex benutzte das Gewehr als Stütze, um selbst hochzukommen, und warf sich dann auf ihn. Dabei schwang sie das Gewehr, und als der Kerl gerade auf den Knien war, schlug sie ihm die Waffe gegen die Schläfe und fegte ihn damit seitlich um. Er schlug gegen die Wand auf der anderen Seite der Gasse und sank offenbar bewusstlos daran herab.

Bex rannte ans Ende der Gasse, sah schnell den nächsten Weg entlang, und als sie sich vergewissert hatte, dass dort niemand war, rannte sie sie entlang und zurück in Richtung des Platzes, wo die Demonstration stattgefunden hatte.

»Hast du eine Karte der Insel?«, fragte sie Kieron.

»Sozusagen – ich mein, ich weiß, wie sie aussieht. Viel mehr Details gibt es nicht.«

»Kannst du das, was du darüber weißt, über die Insel legen? Den Pier, den Platz mit den Stühlen und die Gräber? Nur damit ich weiß, wohin ich gehen soll.«

»Schon passiert.«

»Gute Arbeit. Aus offensichtlichen Gründen will ich nicht direkt über den Platz, wo diese Demonstration stattgefunden hat. Aber gehe ich besser links oder rechts um ihn herum?«

Nach einer kurzen Pause antwortete Kieron: »Wenn du nach links gehst, kommst du ziemlich nah am Ufer der Insel entlang. Da könnte man dich erwischen. Nach rechts hättest du mehr Platz, um das Gelände zu umgehen.«

Er dachte taktisch. Bex verspürte einen Anflug von Stolz, doch sie hatte jetzt keine Zeit, ihn zu loben. »Dann mache ich das.«

Sie trat zwischen den Grabreihen hervor. Vor ihr konnte sie den Hügelkamm sehen, hinter dem noch Lichter von dem Platz herüberleuchteten. Sie stieg über die Böschung und lief nach rechts, möglichst außerhalb des Lichtscheins. Sie konnte den Platz hinter dem Bildschirm erkennen, wo sie vor Hekla gestanden hatten, doch da war jetzt niemand mehr. Die Techniker waren weg. Selbst das Mischpult hatten sie mitgenommen. Der Bildschirm war noch da, und als Bex daran vorbei war, konnte sie einen Blick auf die Sitze werfen, wo das Publikum aus Verbrechern und Terroristen gesessen hatte. Auch dort war niemand mehr und die Hälfte der Stühle war im Chaos nach dem Auftauchen des Hubschraubers umgestoßen worden. Zwei der Spotlights waren umgestürzt, die Gläser zerbrochen und die Glühbirnen erloschen. Bex hatte den Eindruck, als hätte das Publikum Panik bekommen. Durch den kreisenden Helikopter hatten sie wahrscheinlich den Eindruck gehabt, die ganze Asrael-Veranstaltung sei eine gigantische Falle gewesen und sie alle seien irgendwie hierhergelockt worden, damit man sie verhaften konnte. Das Problem war allerdings, dass sie nur mit Asraels

Sunseeker von der Insel kommen konnten. Wahrscheinlich versuchten gerade alle, wenn nötig mit Gewalt, auf die Jacht zu kommen. Nun, das alles bedeutete wohl zumindest, dass Asrael als Protagonist auf dem Profikillermarkt keine Chancen mehr hatte. Und tschüss!

Kieron war wahrscheinlich enttäuscht darüber, wie die Sache verlaufen war. Bex nahm sich vor, ein ernstes Gespräch mit ihm zu führen, wenn sie zurück war. Falls sie zurückkommen würde. Sie hatte den Eindruck, dass er sich in das eine norwegische Mädchen verliebt hatte – Kirsten?

Hinter den Sitzreihen angekommen, herrschte fast völlige Dunkelheit. Links vor sich hörte sie gedämpfte Rufe – wahrscheinlich das Publikum aus potenziellen Auftragskiller-Auftraggebern, die sich zum Boot durchschlugen. Sie hielt sich rechts, wo Kierons Angaben zufolge die anderen Motorboote lagen. Wenn sie Glück hatte – so richtig viel Glück –, dann waren die Techniker und Wachen noch nicht da. Na, zumindest von einem wusste sie, dass er bei den Gräbern herumlag. Vielleicht waren auch ein paar andere bei der Flucht des Publikums unter die Räder gekommen.

Und außerdem musste sie natürlich Bradley finden.

Vor sich erahnte sie den Hügel zwischen sich und dem Pier. Im gleichen Moment hörte sie Kieron sagen: »Ich kann Infrarotsignale vor dir erkennen. Ich glaube, das sind Menschen.«

»Okay.« Bex duckte sich und stieg den Hügel hinauf, bis sie darüberspähen konnte. Weit weg glitzerten die Lichter von Venedig. Zu ihrer Linken hatte die Sunseeker-Jacht gerade abgelegt. Die Hälfte der Kriminellen hatte es nicht an Bord geschafft. Sie schrien wütend, schüttelten machtlos die Fäuste oder versuchten, über den sich schnell vergrößernden Spalt an Bord zu springen, bevor das Boot völlig außer Reichweite war. Ein Polizeihubschrauber kreiste über ihnen und beleuchtete die Szene, zwei weitere kamen vom Festland her auf die Insel zu.

»Die Motorboote, von denen ich gesprochen habe, sind rechts von dir«, meldete sich Kieron plötzlich.

»Okay. Irgendeine Spur von Bradley?«

»Ich weiß nicht, wo er ist. Selbst mit Infrarot kann ich ihn nicht sehen. Er muss von Gebäuden verdeckt werden oder so.«

Alle Aufmerksamkeit schien sich auf die abfahrende Sunseeker zu konzentrieren. Bex schlich geduckt am Hügelkamm entlang, um nicht von irgendjemandem entdeckt zu werden, der zufällig in ihre Richtung sah. Der Boden zwischen ihr und der Lagune bestand aus gebrochenen Pflastersteinen, Kies und trockenem Gras. Rechts vor ihr lag eine Art Gebäude, das sich nur als schwarze Form vor dem Sternenhimmel abhob. Leise schlich sie darauf zu.

Es war ein altes Gebäude, ohne Fenster und mit großen Löchern im Gemäuer. Das halbe Dach war eingestürzt. Insgesamt war es so alt und heruntergekommen wie der Rest der Insel.

Sie spähte um eine Ecke des Hauses zu dem alten Pier und entdeckte zwei dicke Seile, die an großen rostigen Ringen im Beton festgemacht waren. Einen Meter weiter verschwanden sie über die Kaimauer, die so zerklüftet war, dass es aussah, als wäre sie von mythologischen Wesen abgenagt worden. Wenn sie Glück hatte, waren am anderen Ende der Taue Motorboote festgemacht. Wenn sie kein Glück hatte, waren es vielleicht nur alte Ruderboote oder auch gar nichts.

Sie schob sich an dem Gebäude entlang, bereit, zu den rostigen Ringen, den Seilen und möglicherweise ihrer Rettung zu laufen.

»Und ich dachte schon, ich wäre ganz allein hier«, zischte plötzlich eine Stimme.

»Nicht doch«, flüsterte Bex, als Bradley neben ihr auftauchte. »Hast du noch den Auktionscomputer von der Vorführung?«

»Schön zu hören, dass du dich mehr um mein Wohlergehen sorgst als um eventuelle Beweisstücke, die ich vielleicht dabeihabe.« Er hielt den Plastikbeutel mit seinem Tablet hoch. »Aber du weißt doch – ich und Technik… Ich kann es einfach nicht lassen. Also, ja, ich habe ihn. Du deinen auch?«

»Ja. Ich glaube, darauf könnte Material sein, das uns möglicherweise zu Asraels Hauptquartier führt, damit wir herausfinden können, wer ihn auf uns angesetzt hat.« Sie zuckte mit den Achseln. »Vorausgesetzt, er wurde auf uns angesetzt, und wir waren nicht nur Teil einer anderen Demonstration.«

»Na, hoffentlich ging die besser aus als die hier.« Bradley tippte sich ans Ohr. »Ich habe noch den Kopfhörer, deshalb konnte ich deine Gespräche mit Kieron mithören. Ich schätze, die Motorboote liegen da drüben?«

»Wahrscheinlich. Hast du Lust auf eine kleine Seereise?«

»Habe ich denn eine Wahl?«

»Du könntest ja die italienischen Polizeihubschrauber bitten, dich mitzunehmen…«

»Danke, da bleibe ich lieber bei dir.«

Bex lief von dem verfallenen Haus zur Lagune und warf einen Blick über die Kaimauer. Eine rostige Metallleiter, der einige Sprossen fehlten, führte zu zwei schlanken schwarzen Motorbooten, die auf dem Wasser schaukelten. Sie winkte Bradley zu sich.

»Wir sind im Geschäft«, erklärte sie halblaut. »Los, komm!«

Als sie seine Schritte kommen hörte, glitt sie die Leiter hinunter zum nächsten Motorboot. Gleich darauf war Bradley neben ihr. Schnell zog sie die Abdeckung vom Anlasser, wo sie sechs Pole sah. Sie suchte den Draht aus ihrer Tasche, mit dessen Hilfe sie im Hotel Danieli den Safe geknackt hatte. Sie wickelte ihn um die mit *B* und *S* bezeichneten Pole, woraufhin der Motor hinter ihr ansprang.

»Leinen los!«, befahl sie.

»Was?«, fragte Bradley verständnislos.

»Mach das Seil los, das uns festhält!«

»Oh, sag das doch gleich. Ich bin doch kein Seemann.« Er ging ans Heck und verkündete gleich darauf: »Fertig!«

»Dann halt dich fest!« Sie gab Gas, und das Motorboot glitt schnell von der Insel weg, sodass sich der Bug aus dem Wasser hob. Hinter ihr hörte sie es rascheln, aber keinen Schrei und kein Platschen, was wohl bedeutete, dass Bradley noch an Bord war. Wahrscheinlich.

Links von sich sah sie Lichter, wo die Jacht und der Hubschrauber, der sie am Wegfahren hindern wollte, wohl eine Art komplizierten Tanz auf dem Wasser der Lagune vollführten. Wahrscheinlich würden jede Menge Verbrecher und Terroristen die Nacht in einer Zelle verbringen – möglicherweise auch länger, falls internationale Haftbefehle auf sie ausgestellt waren. Hoffentlich würde bei dem ganze Wirrwarr niemand merken, dass Bex und Bradley fehlten.

»Kieron?«, fragte sie, als ihr plötzlich etwas einfiel.

»Ja?«

»Ruf mal den Zimmerservice an. Wir brauchen eine Flasche Wein und ein paar Sandwiches. Es war eine lange Nacht.«

»Mach ich.«

In einem weiten Bogen steuerte Bex das Motorboot von der Insel weg auf die historische Altstadt von Venedig zu. Salziger Meereswind blies ihr die Haare aus dem Gesicht und die Gischt der Lagune befeuchtete ihre Haut. Sie war in gewisser Weise zufrieden. Viel hatten sie zwar nicht erreicht, aber zumindest hatten sie die Asrael-Veranstaltung gestört und waren an weitere Informationen gelangt, was wohl als Erfolg zählte. Außerdem steuerte sie ein sündhaft teures Motorboot – das war ja auch schon etwas wert.

»Äh, Bex?«, meldete sich Bradley von hinten.

»Ja?«

»Da lag doch noch ein Motorboot neben dem hier am Kai …!«

»Jaaa …« Bex hatte das dumpfe Gefühl zu wissen, was kommen würde.

»Jemand ist eingestiegen und hat es gestartet. Ich glaube, sie verfolgen uns.«

»Glaubst du es oder bist du dir sicher.«

»Ich bin mir sicher«, antwortete Bradley nach einer kurzen Pause.

Bex schob die Gashebel nach vorn und hielt das Boot

mit der anderen Hand auf geradem Kurs. Ihr Herz begann schneller zu schlagen. Sie hätte wissen sollen, dass es nicht ganz so einfach werden würde. Das war es nie.

Der Bug des Bootes stieg steiler aus dem Wasser und es schoss los. Ein echt starker Motor. Aber es war ja auch einleuchtend, dass eine so gut vorbereitete Organisation wie Asrael – und sie war davon überzeugt, dass es eine Organisation war und nicht nur drei Mädchen aus Norwegen mit ihren Freunden – nur das Beste kaufen oder mieten würde.

Sie sah über die Schulter zurück. Hinter ihnen leuchtete das schäumende Kielwasser in einer weißen Linie, die sich bis zur Friedhofsinsel hinzog. Der Wind blies ihr in die Augen, und sie musste ein paarmal blinzeln, um etwas erkennen zu können.

»Was siehst du?«, rief sie nach hinten.

»Sie sind zu zweit im Boot«, erwiderte Bradley. »Eine fährt – sieht aus wie eines der blonden Mädchen. Und eine hat ein Sturmgewehr – sieht aus wie eine andere von den blonden Mädchen. Wo die Dritte ist, weiß ich nicht.« Plötzlich rief er: »Uups!«

»Was ist?«

»Die schießen auf uns!«, schrie Bradley. »Aber die Wellen lassen das Boot so auf und ab hüpfen, dass sie nicht genau zielen können!«

»Ja, das nächste Mal schreist du: ›Oh, Scheiße!‹, anstatt: ›Ups!‹«

»Ich merk's mir.«

Fieberhaft ging Bex die verschiedenen Möglichkeiten für den Verlauf ihrer Zukunft von diesem Zeitpunkt aus durch. Konnten sie es bis zum Markusplatz schaffen, bevor sie das andere Boot einholte? Wahrscheinlich, aber wenn sie langsamer wurden, um irgendwo anzulegen, würden die anderen aufholen. Würden sie schießen, selbst am Markusplatz? Wahrscheinlich, wenn sie glaubten, dass sie damit davonkommen würden. Und was würde passieren, wenn sie sie vor dem Markusplatz einholten? Würden sie ihr Boot beschädigen, indem sie zum Beispiel in den Motor schossen? Ja, wenn sie Bex und Bradley lebend haben wollten. Wenn ihnen das egal war, dann würden sie wohl in den Tank schießen und zusehen, wie das Boot in die Luft flog.

Also hatten sie folgende Alternativen: entweder erschossen zu werden, wenn sie am Markusplatz ausstiegen, oder gefangen zu werden oder in die Luft zu fliegen, falls sie mitten auf der Lagune eingeholt wurden. Die Chancen zu entkommen waren verschwindend gering. Und die italienische Polizei? Die war eher vollauf damit beschäftigt, die Jacht und die Leute an Bord in Gewahrsam zu nehmen. Zwei Motorboote interessierten sie nicht. Von ihnen war keine Hilfe zu erwarten.

Diese Überlegungen dauerten kaum eine Sekunde, und danach war Bex klar, dass sie und Bradley mit hoher Wahrscheinlichkeit entweder gefangen oder getötet werden würden.

»Bradley?«

»Ja?«

»Dein Tablet – ist das noch in dem wasserdichten Beutel?«

»Ja, warum?«

»Leg den AR-Kopfhörer dazu, und dann komm her und nimm mir Kopfhörer und Brille ab, während ich steuere. Oh, und ich habe auch Heklas Tablet mitgehen lassen. Das liegt zusammen mit meinem hier vor meinen Füßen. Pack alles in die Plastiktüte, puste sie etwas auf und verschließ sie dann wieder wasserdicht.«

»Okay – und was dann?«

»Dann wirfst du sie ins Wasser«, befahl Bex und rief, noch bevor Bradley fragen konnte, warum: »Kieron?«

»Ja?« Er klang besorgt.

»Wir gehen offline. Es besteht die Gefahr, dass uns das andere Motorboot einholt, und dann will ich sicher sein, dass eines von Asraels Tablets bei euch landet, damit ihr beide das Ding analysieren könnt.«

»WAS?«, schrie Kieron.

»Nicht diskutieren, nicht protestieren«, befahl Bex. Sie sprach schnell, um dem normalen Teenagerinstinkt zu widersprechen zuvorzukommen. »Akzeptier es einfach. Das ist die schwerste Lektion, die ein Agent lernen muss. Annehmen, was man nicht ändern kann, und trotzdem weitermachen.«

In ihrem Hinterkopf hörte sie eine leise Stimme sagen: *Gott, gib mir die Gelassenheit, die Dinge zu akzeptieren, die ich nicht ändern kann, den Mut, die zu ändern, die ich ändern kann, und die Weisheit, den Unterschied zu erkennen.* Ihr Vater hatte diesen Spruch eingerahmt an der Wand hängen gehabt.

»Versuch nicht, zu ändern, was nicht zu ändern ist«, sagte sie. »Ich lasse die Tablets im Wasser schwimmen, kurz vor dieser Friedhofsinsel, in einer wasserdichten, luftgefüllten Tasche. Du musst mit Sam herkommen und sie holen. Ihr könnt sie dank meiner AR-Brille finden. Die hat eine Suchfunktion eingebaut, und ich weiß, dass ihr sie orten könnt.«

»Und dann?«, schrie Kieron.

Bex holte tief Luft. Das war schwer. Schwerer als

alles andere, was sie je getan hatte. Jemanden zu bitten, sie aufzugeben – das war einfach. Das hatte sie in ihrem Berufsleben immer wieder geübt. Aber jemanden zu bitten, sein Leben zu riskieren, um den Kampf weiterzuführen – das war wirklich schwer.

»Hör mir genau zu. Bradley und ich sind hier auf uns allein gestellt. Niemand beim MI6 weiß, dass wir in Venedig sind, und das aus gutem Grund. Hier sind nur wir vier – Sam, du, Bradley und ich. Ich könnte sagen, dass Sam und du zurück nach England fahren und uns vergessen sollt, aber ich kenne euch gut genug, um zu wissen, dass ihr das nicht tun würdet.« Sie holte erneut tief Luft, schloss die Augen und fuhr nach einem kurzen Stoßgebet fort: »Da ich also davon ausgehe, dass ihr die Anweisung, uns zu vergessen, sowieso nicht befolgen würdet, müsst ihr, wenn wir nicht innerhalb der nächsten fünfundvierzig Minuten am Hotel auftauchen, irgendwie diese Tablets holen. Du und Sam, ihr müsst sie datentechnisch auseinandernehmen und nach Hinweisen auf einen Ort suchen, an den Bradley und ich gebracht werden könnten. Ich glaube nicht, dass sie hier in der Nähe von Venedig bleiben. Hier ist es ihnen jetzt sicher zu heiß. Dank eurer Aktion, die ich wirklich sehr zu schätzen weiß, wird hier bald die Polizei jeden Stein umdrehen. Ich denke, Asrael wird uns zu seinem Stützpunkt bringen, um herauszufinden, wer wir sind und warum wir so an ihm interessiert sind.«

Wenn sie uns nicht gleich umbringen, dachte sie. *Was durchaus der Fall sein könnte.*

»Ich weiß nicht, wie ihr das schaffen sollt, aber ich hoffe, ihr findet einen Weg, uns zu retten. Benutzt die AR-Brille, eure Intelligenz und eure natürliche Begabung, überraschende Dinge zu tun. Durch die Brille habt ihr Zugang zu unserem Bankkonto. Versucht, nicht alles für Konzerttickets und T-Shirts auszugeben. Und …«, sie musste schlucken, um den Kloß im Hals loszuwerden. »… wenn ihr es nicht schafft, uns zu retten, lasst euch davon nicht unterkriegen. Kommt darüber hinweg. Ich bitte euch um das Unmögliche, also seid nicht enttäuscht, wenn ihr es nicht schafft. Wenn wir nicht gerettet werden, dann nicht, weil ihr versagt habt, sondern weil ich zu viel von euch verlangt habe.« Sie brach ab, weil der Kloß in ihrem Hals zu groß geworden war.

»Bex«, sagte Kieron.

»Ja.«

»Wir sind's. Sam und ich. Natürlich werden wir euch retten!«

»Bex over«, sagte sie, nahm den Kopfhörer aus dem Ohr und setzte die Brille ab, bevor ein großer Schluchzer die beiden Jungen, die ihr so ans Herz gewachsen waren, über die Funkwellen erreichen konnte. Mit einer Hand reichte sie die Geräte an Bradley, der hinter ihr stand.

»Hast du das mitgehört?«, fragte sie.

Sie glaubte zu sehen, wie er seinen Kopfhörer aus dem Ohr nahm, aber sie konnte es nicht genau erkennen, weil sie Mühe hatte, das Boot auf Kurs zu halten, das durch die Wellen stampfte.

»Kein Wort«, behauptete er. Sie glaubte auch zu sehen, wie er den Kopfhörer in die wasserdichte Tüte steckte, war sich aber nicht sicher. Dann warf er den Plastikbeutel über Bord.

Ein plötzliches Knattern ließ sie vermuten, dass ihre

Verfolger wieder auf sie schossen. Das Motorboot brach nach links aus und das Steuerrad in ihrer Hand zuckte.

»Was denkst du?«, fragte sie, nachdem Bradley den Beutel über Bord geworfen hatte. »Sollen wir weiterfahren oder gleich aufgeben?«

»Oh, fahr weiter«, erwiderte er gleichmütig. »Warum sollen wir es ihnen denn leicht machen?«

»Guter Rat«, meinte sie mit einem Seitenblick.

Etwas prallte vom Metallrahmen der Windschutzscheibe ab und hinterließ einen im Mondlicht glänzenden Kratzer im Stahl. Eine Kugel. Bex kurbelte am Steuer und fuhr eine weite Kurve erst in die eine, dann in die andere Richtung. Das Boot reagierte entsprechend und hinterließ heftige Wellen in ihrem Kielwasser. Durch dieses Manöver verloren sie zwar ein wenig von ihrem Vorsprung, doch wenn es den Schützen vom Zielen abhielt, war es das wert.

»Das Boot hinter uns ist genauso eines wie das, das wir hier haben!«, rief sie Bradley zu. Er hatte sich wieder in Richtung Heck bewegt. »Das bedeutet, wir müssen davon ausgehen, dass es genauso schnell und wendig ist. Wir können ihm also nicht davonfahren und es nicht ausmanövrieren. Das schränkt unsere Optionen ein.« Sie wandte kurz den Kopf, um zu sehen, ob er vielleicht ins Wasser gefallen war, als sie die Richtung geändert hatte. Doch er war noch da, kniete am Heck und lehnte sich hinaus. Sie konnte nicht sehen, was er tat. »Wenn ich geradeaus fahre, bleiben sie im gleichen Abstand hinter uns und feuern, bis sie den Tank oder den Motor treffen. Oder einen von uns.« Sie sah sich erneut um. Bradley beugte sich immer noch über den Bordrand. »Was machst du da?«

»Kotzen!«, schrie er zurück. »Ich bin seekrank. Mach dir keine Sorgen. Red weiter, ich hör zu.«

»Okay«, überlegte sie. »Am besten ist es wohl, ich fahre weiter im Zickzack. Damit werfe ich ihnen Wellen in den Weg. Wenn sie ständig unser Kielwasser queren müssen, werden sie hoffentlich langsamer und schwanken auch mehr hin und her. Und wenn ich ihnen weismachen kann, dass ich nach links fahre, und tatsächlich nach rechts lenke, kann ich unseren Vorsprung vielleicht sogar ein bisschen ausbauen. Das ist ein Plan, wenn auch kein sonderlich guter. Was glaubst du?«

»Ich glaube, ich hätte das Mittagessen auslassen sollen«, gab Bradley kläglich zurück.

»Hast du die Tasche über Bord geworfen?«

»Glaub mir, ich habe alles geworfen, was ich werfen konnte …«

Ihrem Plan gemäß kurbelte Bex am Steuer und riss es erst in die eine, dann in die andere Richtung. Von oben musste ihre Spur wie eine leuchtende Schlange im Dunkeln aussehen. Wenn sie einen Blick zurückwarf, konnte sie die Windschutzscheibe des sie verfolgenden Bootes so eben erkennen, wenn sie im Mondlicht aufblitzte. Wie sie vorhergesagt hatte, versuchte es, einen geraden Kurs zu halten, doch immer wenn es ihre Heckwelle kreuzte, schoss es fast ganz aus dem Wasser empor und klatschte dann wieder zurück wie ein Auto, das zu schnell über eine Bodenwelle fährt. Fast taten die Verfolger ihr leid – denen mussten ganz schön die Zähne aufeinanderschlagen. Unter diesen Bedingungen konnte niemand vernünftig zielen. Sie konnten höchstens aufs Geratewohl Kugeln in ihre Richtung abschießen und hoffen, irgendetwas zu treffen.

Und genau das passierte. Plötzlich bekam Bex' Scheibe viele kleine Löcher, die von weißen Rissen umgeben waren. Etwas zupfte sie am Jackenärmel. Als sie hinsah, bemerkte sie ein Loch im Stoff, das beim Anziehen da ganz sicher noch nicht gewesen war.

Mittlerweile waren sie wohl auf halbem Weg durch die Lagune und fuhren auf den hell erleuchteten Teil von Venedig zu, der nie schlief. Andere Boote tauchten in ihrer Nähe auf. Sie konnte ihre Lichter erkennen: weiße Lichter an Bug und Heck, rote links und grüne rechts, den internationalen maritimen Regeln entsprechend. Sie fragte sich, was die Besatzungen und Passagiere wohl von den beiden unbeleuchteten schwarzen Motorbooten hielten, die an ihnen vorbeischossen.

Die Windschutzscheibe wölbte sich ihr entgegen, da der beschädigte Kunststoff dem starken Fahrtwind nicht länger standhielt. Kleine Plastikteile lösten sich und flogen ins Dunkle.

Zwischen ihren Schultern verspürte sie einen Juckreiz. Jeden Moment glaubte sie, eine Kugel genau an dieser Stelle einschlagen zu spüren. Jeden Augenblick.

Vor ihr tauchte die schwarze Silhouette eines Vaporetto auf. Als sie daran vorbei waren, riss Bex das Steuer herum und lenkte sie dicht dahinter, sodass es ihnen als Deckung diente. Anstatt wieder auf die vorherige Route zurückzuschwenken, fuhr sie im rechten Winkel weiter und hoffte, dass ihre Verfolger es nicht bemerken würden.

Doch die waren nicht auf den Kopf gefallen. Während Bex an der einen Seite des Vaporetto vorbeigefahren war, hatten sie die andere genommen und kamen jetzt genau auf sie zu. Bex fluchte kurz, als sie deutlich das Gesicht des Mädchens am Steuer sah und das Mädchen neben ihr, das sich mit einer Hand an der Lehne des Fahrersitzes festhielt und mit der anderen ein Automatikgewehr bediente. Als Bex ihre Aufmerksamkeit wieder auf das Fahren richtete und Ausschau nach anderen Booten hielt, bevor sie mit ihnen zusammenstieß, sah sie aus den Augenwinkeln das Mündungsfeuer der Waffe aufblitzen. Gleich darauf hatte sie das Gefühl, als würde jemand die Seite des Bootes mit einem Hammer bearbeiten. Oder viele Leute würden mit vielen Hämmern darauf einschlagen.

Der Motor stotterte und erstarb. Eine der Kugeln musste die Benzinleitung getroffen haben.

Das Motorboot wurde abrupt langsamer und tanzte auf den Wellen der Lagune. Auch das andere Motorboot wurde langsamer, allerdings unter Motor, und kam längsseits.

Die Jagd war vorbei. Sie und Bradley waren Gefangene von Asrael.

Kapitel 9

»Verdammt, nein!« Kieron lehnte sich zurück und schlug die Hände vors Gesicht.

Hinter ihm keuchte Sam heftig und fragte: »Was ist passiert?«

»Als Bex die Brille abgenommen hat, sind Video- und Audioübertragung abgebrochen. Du hast doch gehört, was sie gesagt hat – sie hat sie in eine Plastiktüte gesteckt und in die Lagune geworfen.« Er zögerte, denn eine ganze Reihe widerstreitender Gefühle drohten ihm die Luft abzuschnüren. »Sie ist weg, Sam. Sie und Bradley, sie sind beide wirklich weg! Sie sind einfach nicht mehr da!«

»Wenn ich Bex richtig verstanden habe, hat sie uns gesagt, wir sollen fünfundvierzig Minuten warten, ob sie zurückkommen«, sagte Sam gelassen. »Nur weil sie die Sachen in die Lagune geworfen haben, heißt das noch lange nicht, dass sie nicht entkommen sind. Sieh es mal von der positiven Seite.«

»Na gut.« Kieron bemühte sich, seine Gefühle unter Kontrolle zu bringen. »Dann warten wir eben fünfundvierzig Minuten. Und was dann?«

»Noch einmal: Wenn ich Bex richtig verstanden habe, hat sie uns die Anweisung gegeben, sie zu suchen und zu retten.«

»Wenn man sie nicht auf der Stelle umgebracht und ihre Leichen in die Lagune geworfen hat!«, entgegnete Kieron panischer, als er eigentlich klingen wollte. Er war fast hysterisch, und er wusste es, doch er konnte nichts dagegen tun.

»Nun ja, wenn man mal annimmt, dass das nicht passiert ist …«, gab Sam zu. »Also, was wir in den nächsten fünfundvierzig Minuten machen müssen …«

»Mittlerweile nur noch vierundvierzig«, unterbrach Kieron ihn.

»Na gut, in den nächsten *vier*undvierzig Minuten – wir müssen uns vor Ort umsehen. An Land oder auf dem Wasser. Wir müssen herausfinden, was da draußen tatsächlich passiert ist, ob Bex und Bradley erschossen und ihre Leichen entsorgt wurden oder ob man sie gefangen genommen hat.«

»Und wie genau sollen wir das herausfinden, du Genie?«

»Wir haben das AR-Equipment«, erklärte Sam in dem ruhigen Tonfall, an den sich Kieron klammerte wie ein Ertrinkender an einen Strohhalm. Ein ertrinkender Agent … »Du hast doch die italienische Polizei abgehört, oder? Sie wissen, was passiert ist. Die schwirren da draußen herum wie Wespen um ein Marmeladenglas. Falls im Wasser irgendwelche Leichen entdeckt werden, erfahren sie davon. Also hör weiter ihren Funkverkehr ab.«

»Okay.« Kieron holte ein paarmal tief Luft, um sich wieder zu beruhigen. »Das kriege ich hin.«

»Klar kriegst du das hin.« Sam legte ihm die Hand auf die Schulter und drückte sie zuversichtlich. »Es ist nicht so wichtig, den Geländelauf zu gewinnen. Sich zu kleiden wie alle anderen und dieselbe Musik zu hören, ist nicht wichtig. Es spielt keine Rolle, dass wir nie gut darin waren. Aber das hier, das ist wichtig, und das heißt, dass wir uns hier zusammenreißen müssen, egal wie schwer es ist und wie wir uns dabei fühlen. Denn genau das sind wir: Wir sind die Jungs, die wissen, was wichtig ist, und genau das tun, während die anderen in ihren Hoodies posieren und mit ihren Klunkern protzen. Wir schaffen das, Kumpel. Wir *sind* so gut.«

»Das«, meinte Kieron, »waren wahrscheinlich die schlechtesten aufmunternden Worte, die ich je gehört habe.«

»Hat aber doch gewirkt, oder?«

»Ja, hat gewirkt.«

Kieron machte sich sofort an die Arbeit und scannte mit der AR-Brille Video- und Audioübertragungen. Er beobachtete die flimmernden Bilder, die auf die Brillengläser projiziert wurden, und wählte mit Handbewegungen Optionen aus und verschob Daten. Ziemlich schnell stellte er fest, dass die italienische Polizei – die Carabinieri, wie man sie wohl nannte – keine Ahnung hatte, was vor sich ging. In den Funksprüchen wurde über alles spekuliert von Kämpfen unter rivalisierenden Gangs über Terroranschläge bis zu Revolten durch Faschisten. Noch hatte niemand einen Alienangriff erwähnt, aber das war seiner Meinung nach nur noch eine Frage der Zeit. Es herrschte unglaubliche Hysterie. Das Gute war nur, dass keine Leichen geborgen worden waren. Die Sunseeker-Jacht war abgefangen und an einen sicheren Ort gebracht worden, wo man die Personalien der Verdächtigen an Bord aufnahm und sie befragte. Zwei Motorboote mit unbekannter Besatzung waren gesehen worden, als sie mit hoher Geschwindigkeit flüchteten, aber sonst gab es nichts. Das war wenigstens etwas. Etwas, an das er sich klammern konnte.

»Und, wie ist die Lage?«, fragte Sam. Er legte etwas vor Kieron auf den Tisch. »Ich habe uns vom Zimmerservice etwas zu essen kommen lassen, während du gearbeitet hast. Ich wollte auch eine Flasche Wein. Aber da wollten sie wissen, wie alt ich bin, deshalb habe ich gesagt, sie sollen es vergessen.«

»Danke. Da herrscht das Chaos, aber zumindest gibt es keine Spur von Bex und Bradley … als Leichen.«

»Nun, das ist doch gut. Und jetzt?«

»Jetzt versuche ich, die Brille zu orten, die sie bei ihrer Flucht über Bord geworfen haben. Wenn ich weiß, wo sie ist, können wir versuchen, sie zurückzubekommen, und die Sachen in dem Beutel untersuchen. Vielleicht finden wir da Hinweise.«

Mit ausladender Geste wischte Kieron die virtuellen Carabinieri-Fenster beiseite und rief ein Ortungsprogramm auf. Eine Standardfunktion zeigte ihm den Chip in der Brille, die Bex getragen hatte. Er wählte die Option »Suchen« und wartete, bis die Software ihre Arbeit getan hatte. Zehn Sekunden später wusste er, dass die Brille mitten in der Lagune irgendwo zwischen ein paar kleinen Inseln trieb.

»Hab sie«, verkündete er. »Aber ich bin mir nicht sicher, wie wir jetzt da rankommen sollen.«

»Die ist doch im Wasser, oder?«, fragte Sam mit vollem Mund.

»Ja.« Plötzlich bekam auch Kieron Hunger. Er hatte seit Stunden nichts mehr gegessen.

»Dann mieten wir ein Boot und sagen dem Fahrer …«

»Dem Kapitän.«

»Dann sagen wir dem Kapitän, er soll uns in die Lagune fahren, und wir holen den schwimmenden Beutel mit dem Zeug. Vorausgesetzt, der hat kein Loch gekriegt und schwimmt nicht mehr.«

»Super. Und wie bezahlen wir das Boot?«

»Mit dem Geld von Bex' und Bradleys Konto. Wir können uns Geld an einem Automaten holen. Haben sie doch gesagt.«

»Und was erzählen wir dem Kapitän?«

»Ganz einfach: Wir sagen, wir wollen das perfekte Foto von Venedig machen und haben die beste Stelle dafür genau ausgerechnet, aber die ist mitten in der Lagune. Dann geben wir ihm die Koordinaten, damit er uns da hinbringt.« Er hielt inne. »Wir behaupten, es sei für ein Schulprojekt.«

Kieron zuckte mit den Achseln. »Okay. Wo ist mein Essen?«

»Streck deine rechte Hand aus. Jetzt senken. Ja, gut, jetzt badet deine Hand in deinem Essen.«

»Du weißt schon, dass du ein Blödmann bist?«

Kieron nahm den Teller und die Gabel und schaufelte sich das Essen in den Mund. Es schmeckte toll – Spaghetti in leicht scharfer Tomatensoße, in der Stücke schwammen, die ein wenig wie Pilze aussahen, aber weicher waren. »Was ist das?«, fragte er Sam mit vollem Mund.

»Nennt sich Spaghetti alle vongole«, erklärte Sam. »Keine Ahnung, wie man das übersetzt.«

»Schmeckt super. Nur die Pilze sind komisch.«

Als er halb aufgegessen hatte, klingelte sein Handy. Schnell griff er danach. »Bex?«

»Wer ist Bex? Hast du ein Mädchen kennengelernt?«

Es war die Stimme seiner Mutter. »Mum! Was ist denn?«

»Was, kann ich nicht mal meinen Lieblingssohn anrufen, um zu fragen, ob er auch genug isst und sich ordentlich wäscht?« Sie lallte leicht. Kieron sah auf die Uhr. In Venedig war es schon spät, aber wo seine Mutter war, wohl noch Essenszeit. Er hoffte, dass sie zu ihrem Wein auch etwas aß.

»Wie ist dein Kurs?«, erkundigte er sich.

»Ganz okay«, antwortete sie seufzend. »Sie erzählen uns Geschichten, um uns zu überzeugen, dass das Leben nur besser werden kann, wenn man seinen Job verloren hat. Heute haben sie eine von Mäusen erzählt, denen jeden Tag Käse gebracht wird. Bis das eines Tages aufhört. Einige Mäuse bleiben, wo sie sind, und hoffen, dass der Käse irgendwann wieder auftaucht, während andere losziehen, um mehr Käse zu finden – und das tun sie auch. Sie finden besseren Käse, als sie zuvor hatten, und die Mäuse, die zurückgeblieben sind, verhungern, während sie auf den Käse warten. Ziemlich morbide Story. Offensichtlich ist der Käse unser Gehalt, und sie wollen uns davon überzeugen, dass wir rausgehen und andere, bessere Jobs suchen sollen, anstatt über das zu jammern, was wir hatten. Ich habe gesagt, ich könnte genauso gut eine Story schreiben, in der die Mäuse, die zurückgeblieben sind und durchgehalten haben, mit einer doppelten Lieferung Käse belohnt wurden, während die anderen bei ihrer Suche verhungert sind, aber das war wohl nicht die richtige Antwort.

Deshalb gelte ich jetzt als Unruhestifterin.« Sie seufzte. »Aber immerhin ist hier ein netter Mann bei dem Kurs, mit dem ich mich ganz gut verstehe. Wer weiß, vielleicht passiert ja doch noch etwas Gutes.«

»Das ist schön, Mum. Ich freue mich, dass du dich amüsierst.«

»Und was ist mit dir, mein Liebling?«, fragte sie. »Kommst du ohne mich klar? Ich gebe dir einen Tipp – die richtige Antwort lautet: *Nein, es geht mir schrecklich, und ich kann es gar nicht erwarten, bis du wieder da bist.*«

Kieron sah sich im Hotelzimmer um, die AR-Brille noch auf der Nase, die ihm die Karte der Lagune und die komplizierten Strömungsmuster mit der Ortung von Bex' Brille zeigte.

»Nein«, sagte er, »es geht mir schrecklich, und ich kann es gar nicht erwarten, bis du wieder da bist.«

»Du bist so süß. Im Ernst – isst du auch ordentlich?«

Er sah auf seinen Teller. »Spaghetti.«

»Aber nicht aus der Dose. Bitte sag mir, dass die nicht aus der Dose kommen. So würde kein Italiener seine Spaghetti essen.«

»Mum, ich kann dir garantieren, dass ich meine Spaghetti auf ganz original italienische Art esse.«

»Das ist gut. Und schläfst du auch genug? Ich will nicht, dass du die ganze Nacht wach bleibst und Spiele spielst. Versprich mir, dass du nicht den ganzen Abend auf den Computerbildschirm starrst.«

Kieron betrachtete das Bild in der Brille. Er hatte das Gefühl, als würden weder er noch Sam in dieser Nacht viel Schlaf bekommen und dass die Brille einiges würde aushalten müssen. »Versprochen, Mum.«

Er glaubte, im Hintergrund die Stimme eines Mannes zu hören.

»Ich muss los«, sagte seine Mutter. »Ich hab dich lieb. Pass auf dich auf, putz dir die Zähne und mach deine Hausaufgaben.«

»Mach ich.«

Sie legte auf. Kieron setzte die Brille ab und fuhr sich mit der Hand übers Gesicht. Er versuchte, sich auf die belanglosen Kunstdrucke an der Hotelzimmerwand zu konzentrieren, aber er sah alles verschwommen. Fest kniff er die Augen zu, zählte bis zehn und machte sie wieder auf. Jetzt sah er wieder klar.

»Hausaufgaben«, meinte er. »Wenn das nur unsere einzige Sorge wäre.«

Sam saß im Schneidersitz auf dem Bett und grinste. »Sieh es mal so – Bex hat uns gebeten, die Sachen zu holen, die sie über Bord geworfen haben, um damit sie und Bradley zu finden. Wenn das keine Hausaufgabe ist, was dann?«

Kieron dachte einen Moment nach. »Stimmt wohl. Dann machen wir mal weiter.« Er überlegte, wie Bex ein solches Problem angehen würde. »Eigentlich habe ich eine andere Idee.«

»Welche?«, wollte Sam wissen.

»Wie stehen unsere Chancen, einen Kapitän dazu zu überreden, uns so spät am Abend raus auf die Lagune zu fahren?«

Sam sah auf die Uhr. »Ziemlich schlecht. Es ist schon echt spät.«

»Und selbst wenn wir jemanden überreden können, wie stehen unsere Chancen, eine treibende Tasche zu finden, ohne dass wir uns verdächtig machen?«

»Anorektisch dünn. Bulimie-dünn.«

»Und was würde Bex vorschlagen, da es schon so spät ist?«

»Sie würde vorschlagen, dass wir erst mal schlafen und uns dem Problem morgen ausgeruht und mit frischer Energie widmen.«

»Dann sollten wir genau das tun.«

Sam betrachtete das Muster auf Bradleys Bettdecke und fragte leise: »Und glaubst du wirklich, dass einer von uns viel schlafen könnte?«

Kieron versuchte, seine Stimme so zuversichtlich klingen zu lassen, wie es ging. »Wenn Bex und Bradley als Geiseln genommen wurden, dann leben sie auch morgen noch. Wenn wir wach bleiben und vergeblich versuchen, sie zu finden, verschwenden wir nur unsere Energie. Wir sollten uns zumindest ein paar Stunden hinlegen. Auch wenn wir nicht wirklich schlafen können, bekommen unsere Körper neue Energie, und unsere Gehirne funktionieren besser.«

Sam nickte zögernd.

»Sag mal«, begann er vorsichtig, »ich will nicht irgendwie schräg klingen oder so, aber ich habe eigentlich keine große Lust, in mein Zimmer zu gehen. Da ist es irgendwie so einsam. Können wir uns nicht hier in Bradleys Zimmer ein bisschen unter die Decke legen und eine Weile dösen?« Verlegen zuckte er mit den Schultern. »Wenn es dich stört, haben wir auch genug Kissen, um eine Wand zwischen uns aufzubauen.«

»Mach dir da mal keine Sorgen«, grinste Kieron. »Wenn du dich im Schlaf an mich ranmachst, schlage ich einfach zu.«

»Ja, ich auch.«

Schnell aßen sie auf, stellten ihre Tabletts vor die Tür und legten sich vollständig angezogen aufs Bett. Die Klimaanlage sorgte für eine angenehme Temperatur. Kieron starrte die Decke an, drückte den Kopf auf das Kissen und lauschte Sams schweren Atemzügen neben sich, während er sich fragte, was ihnen der nächste Tag wohl bringen würde. Je mehr Möglichkeiten ihm einfielen, desto mehr verkrampfte er sich. Er zwang sich ganz bewusst, sich zu entspannen, und nutzte dazu eine Technik, die er während des Theaterunterrichts mal gelernt hatte. Er versuchte sich vorzustellen, dass all seine Sorgen eine dicke dunkle Flüssigkeit waren, die wie schwarzes Quecksilber durch seinen Körper floss. Dann stellte er sich vor, dass die Flüssigkeit durch seinen Körper nach unten sank, durch alle Ecken und Winkel, bis sie sich überall dort ansammelte, wo seine Haut das Bett berührte. Er atmete tief und gleichmäßig und sah dann vor sich, wie die Flüssigkeit seinen Körper an diesen Punkten verließ und ins Bett einsank, sodass er sich leichter und freier fühlte als zuvor. Und während er sich auf diese mentalen Bilder konzentrierte, hatte er tatsächlich das Gefühl, sein Körper würde leichter werden. Es kam ihm fast so vor, als würde er über dem Bett schweben, anstatt darin zu liegen. Und als Nächstes stellte er fest, dass die Sonne durchs Fenster schien und den Raum mit ihrem Glanz erfüllte und dass irgendwo draußen eine Katze jaulte. Es war Morgen und Zeit, sich an die Arbeit zu machen.

Mit der AR-Brille überprüfte er die Position von Bex' Geräten. Sie waren mit der Strömung einen halben Kilometer weiter über die Lagune getrieben. Plötzlich durchzuckte ihn ein eisiger Schrecken, als ihm einfiel, dass weder er noch Sam daran gedacht hatten, dass die aufgeblasene Plastiktüte mit der Strömung ganz aus der Lagune hätte herausgetragen werden können und mittlerweile irgendwo in der Adria treiben könnte. Doch glücklicherweise leuchtete der blinkende Punkt immer noch innerhalb der Lagune. Am Tag zuvor hatte er gesehen, dass das Hotel in der Nähe des Restaurants über eine sogenannte »Business Suite« verfügte, wo sie etwas ausdrucken lassen konnten. Daher lud er das Bild der Karte auf einen USB-Stick und ging nach unten. Die Frau an der Rezeption der Business Suite war äußerst hilfsbereit und ein paar Minuten später hatte er mehrere Kopien der Karte in einem Umschlag in der Hand.

Sie frühstückten kurz und holten sich dann an einem Automaten, den es in der Nähe des Hotels praktischerweise gab, etwas Geld. Zum Glück konnte man die Sprache des Displays auf Englisch umstellen, auch wenn Sam es schaffte, zuerst versehentlich Dänisch zu wählen. Das Bargeld bekamen sie natürlich in Euro. Als sie auf den warmen und feuchten Markusplatz kamen, fühlten sie sich sehr erwachsen und reich. Das Pflaster war in der Nacht gewaschen worden und es roch sauberer als am Tag zuvor. Sie gingen am Kai entlang, wo die Gondeln und Vaporetti auf dem blaugrauen Wasser der Lagune schaukelten. Zwischen ihnen suchten Enten und Möwen nach Futter. Gondolieri und Bootsbesatzungen sahen sie mit erfahrenen Blicken an und versuchten einzuschätzen, ob sie mögliche Kunden und gute Trinkgeldgeber waren.

»Was meinst du?«, fragte Sam.

»Ich glaube, wir brauchen etwas Kleines, aber mit Motor«, erklärte Kieron. »Also keine Gondel und kein

Vaporetto. Lass uns mal weitergehen und sehen, was wir finden.«

Ein paar Minuten später entdeckten sie genau, was sie brauchten – ein kleines Motorboot, gerade groß genug, um eine Familie auf zwei Bänken mitzunehmen, mit einem Außenborder und einem Unterstand mit dem Steuerrad und dem Armaturenbrett. Der bärtige Mann, der am Kai auf einem Poller saß, sah sie neugierig an, als sie näher kamen.

»Dove sono tua madre e tuo padre?«, fragte er.

Sam und Kieron sahen sich unsicher an, und Kieron erkundigte sich: »Sprechen Sie Englisch?«

»Wo sind deine Papa und deine Mama?«, wollte der Mann mit starkem Akzent wissen.

»Wir … Wir sind auf einem Schulausflug«, erklärte Kieron und erzählte die Geschichte, auf die sie sich geeinigt hatten. »Wir müssen das beste Bild von Venedig machen, und wir haben herausgefunden, dass das am besten von hier aus geht.« Er holte eine der Karten heraus. »Können Sie uns bitte an die Stelle mit dem roten Punkt bringen?«

Der Bootsbesitzer sah die Karte an, ohne sie zu nehmen. »Das zu weit weg für gutes Foto«, sagte er schließlich achselzuckend. »Oder ihr habt Zoom. Aber warum ihr nicht näher bleibt und macht Aufnahme ohne Zoom?«

Kieron war ein wenig entmutigt. Als sie das in ihrem Hotelzimmer durchgegangen waren, hatte das alles so leicht geklungen. Aber sie mussten natürlich an jemanden geraten, der ihnen widersprechen musste.

»Es muss von da aus sein«, meinte er so überzeugt wie möglich und tippte auf das Blatt. »Hat mit der Position der Sonne zu tun.«

Der Bootsbesitzer warf einen skeptischen Blick auf die Sonne, dann auf die Jungen und sagte: »Fünfzig Euro. Gleich los?«

»Ja, bitte.«

»Ihr wollt holen Kameras?«, fragte er.

Kieron erstarrte, doch glücklicherweise kam ihm Sam zu Hilfe und warf ein: »Wir nehmen unsere Handys.«

Der Bootsbesitzer schüttelte traurig den Kopf. »Turisti stupidi«, murmelte er und deutete auf die Bänke. »Setzen. Ich euch bringen.«

Kieron deutete auf die Karte. »Brauchen Sie die?«

Der Mann tippte sich an die Stirn. »Das ich haben hier. Ich leben schon immer an Lagune. Ihr mich bringen Augen verbunden an Ort, den Kopf hängen über Bord, und ich erkennen an Wellen, wo sind wir.«

Als sie sich gesetzt hatten, stellte er sich ans Steuer und rief jemandem am Kai zu, die Leinen zu lösen. Gleich darauf sprang der Motor an, und das Boot tuckerte zwischen den Gondeln, Vaporetti und anderen Booten hindurch, die in der Hitze, die sich bereits jetzt über der Lagune bemerkbar machte, kamen und abfuhren.

Das gleichmäßige Auf und Ab des Bootes in Verbindung mit den Dieselabgasen ließen Kieron bereuen, dass er zum Frühstück Käse, Rührei und Würstchen verschlungen und mit Orangensaft hinuntergespült hatte. Ein Seitenblick auf Sam zeigte ihm, dass auch er blass und schweißgebadet aussah.

»Wenn euch schlecht, kostet fünfzig Euro extra!«, schrie der Bootsbesitzer über die Schulter zurück, ohne sich umzusehen. »Reinigungskosten!« Doch dann fügte er etwas milder hinzu: »In Fach da ist Flasche Limettensaft mit Wasser. Hilft.«

Schnell holte Sam die Flasche heraus und nahm einen Schluck, bevor er sie Kieron reichte.

»Das hilft tatsächlich.«

Kieron trank gierig. Der saure Geschmack des Limettensafts zog ihm den Mund zusammen und er verdrehte die Augen. Doch gleich darauf fühlte er sich besser.

Die Hauptinsel von Venedig verschwand hinter ihnen und mit ihr das Geschrei, die Glockenklänge, die Musik und der Lärm des venezianischen Lebens. Rechts von ihnen lag flach und dunkel der Lido, während sie an anderen Inseln vorbeifuhren. Der Wind wurde stärker und blies ihnen kühl ins Gesicht. Möwen folgten ihnen in der Hoffnung, sie würden irgendwelche Essensreste über Bord werfen.

Nach etwa zwanzig Minuten hielt der Bootsbesitzer an.

»Hier«, sagte er und deutete auf das Wasser um sie herum. »Euer perfekte Platz.«

Kieron sah in eine Richtung, Sam in die andere über das Wasser. Keine Spur von der treibenden Tüte. Kieron setzte die AR-Brille auf und rief eine Karte mit ihrer eigenen Position auf, über die er die mit der Position von Bex' Geräten legte. Sie befanden sich etwa zweihundert Meter weit weg.

»Nicht ganz perfekt«, behauptete er, stand auf und betrachtete kritisch die umliegenden Inseln. »Können Sie uns ein bisschen weiter in diese Richtung bringen?« Er deutete nach links.

Der Bootsbesitzer starrte ihn ungläubig an. Dann brummte er leise etwas vor sich hin, setzte ein Stück zurück und fuhr dann in einem Winkel ein Stück weiter. »Hier vielleicht?«

Kieron sah auf die Karte und konzentrierte sich dann auf den Mann hinter dem durchscheinenden Bild. »Noch ein paar Meter weiter?«, schlug er vorsichtig vor.

Der Besitzer schloss die Augen, schüttelte den Kopf und fluchte. Dann fuhr er langsam weiter, den Blick auf Kieron geheftet. Kieron hingegen richtete seinen Blick auf das Bild in der Brille, bis er sah, dass sie genau über dem Punkt lagen, an dem der Beutel sein sollte. Da er auf der anderen Seite des Bootes sein sollte, hustete Kieron heftig, um Sams Aufmerksamkeit zu erregen, und sah dann vielsagend zur Bordwand. Sam verstand den Hinweis und setzte sich hinüber.

»Stopp! Hier!«, rief Kieron plötzlich.

Das Boot hielt an und der Eigner sah sich verwundert um.

»Hier Blick genauso wie dort!«, protestierte er genervt.

Plötzlich stand Sam auf und beugte sich über die Bordwand.

»Wirkt nicht Limettensaft?«, fragte der Eigner besorgt.

Sam kam wieder hoch und umklammerte eine durchsichtige Tüte, die so aufgeblasen war, dass sie aussah wie ein Ballon. Darin lagen mehrere Gegenstände.

»Beinahe hätte ich meine Tasche fallen lassen!«, rief er. »Aber ich hab sie!«

Der Bootsbesitzer starrte ihn stirnrunzelnd an und überlegte offensichtlich, ob Sam mit dieser Tasche überhaupt an Bord gekommen war. Doch nach ein paar Sekunden zuckte er nur mit den Achseln und entschied offensichtlich, dass das nicht sein Problem war.

Kieron nahm sein Handy und machte demonstrativ

mehrere Aufnahmen von Venedig und den anderen Inseln. Als er dachte, dass er genug Bilder gemacht hatte, um glaubhaft zu wirken, rief er: »Danke, das war perfekt. Können wir jetzt bitte zurückfahren?«

Der Bootsbesitzer wunderte sich mittlerweile über gar nichts mehr. Er ließ den Motor wieder an, wendete das Boot und fuhr zum Markusplatz zurück. Kieron musste sich beherrschen, Sam nicht sofort die Tasche wegzureißen und aufzumachen, aber dazu hatten sie später noch Zeit. Sam ließ nur etwas Luft ab, damit sie nicht ganz so auffällig aussah.

Am Kai bezahlten sie den Besitzer des Bootes und gingen wieder ins Hotel zurück, direkt in Kierons Zimmer. Dort leerten sie den Inhalt der Tüte auf seinem Bett aus. Schnell verschafften sie sich einen Überblick. Eine AR-Brille, zwei Kopfhörer und drei Tablets gleicher Marke in robusten Schutzhüllen – der von Bradley, der von Bex und der von Hekla. Alles da.

»Okay«, sagte Kieron, »fangen wir an.«

Die Tablets waren noch ausreichend geladen, aber passwortgeschützt. Das spielte jedoch keine große Rolle. Die Computer hinter der AR-Brille hatten genügend Entschlüsselungsprogramme, dass Kieron sicher war, er würde Zugang bekommen. Er loggte sich über das Hotel-Wi-Fi ein und begann zu arbeiten.

Nach einer halben Stunde hatte er die Verschlüsselung geknackt und Zugriff auf die Geheimnisse der Tablets erhalten. Für ihn war das, wie die Hülle eines Schokoladeneis zu durchbrechen, um an die Cremefüllung zu kommen. Vielleicht war das ein schlechter Vergleich, dachte er. Richtige Agenten dachten bestimmt nicht so.

»Gut«, meinte er schließlich und deutete auf zwei der Tablets, »die hier nutzen uns nicht viel. Sie enthalten nur die Software, die die Leute für die Auktion gebraucht haben, um ihre Gebote für den ersten Killerauftrag von Asrael abzugeben. Ich glaube, die wurden vorher elektronisch gesäubert und in den Werkszustand zurückgesetzt, bevor sie dem Publikum überlassen wurden. Aber der hier …« Er deutete auf den anderen Computer. »Der ist viel interessanter. Das ist der, den Bex Hekla abgenommen hat, bevor sie mit Bradley geflüchtet ist. Darauf ist alles, womit Hekla die Auktion überwacht hat, und was noch wichtiger ist, womit sie die Drohne gesteuert hat.«

Sam nickte. »Und gibt es einen Hinweis darauf, wie sie es geschafft haben, ein paar Sekunden, nachdem irgendeine Zielperson aus dem Publikum gewählt wurde, einen Anschlag in Kolumbien durchzuführen? Denn – und ich denke, ich spreche hier für alle Anwesenden – das ist einfach lächerlich. Nicht einmal der Präsident der USA könnte das, denn dann wären einige Personen in den obersten Rängen verschiedener Terrororganisationen bereits tot. Also – wie haben sie das gemacht?«

Kieron hatte sich seit dem Abend zuvor auch immer wieder diese Frage gestellt und irgendwann war er unterbewusst irgendwie auf eine Antwort gekommen. Zumindest auf eine mögliche Antwort.

»Na gut«, sagte er vorsichtig. »Du hast doch gehört, wie Bex gesagt hat, es könnten zwei ferngesteuerte Drohnen sein, eine, die mit einer hochauflösenden Kamera filmt und wahrscheinlich weit oben in der Atmosphäre sitzt, und eine in der Nähe, die die Bombe trägt.« Er runzelte nachdenklich die Stirn. »Wahrscheinlich werden sie über Solarpaneele mit Strom versorgt und haben irgendeine Art komplizierte künstliche Intelligenz an Bord. Als die erste Drohne das Ziel ausgemacht hatte, wurde die zweite zu einem ferngesteuerten Sprengkopf, der sich auf den armen Kerl in dem Swimmingpool stürzte.«

»Der arme Drogenbaron«, erinnerte Sam ihn.

»Ja«, stimmte Kieron zu. »Wir können ziemlich sicher sein, dass das Opfer tatsächlich willkürlich ausgesucht wurde. Aber es ist unwahrscheinlich, dass Asrael Hunderttausende von Drohnen am Himmel hat, die auf ihre Einsatzbefehle warten. Und wenn sie nicht das unmögliche Problem der Reise mit Lichtgeschwindigkeit oder durch die Zeit gelöst haben, konnten sie auf keinen Fall so schnell zwei Drohnen nach Bogota bringen.«

»Du sagst mir nur, wie unmöglich das alles ist«, stellte Sam fest. »Wir wollen aber herausfinden, wie es gemacht wurde.«

Kieron nahm den Umschlag mit dem Namen von Bethany Wilderbourgs Zielperson und betrachtete ihn durch die AR-Brille. Mit den Fingern wählte er verschiedene Sensoren und Filter aus. Plötzlich bemerkte er ein Geflecht aus dünnen Drähten im Inneren der Karte: Für das bloße Auge waren sie unsichtbar, aber man konnte sie sehen, wenn man eine Kombination aus Mikrowellensensor und Thermobild benutzte. In einer Ecke schien ein kleiner Chip zu stecken.

»Dieser Umschlag ist in Wirklichkeit ein elektronisches Gerät!«, rief er aus. »Man kann ihn aufspüren und orten, wie wir es mit Bex' AR-Brille gemacht haben.« Er wedelte mit dem Umschlag. »Jeder bei dieser

Demonstration hat einen Umschlag mitgebracht. Sie enthielten den Namen und den Aufenthaltsort der Zielperson. Asrael muss in ihre Häuser oder Wohnungen eingebrochen sein, die Namen und Orte aufgeschrieben und die Umschläge wieder versiegelt haben, damit niemand merkte, dass sie geöffnet worden waren, bevor sie hierhergeflogen sind.« Er runzelte die Stirn. »Da muss es genauso viele Einbrüche wie Einladungen gegeben haben – das war eine groß angelegte Operation. Aber das bedeutet, dass sie eine vollständige Liste der Zielpersonen hatten, bevor die Demonstration stattfand. Also haben sie ihre Drohnen über den Zielen positioniert, und egal, welches davon ausgewählt wurde, die Sensoren und Waffen waren einsatzbereit.«

»Bei der Demonstration waren wie viele Leute anwesend? Das macht …« Sam brach hilflos ab.

»Eine ganze Menge Drohnen«, stimmte Kieron zu. »Aber weit weniger als die Hunderttausende, die man gebraucht hätte, wenn es kein Trick gewesen wäre.«

»Teuer.«

»Aber gut investiert. Du hast doch gesehen, wie hektisch die Leute nach der Demonstration geboten haben. Sie haben eine Menge Geld ausgegeben, um eine wirklich gigantische Menge Geld zu machen.«

»Es ist also ein Betrug?« Sam setzte sich zurück und ein Ausdruck der Bewunderung glitt über sein Gesicht. »Ein riesiger, sehr schlauer Betrug. Asrael hat überhaupt nicht vor, irgendjemanden zu töten. Sie streichen nur das Geld ein und verschwinden.«

Kieron seufzte. »So viel Intelligenz und so falsch eingesetzt. Stell dir mal vor, was sie gegen Armut oder Hunger in der Welt ausrichten könnten, wenn sie sich anstrengen würden.« Er sah zu Sam hinüber, doch sein Freund hatte die Stirn gerunzelt. Er wirkte nicht überzeugt.

»Aber es hat nicht funktioniert. Ihre Demonstration wurde unterbrochen, nachdem Bex und Bradley entdeckt worden waren und dann die Polizei kam. Alle Kunden sind verhaftet worden. Doch Asrael nicht, wie uns der Polizeicomputer mitteilt.«

Kieron nickte zögernd. »Stimmt. Aber die Show war trotzdem ein Erfolg und die Gerüchte darüber werden sich schnell verbreiten. Sie haben sie bestimmt aufgezeichnet und werden sie als Werbung benutzen. Sie müssen neue Kunden finden, aber das sollte nicht allzu schwer sein. Die Welt ist voller Menschen mit Geld, die andere Menschen tot sehen wollen. Das Problem ist nur, dass sie mehr als das brauchen werden. Sie müssen ihre Glaubwürdigkeit wiederherstellen.« Er schloss die Augen und seufzte, als er bemerkte, in welche Richtung seine Gedanken gingen. »Wenn ich sie wäre, würde ich einen richtig großen Mord planen – etwas, das garantiert Schlagzeilen macht. Und wenn ich sie wäre, würde ich außerdem Bex und Bradley töten, es aufnehmen und für ihre nächste Werbung verwenden. Nur um zu zeigen, dass sie auch mit Leuten fertigwerden, die sie unterwandern.«

»Dann sollten wir Bex und Bradley finden, und zwar schnell. Wir müssen sie retten.« Sam deutete auf das Tablet. »Gibt es da drin irgendeinen Hinweis, wohin sie sich verzogen haben?«

Schnell überprüfte Kieron den GPS-Chip in Heklas Tablet und las mithilfe des AR-Equipments die Daten aus. Die Liste mit den Längen- und Breitengraden, die er erhielt, wandelte er mithilfe einer anderen App in tatsächliche Orte um.

Und bekam einen Schrecken.

»Das wird dir nicht gefallen«, sagte er leise. »Bevor das Tablet nach Venedig gekommen ist, war es ein paar Stunden in Berlin, wahrscheinlich wegen einer Zwischenlandung. Und davor …«

»Was?«, fragte Sam und beugte sich mit großen Augen vor. »Wo?«

»Bergen.«

»Wo ist das denn?«

»Weißt du denn gar nichts? Das ist in *Norwegen!* Wenn sie irgendwohin sind, dann dorthin. Sie sind nach *Norwegen!*«

Kapitel 10

Als Bex aufwachte, wusste sie nicht, wo sie sich befand. Sie hielt die Augen geschlossen, damit niemand merkte, dass sie wach war, und versuchte zu verarbeiten, was ihr ihre übrigen Sinne mitteilten. Sie saß auf einer harten Oberfläche – da ihr Hintern darauf hin und her rutschte, wenn sie sich bewegte, war es wahrscheinlich Kunststoff. Ihre Hände ruhten auf gewölbten Metallrohren in der Breite ihres Daumens. Nun, »ruhten« war vielleicht nicht der richtige Ausdruck. Sie waren daran befestigt und dem Kribbeln in ihren Fingerspitzen nach recht fest. Die Fesseln schnürten ihr das Blut ab. Wahrscheinlich waren es Plastikkabelbinder – die wurden heutzutage meistens verwendet. Leicht erhältlich, schnell verschlossen und fast unmöglich zu zerreißen, wenn sie eng genug saßen. Und bei einer Durchsuchung erregten sie nicht so viel Verdacht wie Seile, Ketten oder Vorhängeschlösser.

Verstohlen versuchte sie ihre Füße zu bewegen. Sie rührten sich keinen Zentimeter. Entweder hatte die harte Kante des Stuhls, auf dem sie saß, die Blutzufuhr zu ihren Füßen genauso unterbrochen wie die Fesseln die zu ihren Händen, oder man hatte ihre Knöchel ebenso gefesselt wie ihre Handgelenke. Oder beides, das konnte sie nicht ausschließen.

Also – sie war mit Kabelbindern an einen Stuhl aus Metall und Plastik gefesselt. Das war schlecht: Die einzige erfolgreiche Methode, aus diesen Dingern rauszukommen, war es, seine Muskeln anzuspannen, wenn sie angelegt und festgezogen wurden, sodass die Fesseln etwas Spiel hatten, wenn man später locker ließ. Dann konnte man damit so lange herumruckeln, bis das Plastik mürbe wurde und riss. Dazu musste man zwar ein Schlangenmensch sein, aber es ging. Sie war allerdings bewusstlos gewesen, als man sie gefesselt hatte, was bedeutete, dass ihre Kidnapper die Fesseln sehr stramm hatten anziehen können. Da blieb nicht viel Hoffnung.

Mit immer noch geschlossenen Augen stemmte sie die Füße flach auf den Boden und drückte sich ab, in der Hoffnung, dass der Stuhl kippen würde. Wenn sie ihn rückwärts umstoßen konnte, brach vielleicht etwas. Hoffentlich etwas anderes als ihr Kopf oder ihr Genick.

Doch der Stuhl rührte sich nicht. Wahrscheinlich am Boden festgeschraubt. Ihre Entführer gingen wohl kein Risiko ein.

Der Fußboden: Hart – wahrscheinlich Holz. Kein Teppich. Diese Information sollte sie für spätere Nachforschungen abspeichern. Und unter ihren Füßen vibrierte es leicht. Vielleicht lief in der Nähe ein Generator.

Nichts, was sie mit den Füßen berührte, war hilfreich. Wenn sie hier rauswollte, musste sie einen Schritt weiter gehen – und sich in der Nähe nach etwas umsehen, auf das sie Einfluss nehmen könnte.

Doch als sie die Augen aufmachte, blieb es stockdunkel. Zuerst bekam sie Angst, dass man sie vielleicht geblendet hätte. Aber als sie schneller atmete, bemerkte sie, dass sie ihren Atem auf Lippen und Wangen spüren konnte. Man hatte ihr offenbar etwas über den Kopf gezogen, vielleicht um sie daran zu hindern zu sehen, was um sie herum vor sich ging oder wer sie gefangen hielt. Schwarzes Tuch, ziemlich dick. Und erst jetzt fiel ihr auf, dass sie auch nichts hören konnte. Kopfhörer? Wahrscheinlich. Und zwar ziemlich bequeme: aus vorgeformtem Kunststoff. Der Totenstille in ihren Ohren nach zu urteilen, war möglicherweise eine geräuschdämpfende Technologie eingebaut. Ein unangenehmer Gedanke.

Unangenehm. Sie zwang sich, nicht zu lachen. Sie musste ihre Kidnapper nicht darauf aufmerksam machen, dass sie wach war. Sie befand sich keineswegs in einer angenehmen Lage, und dem Gefühl in ihrem Hintern nach zu urteilen, saß sie schon eine ganze Weile so.

Wie lange? Das war eine gute Frage. Auf die Uhr konnte sie nicht sehen, aber wenn sie danach ging, wie hungrig und durstig sie war und dass sie das Gefühl hatte, auf die Toilette zu müssen, musste sie ein paar Stunden lang weg gewesen sein. Vielleicht sogar zehn oder zwölf.

Plötzlich krallte sie vor Wut über ihre eigene Hilflosigkeit die Finger um die Metallrohre des Stuhls und bemerkte, dass sie die Vibrationen nicht nur in den Füßen, sondern auch in den Armlehnen spüren konnte. Vielleicht ein Motor? Eine Maschine? Befand sie sich in einem Fahrzeug? Kein Boot, da war sie sich sicher, obwohl sie und Bradley in einem geschnappt worden waren. Vielleicht ein Flugzeug? Doch sie hatte keinen trockenen Mund oder Druck auf den Ohren, wie es in einem Flugzeug normalerweise der Fall war. Vielleicht ein Auto. Oder eher ein Lieferwagen, wie das Material des Stuhls und die Tatsache, dass er an den Boden angeschraubt war, vermuten ließen.

Sie schnüffelte. Die Kapuze über ihrem Kopf störte dabei, denn sie fing wahrscheinlich die meisten Gerüche ab, die sie sonst wahrgenommen hätte. Doch sie glaubte, den süßlichen Geruch von Dieselabgasen zu riechen. Also höchstwahrscheinlich ein Lieferwagen, und zwar ein älterer.

Die plötzliche Erinnerung an sie und Bradley in einem Boot, das langsam anhielt, weil die Benzinleitung von einer Kugel getroffen worden war, löste eine wahre Flut anderer Erinnerungen aus. Katrin, Hekla und das andere Mädchen – Eva –, die ihre bizarre und unerklärliche Demonstration vorführten. Kieron, der den italienischen Polizeihubschrauber zu der Insel rief. Die irre Jagd über den Friedhof. Wie sie in dem Motorboot entkommen waren. Gewehrfeuer. Und dann trieben sie, bis ein weiteres Motorboot mit den drei Norwegerinnen und mehreren bewaffneten Kerlen kam, die ihre Gewehre auf sie richteten. Und dann? Dunkelheit.

Sie ballte wütend die Fäuste, weil sie sich nicht daran erinnern konnte, was dann passiert war. Doch als sie die Muskeln anspannte, verspürte sie einen Stich in der Ellenbeuge genau da, wo man ihr wohl ein Beruhigungsmittel gespritzt hatte. War es das gewesen? Hatte man sie und Bradley betäubt, damit sie ruhiggestellt waren, während man sie wegbrachte?

Etwas tippte gegen ihren rechten Fuß. Sie blieb still

sitzen, um sich nicht zu verraten. Etwas Hartes stieß gegen die Sohle ihres Schuhs. Noch einmal. Vielleicht rollte ein Objekt auf dem Boden des Lieferwagens hin und her? Oder war es einer ihrer Kidnapper, der neben ihr saß und sie gelegentlich anstieß, wenn er sich bewegte?

Vielleicht war es aber auch Bradley, der neben ihr saß, nur ein paar Zentimeter entfernt, aber so fern wie auf einem anderen Planeten, was die Kommunikation anging. Sie bewegte ihren Fuß einen Millimeter nach rechts und ihr Stiefel traf auf Widerstand.

Was auch immer das war, es stieß zurück. Doch dieses Mal erkannte sie ein Muster darin, eine Folge von Stößen gegen den Rand ihrer Stiefelsohle. Instinktiv wollte sie ihren Fuß wegziehen, doch etwas daran kam ihr vertraut vor, etwas, das sie eigentlich erkennen sollte. Vier schnelle Stöße, eine Pause, dann noch zwei schnelle. Eine längere Pause, dann ein schneller und zwei langsame Stöße, wieder zwei schnelle und dann ein kurzer Stoß.

Sie merkte, wie sie sich entspannte, und lächelte unter der Kapuze. Der Morsecode war mittlerweile fast zweihundert Jahre alt, aber jeder Agent kannte ihn auswendig. Ein schneller und zwei langsame Stöße: W. Zwei schnelle: I.

Sie merkte sich jeden einzelnen Buchstaben, der quälend langsam übermittelt wurde, und setzte sie zu einer ach so freudigen Botschaft zusammen:

WIE GEHT ES DIR?

Bradley. Er lebte und saß direkt neben ihr. Er war mit Sicherheit auch gefesselt und hatte eine Kapuze und Kopfhörer auf. Trotzdem schaffte er es, sich mit ihr in

Verbindung zu setzen. Gott sei Dank. Einen Moment lang fragte sie sich, ob es vielleicht doch nicht Bradley war, sondern einer ihrer Kidnapper, der nur vorgab, dass er Bradley war. Vielleicht wollten sie sie auf diese Weise befragen, indem sie sie glauben machten, dass sie sich mit ihrem Freund unterhielt.

Nein, das war Bradley. Jeder andere hätte Kürzel für die Nachricht verwendet – WIE GEHTS? Aber Bradley hasste das. Er schrieb immer jedes Wort aus und das auch noch in der korrekten Schreibweise. Er musste es sein.

Nachdem ihr klar geworden war, dass Bradley fertig war, tippte Bex mit ihrem Fuß eine Nachricht zurück:

GUT ABER ES IST DUNKEL UND STILL. ICH GLAUBE WIR SIND IN EINEM LIEFERWAGEN.

Gleich darauf kam seine Antwort, recht ausführlich.

ICH SITZE AN EINEM FENSTER. DEN HITZE- UND LICHTWELLEN AUF MEINER KAPUZE NACH ZU URTEILEN FAHREN WIR NACH NORDEN.

WIE LANGE BEWUSSTLOS?, tippte sie zurück.

VIELLEICHT ACHT BIS ZEHN STUNDEN. ICH BRAUCHE EINE PINKELPAUSE.

Bex musste an einen Kinderreim denken, den sie bei langen Autofahrten früher immer gesungen hatte, und konnte nicht widerstehen: HALT AN ICH MUSS MAL PIPI!, tippte sie.

WAS LIEGT NÖRDLICH VON VENEDIG?

JEDE MENGE DEUTSCHLAND UND DANN DÄNEMARK.

DAS PASST, WENN MAN BEDENKT, WAS DIE MÄDCHEN KIERON ÜBER IHRE HERKUNFT GESAGT HABEN.

Vielleicht brachte sie das Asrael-Team zu ihrem Hauptquartier. Das erschien ihr wahrscheinlich, obwohl Bex lieber nicht darüber nachdachte, warum oder was mit ihnen geschehen würde, wenn sie dort waren. Aber auf jeden Fall wollten sie sie und Bradley nicht töten – zumindest nicht im Moment. Einerseits hoffte sie, dass Kieron und Sam ihrem hektisch geschmiedeten Plan hatten folgen können und die AR-Brille und die Asrael-Tablets aus dem dunklen Wasser der Lagune gefischt hatten. Andererseits hoffte sie, dass die Jungen es nicht schafften. Sie wollte zwar gerettet werden, aber sie wollte die Jungen dabei auf keinen Fall in Gefahr bringen.

Doch letztendlich mussten sie selbst entscheiden, was sie taten. Sie waren fast erwachsen und konnten die Verantwortung für ihre Handlungen übernehmen.

Plötzlich wurde Bradleys Fuß weggerissen und traf sie hart am Knöchel. Vor Überraschung und Schmerz schrie sie auf. Was war passiert?

Das fand sie gleich darauf heraus, als ihr selbst die Kapuze vom Kopf gerissen und der Kopfhörer abgenommen wurde. Die plötzliche Helligkeit blendete sie.

Sobald sich ihre Augen an das Licht gewöhnt hatten, sah sie sich um und versuchte, so schnell wie möglich viele Informationen zu sammeln.

Sie saßen in einem Transporter – einem alten, mit einem Fahrer- und Beifahrersitz und vier Sitzreihen dahinter. In so etwas wurden in alten Schwarz-Weiß-Filmen Schulkinder transportiert. Die Sonne stand hoch am Horizont, sie waren also tatsächlich die ganze Nacht betäubt gewesen.

Zwei der bewaffneten Kerle saßen in der vorderen Reihe. Dahinter kamen Hekla und Katrin in der ersten

Reihe der, wie es Bex erschien, »billigen Plätze« und dahinter Eva. Dann Bex und Bradley. Eva hatte ihnen die Kapuzen abgezogen und hielt sie sanft lächelnd in der Hand. Ein kurzer Blick über die Schulter zeigte Bex, dass hinter ihnen noch zwei Männer saßen, die beide schliefen. Profis: Sie wussten, dass man schlafen sollte, wenn man die Gelegenheit dazu hatte, denn man wusste nie, wann die nächste kommen würde. Das Gleiche galt fürs Essen.

Durch das Fenster sah sie eine der unglaublich geraden deutschen Autobahnen. Es herrschte nur wenig Verkehr. Die Welt da draußen sah grau und grobkörnig aus. Wahrscheinlich hatte man die Scheiben mit einer Folie beklebt, sodass sie von außen wie Spiegel aussahen. Es bestand also kaum die Chance, dass jemand aus einem vorbeifahrenden Auto zwei Gestalten mit Kapuzen im Inneren bemerkt und die Polizei gerufen hatte.

Die Landschaft um sie herum war flach und langweilig und bestand aus Feldern, die von Bäumen begrenzt wurden. Die Bauernhöfe, die ab und zu vorbeizogen, hatten sich in den letzten fünfzig Jahren wahrscheinlich nicht viel verändert.

Als sie wieder nach vorn schaute, sah Bex ein Autobahnschild schnell auf sich zukommen. Als es vorbeizog, las sie Hamburg oder vielleicht Hannover. Verzweifelt versuchte sie, sich an die deutsche Geografie zu erinnern. Wahrscheinlich fuhren sie auf der A7 – es ging also durch Deutschland nach Norden in Richtung Dänemark, wie Bradley gesagt hatte.

»Tut mir leid, euch so abrupt wecken zu müssen«, lächelte Eva, »aber mir ist echt langweilig, und ich würde mich gern unterhalten.«

Bex sah zu Bradley hinüber. Er erwiderte ihren Blick. Er schien unverletzt zu sein.

»Und worüber sollen wir uns unterhalten?« Ihre Stimme war heiser, und sie hustete, um nicht zu krächzen. »Stickerei? Federballturniere? Oder Betrüger, die den Anschein erwecken, sie könnten für ein kleines Vermögen jeden Menschen überall auf der Welt töten, während sie doch eigentlich nur ganz bestimmte Leute umbringen können, von denen sie vorher gewusst haben – ein Dienst, den sie nur zu gern demonstrieren?«

»Sind Sie sich da ganz sicher?«, fragte Eva, doch die hochgezogene Augenbraue verriet ihre Überraschung, auch wenn sie sie zu verbergen suchte. »Vielleicht sind wir eine neue Generation von Killern, Techno-Killer.«

»Das bezweifle ich. Da passt zu viel nicht zusammen. Ich weiß nicht, wie ihr es schafft, eure Drohnen zur rechten Zeit am rechten Ort zu haben. Aber ich glaube wirklich nicht, dass ihr Millionen davon gleichzeitig in der Luft habt, um jederzeit auf jeden Menschen Feuer und Tod hageln zu lassen.«

»Aber Ihre Wohnung haben wir getroffen«, stellte Eve fest. »Und Ihr Auto.«

»Ja«, lächelte Bex gelassen. »Das wollten wir euch noch fragen. Offensichtlich habt ihr den gleichen Typ Drohne verwendet, aber das war vor der Demonstration auf der Insel. Warum habt ihr einen Auftrag angenommen, bevor ihr alle möglichen Kunden versammelt und ihnen eure Fähigkeiten präsentiert habt? Und wer um Himmels willen würde es riskieren, euch zu engagieren, bevor ihr bewiesen habt, was ihr könnt?« Sie versuchte, es beiläufig klingen zu lassen. Als ob die Frage, wer Asrael angeheuert hatte, sie zu töten, nur zufällig auch gestellt wurde, obwohl sie das am meisten interessierte. Oftmals bekam man eine Antwort auf eine Frage, indem man sie hinter einer anderen, weniger wichtigen versteckte.

»Auf uns ist jemand zugekommen, der von uns gehört hat«, antwortete Eva lächelnd. »Wir haben unsere Demonstration vorbereitet und waren ehrlich gesagt überrascht – und ein wenig besorgt –, dass sie so viel über uns wussten. Aber sie haben uns versichert, dass sie nur die Ersten sein wollten, die uns für einen Job bezahlen. Sie sagten, es sei ein privater, geheimer Test unseres Systems, bevor wir es unseren Kunden präsentieren. Wir haben ihnen einen deutlichen Rabatt gewährt, aber es hat funktioniert, nicht wahr? Ihre Wohnung und Ihr Auto sind in die Luft geflogen, und Sie hatten keine Ahnung, wie.«

»Aber uns haben Sie nicht erwischt«, erklärte Bex. »Niemanden von uns.«

Eva legte neugierig den Kopf schief. »Sie sagen: ›Niemanden von uns.‹ Interessant. Vielleicht sehe ich das falsch, aber wäre es nicht richtiger zu sagen: ›Keinen von uns beiden‹?« Sie schloss kurz die Augen und nickte. »Es gibt also noch mehr von euch. Vielen Dank für die Information. Der Sache sollten wir nachgehen. Anscheinend gibt es da noch ein paar lose Enden. Das müssen wir ändern.«

Bex versuchte, sich nichts anmerken zu lassen, doch innerlich verfluchte sie sich selbst. Durch die Beruhigungsspritze noch halb benommen, hatte sie unbeabsichtigt verraten, dass Kieron und Sam zu ihrem Team gehörten.

»Und was passiert jetzt mit uns?«, fragte sie. »Wohin

geht es? Offensichtlich brauchen Sie uns für irgendetwas, sonst hätten Sie uns erschossen und in die Lagune geworfen.«

Eva sah Bex einen langen Moment an, dann sagte sie: »Jemand will Sie tot sehen. Zugegebenermaßen haben wir da in England versagt. Aber wir könnten Ihren Feind, wer immer das ist, vielleicht jetzt dazu überreden, uns ein klein wenig mehr dafür zu bezahlen, dass wir Sie umbringen. Wenn nicht, dann …« Sie zuckte mit den Achseln. »Sie arbeiten höchstwahrscheinlich für den MI6, und das heißt, dass Sie über geheime Informationen verfügen, die andere Leute gern hätten. Die Russen werden uns ein hübsches Sümmchen für Sie bieten. Und die Chinesen auch. Wer weiß – vielleicht überbietet sie der MI6, um Sie zurückzubekommen.« Sie machte eine bedeutungsvolle Pause, bevor sie fortfuhr: »Oder sie bezahlen uns dafür, Sie umzubringen, damit Sie ihren Feinden nicht in die Hände fallen.«

Bex hätte gern Bradley angesehen, hielt sich aber zurück. Sie wussten beide, dass es beim MI6 mindestens eine Person gab, die sie töten wollte – wahrscheinlich dieselbe Person, die Asrael angeheuert hatte, um sie zu töten, obwohl Asrael das nicht wusste. »Das habt ihr euch alles schon so schön ausgerechnet, nicht wahr?«

»So ist das Geschäft«, entgegnete Eva, »und wie bei jedem erfolgreichen Geschäft müssen wir unsere Mittel effektiv einsetzen.«

Plötzlich überraschte Bradley Eva, indem er sich zu Wort meldete. »Ich nehme an, die Auktion ist vorbei. Würden Sie uns wohl sagen, wer gewonnen hat?«

Jetzt lachte Eva laut heraus. »Ah«, sagte sie, immer noch kichernd. »Jetzt ist also der Zeitpunkt gekommen, an dem das böse Killerteam die ganze Tragweite seiner Pläne enthüllt?«

»Das wäre nett«, erklärte Bradley ernst. »Ich meine, wem sollten wir es schon noch erzählen?«

»Ich werde es Ihnen sagen, aber hauptsächlich, weil ich Ihre Gesichter sehen will, wenn Sie erkennen, was passieren wird und dass Sie nichts dagegen unternehmen können.« Zufrieden sah sie zwischen Bex und Bradley hin und her. »Eine rechtsgerichtete Gruppe in England, die von einem Milliardär unterstützt wird, hat uns für eine fantastische Summe engagiert. Sie wollen, dass wir eure gesamte königliche Familie auslöschen, damit ein faschistisches Regime eingesetzt werden kann. Da die Polizeirazzia auf der Insel gestern Abend unsere Glaubwürdigkeit ein wenig angekratzt hat, werden wir diesen Job tatsächlich erledigen müssen, einfach um zu zeigen, dass wir es können. Also – das ist es, was Sie nicht aufhalten können. Freuen Sie sich über dieses Wissen.«

Eva sah aus, als wolle sie noch mehr sagen, doch eines der Mädchen vor ihr drehte sich um und schüttelte warnend den Kopf. Eva schmollte, drehte sich um und sah aus dem Fenster.

IRGENDEINE IDEE?, tippte Bex im Morsecode an Bradleys Fuß.

JEDE MENGE, erwiderte Bradley, ABER ALLE SETZEN VORAUS, DASS WIR NICHT HIER SIND. UND DU?

KEINE.

ZUMINDEST HABEN SIE UNS DIE KAPUZEN NICHT WIEDER AUFGESETZT.

BESCHREI ES NICHT.

Der Lieferwagen fuhr noch etwa eine Stunde weiter.

Bex kamen jede Menge Ideen, aber keine von ihnen war vielversprechend. Vielleicht könnten sie etwas tun, wenn sie und Bradley am Ende ihrer Reise losgemacht wurden. Aber es hatte keinen Sinn, etwas für diesen Moment zu planen. Keiner von ihnen hatte eine Vorstellung, in welcher Lage sie sich dann befinden würden.

Abrupt bog der Lieferwagen von der Straße ab und fuhr auf einer Nebenstraße durch unbewohntes, flaches Land mit struppigen Büschen und ein paar verfallenen Betongebäuden. Wenn es hier zu einem Hauptquartier gehen sollte, dann musste das schon besonders beeindruckend sein, um die trostlose Umgebung wettzumachen.

Doch es gab kein geheimes Hauptquartier. Stattdessen bogen sie auf eine unbefestigte Straße ab und fuhren etwa zwanzig Minuten, bis sie aus einem kargen Wäldchen auf ein offenes Gelände mit gesprungenem Beton kamen, das sich bis zum Horizont erstreckte.

ALTER FLUGPLATZ, tippte Bradley.

JA, tippte Bex zurück. ABER WAS ZUM TEUFEL IST DAS?

Der Lieferwagen hielt neben einem Helikopter, der dort offenbar auf sie wartete. Doch er ähnelte keinem der Hubschrauber, die Bex je gesehen hatte. Er war lang und dünn mit einem Cockpit am vorderen Ende – fast wie bei einem kleinen kommerziellen Flugzeug – und oben waren zwei große, turbinenartige Motoren angebracht. Aber das eigentlich Bizarre war, dass er auf vier hohen, dünnen, skelettartigen Beinen stand. Ein Bus hätte gut und gern darunter hindurchfahren können. Die langen Rotorblätter hingen bis unter den Bauch der Maschine herunter. Ohne die Spinnenbeine hätten sie den Boden berührt. Die Oberfläche war in einem verwaschenen Grün gestrichen und die Unterseite merkwürdigerweise in einem matten Orange. Die Farbe schien alt und verblasst.

MIL MI 10, NATO CODENAME HARKE, tippte Bradley. FRACHTHUBSCHRAUBER. TECHNOLOGIE DER 60ER-JAHRE. HATTE ICH ALS SPIELZEUG. ICH HABE ES GELIEBT.

»Ist der nicht ein bisschen alt?«, fragte Bex laut. »Ich meine, ist das Ding sicher?«

»Es macht seinen Job«, erklärte Eva, ohne sich umzudrehen. »Das ist ein weiteres Prinzip erfolgreicher Geschäftsführung – Geld nur da auszugeben, wo es notwendig ist und um seine Kunden zu beeindrucken. Ihr zwei seid keine Kunden.«

Am Hubschrauber hatten mehrere Crewmitglieder gewartet, die jetzt aufsprangen und dem Fahrer winkten, näher heranzufahren. Erschrocken bemerkte Bex eine flache Metallpalette direkt unter dem Bauch des Hubschraubers. Mit Ketten war sie an klobigen Ringen am Hubschrauber selbst befestigt.

»Ihr macht wohl Witze«, entfuhr es ihr.

»Wir sind Norweger«, gab Eva zurück. »Wir haben keinen Sinn für Humor!«

Vorsichtig manövrierte der Fahrer den Lieferwagen auf die Palette. Er schaltete den Motor aus und die Crewmitglieder sicherten die Räder mit weiteren Ketten.

»Äh, Verzeihung«, meldete sich Bradley zu Wort. »Aber werden wir aussteigen? An Bord gehen? Es uns gemütlich machen?«

»Nein, wir bleiben hier«, entgegnete Eva kopfschüttelnd.

Ein Blick aus dem Fenster zeigte Bex, dass die Crew wieder verschwunden war. Irgendwo über ihnen begann der Motor hustend zu dröhnen wie ein asthmatischer alter Löwe. Eine schwarze Qualmwolke zog über den Asphalt. Die Spitzen der Rotorblätter, die sie jetzt an allen Seiten umgaben, begannen sich zu drehen, erst langsam, dann immer schneller.

»Gibt es hier einen Bordservice?«, erkundigte sich Bradley. Er klang ein wenig schrill, fand Bex, die sah, dass er panisch wurde. »Oder vielleicht wenigstens eine Pinkelpause?«

»Verkneif es dir!«, blaffte Eva.

Mit lautem Klirren strafften sich die Ketten. Gleich darauf ruckte die Palette an und begann zu schweben.

»Pillen gegen Reisekrankheit?«, fragte Bradley schwach.

Schnell verschwand der Boden unter ihnen, als die Harke sich in die Luft schwang. Die schwirrenden Rotorblätter, die jetzt nur noch als Flimmern über dem Hubschrauber zu erkennen waren, richteten sich jetzt waagerecht aus. Bex' Magen machte einen Satz, als sie auf die Erde zurückblickte. Die Palette, auf der der Lieferwagen stand, konnte sie nicht sehen. So wie ihre strapazierten Nerven das wahrnahmen, schwebten sie frei in der Luft und schaukelten hin und her.

Das würde keine angenehme Reise werden.

LASS DIE AUGEN OFFEN UND SIEH AUF DEN HORIZONT, tippte sie. DAS HILFT GEGEN REISE-KRANKHEIT.

Bradley antwortete nicht. Ein Seitenblick zeigte ihr, dass er blass und schweißgebadet war.

Links von sich sah Bex glitzerndes blaues Wasser und

darüber den orangeroten Himmel eines wundervollen Sonnenuntergangs. Sie schienen an einer Küste entlangzufliegen.

IMMER NOCH DEUTSCHLAND?

Erst nach ein paar Sekunden tippte Bradley zurück: IMMER NCH NÖRDLCHE RICHTNG GLAUB ICH. WAHSCHEINLCH DNEMARK.

Ihr fielen die fehlenden Buchstaben auf, und sie begann, sich Sorgen zu machen. Es schien ihm wirklich schlecht zu gehen.

Nach einer Weile war mehr Wasser als Land in Sicht und dann nur noch Wasser. Je weiter sie nach Norden kamen, desto kälter wurde es. Selbst das Blau des Meeres schien irgendwie härter und kühler zu werden. Als wieder Land in Sicht kam, bemerkte Bex, dass zwischen dem Grün der Bäume Schneeflecken auftauchten. Flecken, die immer größer wurden, bis alles, was sie durch die Fenster zu beiden Seiten sehen konnte, entweder Schnee oder Fels war, durchzogen von den dunklen Schlangenlinien der Straßen.

Vor ihrem Gesicht bildeten sich Atemwolken und ihre Fingerspitzen kribbelten.

NÄCHSTES MAL NEHMEN WIR LANGE UNTERHOSEN UND HANDSCHUHE MIT, tippte sie.

NÄCHSTES MAL?, tippte Bradley zurück. Als sie ihn von der Seite ansah, stellte sie fest, dass er mit leerem Blick starr geradeaus sah.

Das monotone Schaukeln des Lieferwagens schläferte sie langsam ein. Als sich das Motorengeräusch der Harke änderte, schreckte sie auf. Sie wusste nicht, wie viel Zeit vergangen war.

Es war schwierig zu sagen, ob sie über Land flogen,

das von Wasser durchzogen wurde, oder über Wasser, das gelegentlich von Land unterbrochen wurde. Ab und zu sah sie ein Licht, konnte aber nicht sagen, ob es ein Haus oder ein Boot war.

Der Hubschrauber sank immer tiefer, und plötzlich erkannte sie ein Gebäude, das auf sie zuzukommen schien. Es bestand aus Holz und weißem Stein, der in den letzten Sonnenstrahlen leuchtete. Es gab keine geraden Linien, nur überall Bogen. Es lag da wie ein gestrandetes Seeungeheuer, ein künstlicher Seestern am Rand eines steilen Hügels, fast einer Klippe, an deren Fuß in großen weißen Gischtwolken die Wellen explodierten. Dann berührten die Spinnenbeine des Hubschraubers den Boden, und Sekunden später setzte auch die Palette ein paarmal heftig auf, bevor sie endlich still stand. Der Hubschrauber kam zur Ruhe, und die Rotorblätter wurden langsamer, bis man sie wieder einzeln erkennen konnte.

EGAL OB K UN S DAS AR-GERÄT FINDN, tippte Bradley. Er war deutlich langsamer als zuvor und weniger präzise. ZU WEIT. KÖNN NIX MACHN.

DANN RETTEN WIR UNS EBEN SELBST, erwiderte Bex.

WENN DU DI GELENHEIT HAST, ERGRF SIE. LAS MICH HIR.

NIEMALS.

Die Hubschraubercrew war mittlerweile ausgestiegen und schien den Lieferwagen loszumachen.

»Legt die Schneeketten an«, befahl Katrin von vorn. Bex hörte sie zum ersten Mal seit Stunden sprechen.

Die Luft im Lieferwagen war eiskalt geworden.

WAS GLAUBST DU WO WIR SIND?, tippte Bex.

Sie versuchte, Bradleys Aufmerksamkeit auf ihre Situation zu lenken. Er durfte nicht in eine katatonische Depression versinken. Die Gehirnerschütterung, die er vor ein paar Wochen erlitten hatte, war noch nicht lange her: Er war weder körperlich noch geistig in der Lage, mit den Problemen, die vor ihnen lagen, fertigzuwerden. Das war ein Problem, denn wenn sie gemeinsam entkommen wollten, musste sie sich auf ihn verlassen können.

NORWEGEN. WESTEN. ZWSCHN STAVANGER UND BERGEN.

Der Lieferwagen begann sich zu bewegen und die Schneeketten gruben sich in den gefrorenen Boden. Der Fahrer beschleunigte langsam und fuhr über das ebene Gelände zwischen dem Hubschrauber und dem Gebäude vor ihnen. Es war so groß wie ein Landhaus und leuchtete warm und hell wie ein Leuchtfeuer in der Nacht. Um sie herum tanzten Schneeflocken, aufgewirbelt von dem eisigen Wind, der mit seinen kalten Fingern durch Risse und Spalten des Lieferwagens ins Innere griff.

Neben ihnen bewegte sich etwas. Einen Augenblick lang hielt Bex es für einen weiteren Hubschrauber, aber es schien zu klein. Es war ein Objekt, das aussah wie zwei übereinandergestellte Fässer, zwischen denen Rotorblätter kreiselten. Es hatte gerade von einem Asphaltstreifen abgehoben, wo, wie Bex beunruhigt feststellte, noch ein paar Hundert ähnliche Objekte unter Planen standen.

»Ich schätze, das ist billiger, als Wachen wegen Frostbeulen und Erfrierungen zu behandeln«, sagte sie zu Eva und nickte zu dem Objekt hinüber, das sanft in die Luft stieg.

»Nun, wir haben sie, da können wir sie auch nutzen.«

»Wie werden sie angetrieben?«, wollte Bex neugierig wissen.

Eva zuckte mit den Schultern. »Weiß ich nicht. Kleine Nuklearbatterien vielleicht? Ist nicht mein Gebiet.« Sie drehte sich um und schnippte mit den Fingern zu einem der Männer hinter Bex und Bradley. Sie waren so still und ruhig gewesen, dass Bex sie ganz vergessen hatte. »Ihr zwei – bringt die beiden ins Haus. Oben ist ein Abstellraum. Da könnt ihr sie einsperren.« Sie sah erst Bradley an und dann Bex. »Und sucht irgendwo eine Campingtoilette, die ihr ihnen geben könnt. Wenn ihr keine findet, tut es auch ein Eimer.«

»Willkommen in Norwegen«, sagte Bradley schwach. »Wir hoffen, Sie genießen Ihren Aufenthalt in diesem Landhaus.«

Kapitel 11

»Okay«, sagte Sam. »Was für Ressourcen haben wir?«
»Was?«, fragte Kieron.
»So etwas würde Bex sagen: Was für Ressourcen haben wir? Welches Werkzeug haben wir in unserer Kiste? Was haben wir, was wir verwenden können?«
»Okay, ich hab's verstanden. Wir haben dich, mich und das, was in diesem Raum ist, einschließlich des AR-Equipments. Das ist alles. Oh, und wir sitzen in Venedig fest. Oh, und wir müssen nach Norwegen. Glauben wir.« Niedergeschlagen schüttelte er den Kopf. »Kennst du die Stelle im Film, wo es am schlimmsten ist? Der Augenblick, in dem der Schurke mit den Geheimplänen entwischt ist und dazu noch die Freundin des Helden entführt hat, das Auto des Helden ist Schrott, und er kriecht mit seinem besten Freund mit Kratzern, Beulen und gebrochenen Knochen aus dem brennenden Wrack, meilenweit draußen auf einer einsamen Landstraße, und hat keine Ahnung, wie er das Mädchen und die Geheimpläne wiederbekommen soll, und der Freund sagt: ›He, es könnte auch schlimmer sein – es könnte

regnen!‹, und dann fängt es an zu regnen? Kennst du die Stelle?«

»Ja?«

»Genau da sind wir jetzt.«

Sam boxte ihm gegen den Arm. Heftig. Richtig heftig. »Reiß dich zusammen, Mann! Wir haben eine Aufgabe zu erledigen!«

»Ja, das sagt der Held auch immer.« Kieron rieb sich den Arm und atmete dann lang und tief durch. »Ehrlich gesagt – wir haben nicht nur uns und das AR-Equipment –, wir sitzen in einem der teuersten Hotels in einer der exklusivsten Städte der Welt. Das bedeutet, irgendwo in unserer Nähe sitzt wahrscheinlich jemand mit einem Haufen Geld und einem Privatjet. Wir müssen ihn nur dazu überreden, uns nach Norwegen zu bringen.«

»Überreden?«, fragte Sam in einem Tonfall, der vermuten ließ, dass er Kieron für verrückt hielt.

»Mach einfach mal mit. Ja, wir müssen ihn überreden. Ich weiß nicht, wie, aber wir werden uns etwas ausdenken.«

Innerhalb von ein paar Minuten hatte Kieron die Bilder der Hotelüberwachungskameras aufgerufen und konzentrierte sich auf das Restaurant und die Aufzüge. Die Fotos glich er mit den Aufzeichnungen am Flughafen und den Archiven von Style- und Hochglanzmagazinen ab, um jemanden zu finden, der einen Privatjet besaß. Während er arbeitete, überlegte er fieberhaft, mit welchen plausiblen Argumenten zwei Teenager einen völlig Fremden dazu überreden könnten, sie in ein anderes Land zu fliegen. *Unsere Freunde werden sonst sterben!*, klang ein wenig zu dramatisch, auch wenn es wahr war. Aber etwas Überzeugenderes fiel ihm nicht ein. Doch man sollte immer ein Problem nach dem anderen angehen.

In diesem Moment fand er etwas Interessantes.

»Sieh dir das mal an!«, forderte er Sam nachdenklich auf und reichte ihm die Brille.

Sam setzte sie auf. »Oh – zwei in einem Swimmingpool!«

»Sieh genauer hin.«

»Okay, aber wir haben echt was zu tun, oder?« Er hielt inne. »Warte mal – ist das nicht der Kerl mit dem YouTube-Kanal, der mit seinen Freunden die neuen Computerspiele spielt und ständig darüber redet, wie schlecht die sind? Sein richtiger Name ist Fyn Harkess, glaube ich, aber wie war noch mal sein Tag? GamR BlamR oder so.« Kieron konnte förmlich hören, wie Sam die Großbuchstaben betonte.

»Ja, ich glaube, das ist er.«

»Ist der nicht mit der Schauspielerin verheiratet, die letztes Jahr diesen Superheldenfilm gemacht hat?«

»Ich glaube, das ist er.«

»Er verdient ungefähr eine Million Pfund die Woche durch Werbung und Promotion. Er hat sogar einen eigenen Privatjet. Das Mädchen im Pool sieht aus wie die, die letzte Woche die Talentshow gewonnen hat, wo er Gastjuror war.«

»Ja, ich glaube, das ist sie.« Kieron zuckte zusammen, als Sam ihn kritisch ansah. »Ja, ich weiß – meine Mum hat sich das angesehen und ich war zufällig dabei.«

»Das ist deine Geschichte?«

»Und dabei bleibe ich.« Kieron dachte stirnrunzelnd

nach. »Moment mal – wie hast du sie erkannt? Du siehst dir doch keine Talentshows an, oder?«

Sam sah weg. »Derselbe Grund. Meine Mum«, meinte er beiläufig.

»Genau.«

»Na und?«

»Also, er macht völlig verrückte Sachen, einfach so. Er hat mal ein Haus in Alaska gekauft, nur weil er das Nordlicht sehen wollte. Er war immer noch nicht dort. Ich schätze, wenn uns einer in ein anderes Land fliegt, dann er.«

Plötzlich wurde Sam hellwach. »He, sieh mal – sie kommen aus dem Pool!«

»Klasse!«, erklärte Kieron weit zuversichtlicher, als er sich fühlte. »Schnell, wir müssen am Fitnesscenter sein, bevor sie rauskommen. Wenn man der Person, von der man sich einen Riesengefallen erhofft, panisch nachrennt, wirkt das nicht gut. Nimm die AR-Brillen und die Kopfhörer mit.«

Knapp fünf Minuten später stand er mit Sam vor dem Eingang des Fitnesscenters im Erdgeschoss des Hotels, und sie wussten nicht recht, ob sie nun hineingehen sollten oder nicht. Gerade als sich Kieron dazu entschlossen hatte, ging die Tür auf und GamR BlamR – oder wie auch immer er hieß – stand vor ihnen, den Arm um ein kleines, hübsches Mädchen gelegt. Beide hatten nasse Haare.

»Hi«, sagte er und starrte sie an. Er war kleiner, als Kieron erwartet hatte. Und, erinnerte Kieron sich, er war beträchtlich reicher. Sein Haar war weiß gebleicht, hatte aber regenbogenfarbene Strähnen von einem Ohr zum anderen. »Fans? Wollt ihr ein Autogramm?« Er steckte die Hand in die Tasche. »Ich glaube, ich habe hier noch ein paar GamR-BlamR-Armbänder irgendwo. Wollt ihr welche?«

»Ehrlich gesagt«, erwiderte Kieron und versuchte, möglichst selbstsicher zu klingen, »wollen wir nach Norwegen, und das in deinem Privatjet, und zwar jetzt gleich. Und wenn du uns nicht dorthin bringst …«

GamR BlamR nickte. »Klingt cool«, unterbrach er Kieron. »Venedig ist sowieso langweilig. Zu viele alte Leute und das Wi-Fi ist grauenvoll.«

»Okay. Wie ich schon sagte, wenn du uns nicht hinbringst …«

»Bleib locker, wir gehen ja.« Er tätschelte dem Mädchen die Schulter. Sie sah ihn mit einem Ausdruck an, der mit irrer Geschwindigkeit von Bewunderung über Bestürzung zu Zorn wechselte. »Du kannst dir doch ein Rückflugticket nach London besorgen, oder, Baby? Oder ich rufe meinen Manager an, der soll das machen. Dann kannst du es am Flughafen abholen.« Er küsste sie auf die Stirn. »War schön mit dir. Echt.«

GamR BlamR breitete die Arme aus und schob Kieron und Sam den Gang entlang. »Also los. In Norwegen war ich noch nie.«

»Musst du nicht …?«, stammelte Kieron. Er sah zu dem Mädchen vor dem Fitnesscenter zurück. Sie sah aus, als würde sie gleich zu weinen anfangen. Hilflos zuckte er mit den Schultern. »Musst du nicht erst packen?«

»Nein – ich reise mit leichtem Gepäck.« GamR BlamR grinste breit. »Ich kaufe mir einfach neue Sachen, wenn ich irgendwo ankomme. Das ist viel einfacher.«

»Aber …«, wandte Kieron ein und sah Sam an, der

seinen Blick nur verwundert erwiderte, »was ist mit den Sachen, die du mitgebracht hast? Die kannst du doch nicht einfach hierlassen?«

»Klar kann ich. Das ist der Vorteil, wenn man idiotisch reich und jung ist. Ich kann tun und lassen, was ich will. Wenn die Zimmermädchen clever sind, schnappen sie sich das Zeug und verkloppen es auf eBay. Neulich habe ich gehört, dass ein Hotel in Bratislava Tausende damit gemacht hat, meine alten T-Shirts und Unterwäsche zu verkaufen. Ich habe da eine Menge Fans.« Nachdenklich runzelte er die Stirn. »Norwegen. Da ist es kalt, oder?«

Kieron konnte nicht fassen, wie einfach das gewesen war. »Bist du sicher, dass du das tun willst?«, fragte er, was ihm einen Schlag von Sam eintrug.

»Hey, ihr beide habt mir die perfekte Ausrede geliefert, das Mädchen loszuwerden und weiterzuziehen. Mir wurde hier eh langweilig, und ich mag es, spontane Entscheidungen zu treffen. Ich weiß zwar nicht, wer ihr seid, aber ihr habt mir einen Gefallen getan.« Grinsend stieß er die Faust in die Luft. »Auf nach Norwegen!«

Fünf Minuten später saßen sie in einem Motorboot und legten vom Markusplatz ab. So wie der Mann mit der Mütze daneben salutierte, als GamR BlamR mit den beiden Jungen ankam, schien das Boot ständig bereitzuliegen, falls der junge Millionär es brauchte.

»Wir haben unsere ganzen Sachen in unseren Zimmern gelassen«, bemerkte Sam.

»Wir leben jetzt auf der Überholspur.« Der Wind blies Kieron salzige Gischt ins Gesicht, sodass er blinzeln musste. »Die kann man uns wahrscheinlich nachschicken. Wichtig ist nur – hast du deinen Pass?«

Sam nickte. »Hinten in der Hosentasche. Und du?«

»Ich auch.«

»Norwegen ist ziemlich groß, das weißt du, ja?«

»Wir überlegen uns was, wenn wir ankommen.«

GamR BlamR verbrachte die meiste Zeit an seinem Handy – einem iPhone in einer spezialangefertigten Schutzhülle mit seinem Logo, wie Kieron neidisch feststellte. Eine Viertelstunde später stiegen sie die Stufen zum exklusiven Flugzeug des Vloggers hinauf und hoben fünf Minuten später ab. Das Flugzeug schien ebenso auf Abruf bereitzustehen wie das Boot.

»Bedient euch, wenn ihr was wollt«, bot ihnen GamR BlamR an und winkte in Richtung Heck des Flugzeugs. »Dahinten ist ein Kühlschrank und eine Mikrowelle. Ich hau mich eine Weile hin – das mache ich immer, wenn ich fliege. Außerdem habe ich seit drei Tagen nicht mehr geschlafen, also …« Er blies die Backen auf. »Norwegen, habt ihr gesagt, oder? Denn das habe ich dem Piloten gesagt.«

»Ja«, bestätigte Kieron bestimmt. »Norwegen.«

»Super.« GamR BlamR lehnte den Kopf zurück, schloss die Augen und begann zu schnarchen.

»Ist das hier echt wahr?«, fragte Sam.

»Wenn nicht, haben wir beide dieselbe Halluzination«, meinte Kieron kopfschüttelnd. »Ich konnte ihm nicht mal damit drohen, ihn zu verraten«, fügte er fast bedauernd hinzu.

»Vielleicht sollten wir auch etwas schlafen.«

Kieron nickte und sah Sam an, der seinen Blick erwiderte.

»Hunger?«, fragte Sam schließlich.

»Ja.«

Sam stand auf und ging zu der Kochnische. Kieron hörte, wie Schränke auf- und zugemacht wurden.

»Ich muss immer an dieses Mädchen denken«, rief Kieron Sam zu. »Ich hoffe, sie steht nicht immer noch auf dem Gang und sieht uns nach.«

Gleich darauf kam Sam zurück. Er hatte einen merkwürdigen Gesichtsausdruck, den Kieron nicht ganz zu deuten wusste.

»Den Zutaten dahinten nach zu urteilen, scheint sich der Knabe hier hauptsächlich von Erdnussbuttersandwiches mit knusprigem Speck zu ernähren. Willst du?«

»Wäre doch unhöflich abzulehnen«, fand Kieron.

Sie aßen, beschäftigten sich mit dem fantastischen Unterhaltungsprogramm des Flugzeugs und schliefen ein wenig. Als sie wieder aufwachten, saß GamR BlamR an seinem Laptop vor einem Computerspiel, das er mit ununterbrochenen Kommentaren begleitete.

»Breitband-Wi-Fi an Bord«, staunte Sam leise. »So was kann man mit Geld kaufen.«

»Was spielt er denn?«

Sam schob sich vor, um GamR BlamR über die Schulter sehen zu können. Als er sich wieder setzte, sagte er: »Deine Mutter hat dir doch Weihnachten ein Spiel geschenkt.«

»Ja?«

»Sieht aus wie die Fortsetzung davon.«

»Aber die ist doch noch gar nicht auf dem Markt!«, stieß Kieron entgeistert hervor.

»Ich weiß. Ich glaube, er spielt eine Beta-Level-Demoversion davon.«

Kieron schloss die Augen und schüttelte den Kopf. »Ich muss unbedingt reich werden.«

»Wir beide, Kumpel.«

Am Fuß der Gangway des Jets warteten die Zollbeamten. Kierons und Sams Pässe sahen sie nur flüchtig an und winkten die beiden durch. An GamR BlamR waren sie mehr interessiert. Sobald er den Fuß auf norwegischen Boden setzte, umschwärmten sie ihn, verlangten Autogramme und machten Selfies.

Kieron sah sich um. Ein kalter Wind blies ihm entgegen und ließ fast sein Ohr gefrieren. Die Luft war frisch und sauber, wie gerade erst hergestellt. Am tiefblauen Himmel zogen ein paar kleine weiße Federwolken dahin.

»Da sind jede Menge Weihnachtsbäume«, bemerkte Sam.

Kieron sah sich um. Sein Freund hatte recht. Alle Bäume waren perfekte Kegel. Es fehlten nur die blinkenden Lichter.

Eine futuristische schwarze Limousine glitt lautlos heran und blieb vor dem Flugzeug stehen. Kieron nahm an, dass sie für GamR BlamR war. Wahrscheinlich hatte seine Managergesellschaft sie organisiert oder sein persönlicher Assistent oder die unsichtbare AI, die sein Leben organisierte. Er wartete darauf, dass der Chauffeur ausstieg und der jungen Gamer-Legende die Tür aufhielt, doch die Tür klickte nur und schwang einladend auf.

»Kein Fahrer!«, stieß Sam leise hervor. »Sieh mal nach vorn! Das Ding hat keinen Fahrer!«

»Bis dann, Leute!«, rief GamR BlamR den Leuten vom Zoll zu, als er dort fertig war. »Meine Mitfahrgelegenheit ist da.«

»Das hat keinen Fahrer!«, quietschte Sam erneut.

»Ich weiß. Cool, was? Eine Firma hat in Oslo einen Versuch mit führerlosen Autos gestartet. Meine Leute haben mit ihnen Kontakt aufgenommen und zufällig erwähnt, dass ich unerwartet hierherkomme. Sie haben gefragt, ob sie mir eines ihrer Autos zur Verfügung stellen dürfen, wenn ich sie wohlwollend in meinem YouTube-Kanal erwähne und ein paar PR-Fotos von mir darin schieße und einen Livestream sende, während ich darin herumgefahren werde. Also haben meine Leute Ja gesagt und da ist es.«

»Du könntest uns nicht etwa zu einem Hotel mitnehmen?«, fragte Kieron vorsichtig.

»Kein Problem«, erwiderte GamR BlamR achselzuckend. »Wollt ihr euch die Karre ausleihen? Ich streame etwas, wenn wir in die Stadt fahren. Danach brauche ich sie nicht mehr.«

»Macht das der Firma nichts aus?«

»Das müssen sie ja nicht wissen. Außerdem haben sie dann ja ihre Publicity. Danach können sie es sowieso entbehren.«

»Brauchst du es nicht, um herumzufahren und dir die Sehenswürdigkeiten anzusehen?«

GamR BlamR lachte. »Ihr gefallt mir. Ihr seid lustig. Nein, ich habe nicht die Absicht, etwas anderes zu sehen als die Aussicht aus meinem Hotelzimmer. Solange ich Zimmerservice, Wi-Fi und Aircondition habe, bin ich zufrieden.«

»Und was ist dann der Sinn von Reisen?«, fragte Sam.

»Reisen bildet, heißt es. Also kommt. Wer will vorn sitzen?«

Kieron setzte sich auf den Fahrersitz hinter ein Lenkrad, das ganz ans Armaturenbrett geschoben war. Er nahm an, dass es sich herabsenken würde, wenn es ein Problem gab. Hoffentlich nicht. Im Gegensatz zu Sam konnte er nicht Auto fahren und hatte nicht die Absicht, das Lenkrad zu ergreifen und sie aus der Gefahr zu bringen. Sam setzte sich neben ihn, während GamR BlamR hinten einstieg. Noch bevor er richtig saß, hatte er den Laptop aufgeklappt und redete begeistert in Kamera und Mikro über das, was er gerade erlebte.

Die beiden Vordersitze schien man drehen zu können, damit man den Leuten hinten gegenübersaß. Sehr gemütlich. Wie das kleinste Wohnzimmer der Welt.

Sam nahm einen Tabletcomputer aus einer Halterung am Armaturenbrett. »Hier ist anscheinend schon ein Ziel voreingestellt«, bemerkte er. »Sieht aus wie ein echt nettes Hotel mitten in Oslo. Hier wird gefragt, ob wir bereit sind.«

Kieron sah nach hinten zu dem völlig in seiner Welt versunkenen GamR BlamR. »Ja, ich glaube schon.«

»Die schnellste oder die schönste Strecke?«

»Ist ihm egal. Nimm die schnellste.«

Sam tippte auf den Bildschirm, und das Auto beschleunigte sanft, fuhr am Terminal vorbei zu einer Schranke, die sich automatisch öffnete. Das war einfach.

Die Fahrt nach Oslo dauerte weniger als eine Stunde. Sie kamen an zweistöckigen Häusern vorbei, die in denselben bunten Farben gestrichen waren wie GamR BlamRs Haare. Schließlich fuhren sie durch die Stadt selbst, über einen breiten Fluss und noch breitere Gleisanlagen und hielten schließlich vor einem Hotel, bei dem sich die Architekten wohl nicht hatten entscheiden können, welche Form es haben sollte. An einer Seite war es in der Mitte breiter als oben und unten, während es auf der anderen Seite in mehrere Richtungen abzufallen schien.

»Sieht aus wie eine Cornflakespackung, auf die sich ein Kleinkind gesetzt hat«, bemerkte Sam. »Ich muss das wissen, denn das Kind von meiner ältesten Schwester hatte so eine Phase, in der es Cornflakespackungen vom Tisch nahm und sich draufsetzte.«

»Trägt das nicht noch Windeln? Ich sollte bei euch keine Cornflakes mehr essen.«

Als das Auto anhielt, versammelte sich sofort eine kleine Menschenmenge darum herum. Kieron sah Fotografen und Leute mit Handys und Tablets. Alle wollten einen Blick auf den Promi mit den Regenbogenhaaren im Fond erhaschen.

Sobald er die Menge bemerkte, klappte er den Laptop zu, grinste und hob den Daumen. Automatisch öffnete sich ihm die Tür – wie bei so vielen anderen Dingen im Leben des Vloggers, dachte Kieron düster – und er sprang mit dem Laptop unter dem Arm aus dem Auto, verteilte High fives und schüttelte Hände. Umgeben von seinen Fans, sah er auf dem Weg zur Hotellobby nicht ein Mal zurück.

»Nun«, meinte Kieron, »sieht aus, als hätten wir das Auto jetzt für uns. Wohin willst du?«

»Wir sollten einen ruhigen, anonymen Ort finden, wo wir einen Plan schmieden können. Vielleicht eine Pizzeria?«

Zehn Minuten später fuhren sie vor einem offenbar beliebten, aber recht unscheinbaren Restaurant vor, das ihnen geeignet vorkam. Den Wagen parkten sie draußen, nahmen aber das Tablet mit, ebenso wie eine digitale Schlüsselkarte, die sie im Armaturenbrett entdeckt hatten. Sie versuchten ein paar Minuten herauszufinden, wie man den Wagen abschließen konnte, bis sie merkten, dass er sich automatisch verriegelte, wenn die Schlüsselkarte ein paar Meter davon entfernt war.

Sie wählten einen Tisch in einer Ecke. Zum Glück sprachen die Kellner Englisch. Nachdem sie bestellt hatten, sahen sie sich erwartungsvoll an.

»Also«, sagte Sam. »Da wären wir nun. Wir wissen nicht, ob Bex und Bradley überhaupt in Norwegen sind, und wenn, wissen wir nicht, wo. Ich gebe zu, ich hätte nicht geglaubt, dass wir so schnell hierherkommen, aber ich habe keine Ahnung, was wir jetzt machen sollen.«

»Norwegen scheint mir ein gut organisiertes Land zu sein«, stellte Kieron fest, nahm die AR-Brille aus der Tasche und setzte sie auf. »Gehen wir mal davon aus, dass Asrael Bex und Bradley heimlich, still und leise ins Land gebracht hat. Über die üblichen Kanäle werden wir sie nicht finden – keine Grenzkontrollkameras oder Passagierlisten. Wir müssen das Problem also anders angehen. Wir suchen nicht nach Bex und Bradley, sondern nach Asrael.«

»Glaubst du, sie haben eine Webseite mit einer Kontaktadresse?«, fragte Sam vorsichtig.

»Nein.« Kieron tippte auf den Knopf am Brillenbügel und aktivierte die AR-Technologie, die eine Reihe von durchscheinenden Menüs vor ihm auftauchen ließ, die sich über die Ansicht des Restaurants legten. »Wir suchen nach den Mädchen – Katrin, Eva und Hekla.«

Die App, in die er die Gesichter der Mädchen geladen hatte, begann die norwegischen Regierungsdatenbanken zu durchsuchen – für Führerscheine, Sozialversicherungen, Studentenausweise, alles, was eine ordentliche Gesellschaft braucht, um sich wohlorganisiert um ihre Bürger zu kümmern.

Fünfzehn Sekunden später hatte er Informationen zu allen dreien. Namen und Adressen. Er glich die Informationen mit den Steuerbescheiden ab.

»Er übt für eine Vorstellung«, hörte er Sam dem Kellner erklären, als dieser mit einer Flasche Wasser an den Tisch kam. »Er ist der jüngste Dirigent für klassische Musik der Welt. Sehr berühmt. Aber er muss seine Gesten einstudieren.«

»Hier steht«, sagte Kieron, als der Kellner wieder weg war, »dass sie alle in einer Stadt namens Beitostølen leben, die ungefähr zweihundert Kilometer nordwestlich von hier liegt. Und alle drei arbeiten bei einer Firma namens Learsa, die in einem Gebäude mit Blick auf den See Olevatnet sitzt. Das ist in einer Gegend namens Oppland. Von dem See aus fließt ein Fluss zu einem weiteren See namens Javnin. Sieht alles ziemlich einsam aus.«

»Learsa«, grübelte Sam. »Das ist Asrael rückwärts. Sehr clever. Was stellen die her?«

»Drohnen«, erwiderte Kieron und las ab, was auf die Gläser seiner Brille projiziert wurde. »Keine kleinen für den Freizeitgebrauch, sondern große für Fernsehsendungen, Filmemacher und das Militär. Und ja, ich lese diese Informationen auf ihrer Webseite.«

»Das passt«, stellte Sam fest. »Sie spezialisieren sich auf die Produktion hochtechnischer Drohnen und stellen fest, dass man noch mehr Geld machen kann, wenn man sie für Morde nutzt. Sehr schlau.«

»Ja, so was passiert ständig«, meinte Kieron.

»Mach dich nicht lustig darüber. Für einen Geschäftsplan ist die Idee ziemlich gut.«

»So was brauchten sie auch«, sagte Kieron, als er die Finanzen von Learsa überprüfte, die bei den norwegischen Steuerbehörden hinterlegt waren. »Die Gesellschaft steckt seit einer ganzen Weile in Schwierigkeiten. Die Drohnen sind gut, aber teuer. Es gibt billigere, die fast genau das Gleiche können.« Auf einem weiteren Bildschirm tauchten noch mehr Informationen auf. »Oh, das ist interessant.«

»Was?«

»Learsa ist ein Familienunternehmen, gegründet von einem Gustav Reginiussen. Nach seinem Tod wird es im Moment von seiner Frau Agnetha geleitet – zusammen mit den drei Töchtern Katrin, Eva und Hekla.«

Kieron nahm die Brille ab und sah Sam an. »Das klingt alles immer noch nicht besonders erfolgversprechend. Wir wissen nicht, ob die Mädchen nach Norwegen zurückgekommen sind, wir wissen nicht, ob sie Bex und Bradley mitgenommen haben, und selbst wenn beides der Fall ist, wissen wir nicht, ob sie sie zum Hauptsitz von Learsa gebracht haben. Aber mehr Informationen haben wir nicht, also sollten wir uns daran halten.«

»Genau«, stimmte Sam zu. »Aber wir werden Hilfe brauchen.«

Kieron hielt abwehrend die Hände hoch. »Von wem? Wir sind doch nur zu zweit?«

»Nicht von einer Person. Von einem Ding. Wir müssen uns dieses Fabrikgebäude ansehen, ohne uns in Gefahr zu bringen.« Sam lächelte leicht. »Was würdest du dazu sagen, wenn wir uns eine Drohne kaufen? Mit dem Geld von Bex und Bradley natürlich. Die könnten wir direkt über dem Gelände fliegen lassen.«

»So wie damals in das Labor in Newcastle?«, nickte Kieron. »Gefällt mir. Nur eins noch ...«

»Was?«

»Können wir eine Learsa-Drohne nehmen? Das wäre dann so was wie ausgleichende Gerechtigkeit.«

»Ehrlich gesagt habe ich eine bessere Idee«, meinte Sam. »Gib mir mal die Brille.«

Zögernd reichte Kieron sie ihm. Ohne sie kam er sich seltsam verletzlich vor. Er hatte die zweite Realitätsebene, die sie ihm verschaffte, schätzen gelernt und sich daran gewöhnt. Wenn er sie auch nur ein paar Minuten abgeben musste, hatte er dasselbe Gefühl, wie wenn er sein Handy zu Hause vergessen hatte.

Während er Sam zusah, begann sich Kieron ernsthafte Sorgen zu machen. Was glaubten sie eigentlich, was sie da taten? Sie waren keine Agenten, nicht wie Bex und Bradley. Sie waren nur Kinder. Schlimmer noch, sie waren Kinder, die weit weg von zu Hause in einem Land waren, dessen Sprache sie nicht verstanden, und glaubten, sie könnten einfach in ein Nest von Hightech-Killern spazieren und ihre Freunde retten. Das war doch kein Spiel! Sam könnte sterben, Bex und Bradley könnten sterben, er selbst könnte dabei sterben! Wie würde sich seine Mutter fühlen, wenn sie einen Anruf bekam, dass ihr Sohn in einem Land gestorben war, in dem er gar nichts zu suchen hatte? Würde sie je darüber hinwegkommen, wenn sie nicht wusste, weshalb er dorthin geflogen war und was er dort gemacht hatte? Und Sam? Was, wenn Sam starb? Kieron wusste, dass er es nicht über sich bringen würde, Sams Mutter zu erklären, was sie beide hier getrieben hatten. Er würde nie wieder nach Hause zurückkehren können, er müsste auf der Flucht leben, unter dem Radar bleiben und von Stadt zu Stadt ziehen, Gelegenheitsjobs annehmen, und all das ohne einen richtigen Freund. Er spürte, wie ihm der Mund trocken wurde. Der Raum um ihn herum schien sich zu drehen, als gerate er aus den Fugen. Er spürte den Boden unter seinen Füßen nicht mehr. Es war, als würde er frei im Raum schweben und könnte alles sehen, aber nichts wirklich fühlen oder richtig hören: Die Geräusche des Restaurants und der Welt draußen schienen auf einmal gedämpft und undeutlich. Sein Herz begann wild zu klopfen und er zitterte.

»Kieron?«

»Ja … was?«

»Du hast eben echt krass ausgesehen. Alles in Ordnung?«

»Ja.« Er schluckte und langsam wurde alles wieder normal. Nun, so normal es eben ging. »Panikattacke. Mir ist gerade klar geworden, wie irre das hier alles ist.«

»Solche Momente hatte ich auch schon«, gab Sam zu. »Weißt du noch, als sie uns in der Schule letztes Jahr einen Geländelauf machen ließen?«

»Nicht doch! Ich versuche das zu vergessen!«

»Einer der Sportlehrer hat zu mir gesagt, es sei am besten, wenn man nicht auf den Horizont schaut, sondern nur darauf achtet, wohin man seine Füße setzt. Nicht daran denken, wie weit die Ziellinie noch entfernt ist, man soll sich nur dazu zwingen, einen Schritt nach dem anderen zu machen.«

»Sehr beruhigend. Vielen Dank. Kann ich mir den Spruch an die Wand hängen?«

»Ha, ha!«, machte Sam.

»Selber.« Kieron grinste seinen Freund an. »Bist du fertig? Was hast du gemacht?«

»Zwei Dinge. Erstens habe ich einen Technikladen in Oslo kontaktiert, die Learsa-Drohnen verkaufen, und habe gesagt, ich sei GamR BlamRs Agent und dass er hier in Oslo ist und eine ihrer Drohnen ausprobieren will. Er würde sie gern in seinem Vlog nennen und ihren Laden in einer seiner YouTube-Sendungen empfehlen. Dann habe ich den Leuten von GamR BlamR eine Mail geschickt und behauptet, ich sei von einem Technikladen in Oslo und würde ihnen gern zu Promotionszwecken eine Hightech-Drohne schenken. So glauben beide Seiten, sie würden miteinander sprechen, aber alles läuft über mich.« Er lächelte triumphierend. »Innerhalb der nächsten Stunde wird ein Päckchen mit einer topmodernen, voll aufgeladenen Drohne auftauchen.«

»Mir gefällt, was du tust«, gab Kieron bewundernd zu. »Aber das ist Betrug.«

»Wir leihen sie uns doch nur«, bemerkte Sam. »Wenn wir Bex und Bradley gerettet haben, schicken wir sie weiter. Er wird nicht mal merken, dass sie schon mal ausgepackt war.«

»Na gut«, nickte Kieron. »Sollen wir zurück ins Hotel, das Päckchen abfangen, uns wieder in GamR BlamRs Roboterauto schwingen und zum Hauptquartier von Learsa fahren?«

Das Päckchen – eine schwere Kiste in der Größe eines 52-Zoll-Fernsehers – wurde gerade in die Hotellobby gebracht, als sie dort ankamen. Sam kannte den Namen der Person, mit der er es zu tun gehabt hatte, und bluffte so gut, dass ihm die Lieferanten die Kiste aushändigten und er sie mit Kieron in ihr Auto bringen konnte. Nun, eigentlich GamR BlamRs Auto beziehungsweise das Roboterauto einer norwegischen Firma – doch aus praktischen Gründen war es im Moment ihr Auto.

Die Fahrt von Oslo aus führte sie durch eine Landschaft, die anfangs eher sanft hügelig war, dann aber immer schroffer und steiler wurde, als wäre der Boden irgendwann wie ein Bettlaken zerknittert worden und dann so geblieben. Die grauen Felsen hinter Oslo wurden dunkler und kahler, je weiter sie nach Norden kamen. Die sanften Hügel wurden höher und zerklüfteter. Die Häuser, die zuerst dicht an dicht gestanden hatten, wurden immer seltener und änderten ihre Form. Sie sahen jetzt eher so aus wie das, was sich Kieron unter einem Chalet vorstellte – Hütten, die er sonst nur aus Ferienlagern kannte. Mehrere Male fuhren sie an langen, schmalen Seen entlang, deren Wasser in der Nachmittagssonne fast schwarz aussah. Gelegentlich bemerkte er V-förmige Wellen, Anzeichen dafür, dass dort irgendetwas schwamm, obwohl er nicht sagen konnte, was es war. Sie entfernten sich immer weiter von der Zivilisation und drangen in die Wildnis vor.

Je weiter sie fuhren, desto kälter wurde es, und mehrmals drehte einer von ihnen die Heizung hoch, damit sie nicht froren. Der eisige Wind blies den Schnee in kleinen Böen gegen die Fenster und bedeckte die Felder und Dächer der Häuser, an denen sie vorbeikamen, mit einer dünnen Schicht, die aussah wie eine verschlissene Decke.

Auf ihrer Fahrt durch die karge norwegische Landschaft verloren sie jedes Zeitgefühl, und Kieron schrak auf, als Sam ihn plötzlich aus seinem Halbschlaf und wirren Träumen riss.

»Ich glaube, wir sind da.«

Kieron setzte sich auf und sah aus dem Fenster. Sie hatten an einer Nebenstraße angehalten – eigentlich nur einem Weg – und sahen auf einen der langen schmalen Seen hinunter. Um sie herum ragten dunkel Silhouetten empor, die zu groß für Hügel waren, aber zu klein, um als Berge bezeichnet zu werden. Rechts von ihnen sah er mehrere gelb und rot gestrichene Hütten. Doch was ihm am meisten ins Auge fiel, war das Gebäude, das gegenüber auf der anderen Seite des Sees lag, kaum sichtbar durch den leichten Schneefall. Es war auf einem steilen Felsen über dem Wasser erbaut. Es war riesengroß, aus Holz, aber futuristisch, mit großen Glasflächen, und es wirkte völlig deplatziert. Die Hälfte des massiven Gebäudes ragte über das Wasser hinaus und stand auf mehreren Säulen, die wie Bäume ohne Äste vom Felsen aufragten. Wie ein gewaltiger kauernder Riese schien es ihnen von der anderen Seeseite aus finster entgegenzublicken.

»Das ist das Hauptquartier von Learsa«, verkündete Sam. »Und was machen wir jetzt?«

Kapitel 12

Der Raum, in den man Bex und Bradley gesteckt hatte, war im Grunde eine große Besenkammer voller Reinigungsmittel und Haken an der Tür für die Overalls der Hausmeister. Man konnte ihn auch nicht mit viel Fantasie als Zelle bezeichnen. Wenn das hier allerdings das Hauptquartier einer Firma war, dann hatte die Haltung von Gefangenen bei der Planung des Architekten wahrscheinlich keine größere Rolle gespielt.

Sobald sie hörten, dass die Tür abgeschlossen wurde, lehnte Bradley den Rücken an die Wand und ließ sich daran hinabgleiten, bis er auf dem Boden saß, zog die Knie an und legte den Kopf in die Hände. Er hatte so gut wie aufgegeben, stellte Bex fest. Sie konnte es ihm nicht verdenken, denn ihr ging es fast genauso. Der Unterschied war nur, dass sie schon auf vielen Missionen gewesen war und sich schon früher in Situationen befunden hatte, die ähnlich hoffnungslos gewesen waren. Bradley kannte das nur aus der Theorie.

Am liebsten hätte sie sich neben ihn gesetzt, ihm den Arm um die Schultern gelegt und ihm gesagt, dass alles gut werden würde, doch dazu war keine Zeit. Sie musste sie hier rausbringen. Vielleicht waren Sam und Kieron unterwegs hierher, vielleicht aber auch nicht. Sie konnten es sich nicht leisten abzuwarten. Sie musste einen Ausweg finden und Bradley mitnehmen.

Die Besenkammer hatte kein Fenster. Wozu auch? Abgesehen von der Tür war ein Lüftungsschacht, so groß wie ein großer Ziegelstein, die einzige Öffnung. Er war nicht groß genug für Bex. Nicht einmal ein kleiner Hund hätte durchgepasst.

Sie suchte Decke und Fußboden ab, für den Fall, dass ihr eine Falltür oder Luke entgangen wäre, doch auch da hatte sie kein Glück. Es gab nichts.

Nun, dann musste es eben die Tür sein. Es war eine altmodische Holztür, wahrscheinlich Fichte, die an drei Stellen von kräftigen Angeln gehalten wurde. Unter der Türklinke war ein Schlüsselloch, und als die Tür hinter ihnen geschlossen wurde, hatte sie es klicken gehört. Sie drückte die Klinke herunter und stellte fest, dass sie tatsächlich eingeschlossen waren. Einen Riegel hatte sie nicht gehört, damit mussten sie sich also nicht befassen.

Das Schloss war ebenso alt und klobig wie die Tür. Sie hätte es knacken können, wenn sie die Drahtstücke gehabt hätte, die sie für solche Zwecke immer im Haar trug. Doch sobald sie das Hauptquartier von Learsa betreten hatten, waren sie durchsucht worden. Alles Metall – einschließlich ihrer Ringe, Bradleys Christophorusanhänger und ihrer Haarnadeln – war ihnen weggenommen worden. Auch ihre Gürtel und Schuhe hatten sie abgeben müssen. Das war insofern bedauerlich, als sie immer einen zusätzlichen Dietrich im Absatz ihres linken Schuhs hatte.

Nun, dann würden sie dieses Problem eben auf die altmodische Art und Weise angehen müssen.

Die Tür war so dick, dass sie wohl Monate brauchen würde, um sie durchzukratzen, vorausgesetzt, sie konnte etwas finden, womit sie kratzen konnte. Sie könnte sie wohl in Brand stecken, doch dann würden sie und Bradley eher ersticken, bevor die Tür brüchig genug war, dass sie sie eintreten konnte. Das half also auch nicht.

Sie untersuchte die Türangeln. Sie waren massiv und bestanden jeweils aus zwei Röhren mit einem flachen Stück Metall daran. Das flache Stück der einen Röhre war an der Tür selbst befestigt, wahrscheinlich mit Schrauben. Das andere saß am Türrahmen, vermutlich in der gleichen Art und Weise befestigt. Genau konnte man das nicht sagen, da die beiden flachen Teile bei geschlossener Tür aneinandergepresst wurden. Dadurch, dass die beiden Röhren der Angeln auf unterschiedlicher Höhe saßen und durch einen Stift in der Mitte gehalten wurden, fielen sie nicht auseinander. Dieser Stift hatte oben einen flachen Kopf, damit er nicht durch die Röhren hindurchrutschte. Wenn die Tür aufging, drehten sich die Röhren an der Tür um diesen Stift. Ganz einfach. Dieses System wurde wahrscheinlich seit dem Mittelalter verwendet.

Sie musste also nur diese Stifte aus den Angeln ziehen, dann würde die Tür einfach an der Angelseite aufgehen. Perfekt.

Falls sie etwas fand, womit sie den Stift aus den Angeln ziehen konnte.

Sie sah zu Bradley hinüber. Er kauerte da, still wie eine Statue, und hielt den Kopf in den Händen.

Sie sah sich im Besenschrank nach etwas aus Metall um, das man übersehen hatte. Die Besen und die Eimer waren aus Plastik, die Handfeger und Schaufeln ebenfalls. Sogar die Henkel der Eimer waren aus Kunststoff!

Die Haken an der Tür! Sie zerrte die Overalls herunter und warf sie auf den Boden, doch als sie die Haken betrachtete, wurde sie enttäuscht. Auch sie waren aus Plastik. Selbst wenn sie sie irgendwie von der Tür lösen könnte, würden sie ihr nichts nützen. Und da sie nicht angeschraubt, sondern nur angeklebt waren, konnte sie nicht einmal die Schrauben verwenden. Falls sie sie irgendwie hätte lösen können.

»Wenn wir Eier hätten, könnten wir Eier mit Speck machen«, murmelte sie. »Wenn wir Speck hätten.«

Ihr Vater hatte das immer gesagt.

»Knöpfe«, sagte Bradley, ohne aufzusehen.

»Wie bitte?«

»Die Knöpfe an den Overalls – die sind aus Metall.«

»Woher weißt du das?«

»Du hast sie vor mich hingeworfen.« Er sah auf, und sie stellte erfreut fest, dass er lächelte. »Mach drei Knöpfe ab. Die Ränder können wir auf den Bodenfliesen schärfen. Und wenn sie scharf genug sind, können wir damit die Stifte aus den Angeln hebeln.«

»Und das hast du dir alles überlegt, während du den Kopf in den Händen hattest?«

»Manche von uns müssen rumlaufen und sich die Dinge ansehen«, erwiderte er. »Wir anderen benutzen einfach unseren Kopf.«

Sekunden später hatte sie den Faden an drei Knöpfen durchgebissen. Der Stoff schmeckte nach Öl, Putzmitteln und Schweiß, sodass Bex würgen musste, als sie daran kaute. Um die Knöpfe so flach zu schleifen, dass sie sie zwischen die Köpfe der Stifte und die Metallröhren stecken konnten, brauchten sie weitere zehn Minuten. Und da erlebten sie ihre erste Enttäuschung. Die Stifte saßen so fest, dass es keine Lücke gab, in die man die Knöpfe hätte schieben können.

»Die Eimer«, sagte Bradley.

»Plastik«, knurrte Bex frustriert. »Die brechen.«

»Nicht, wenn wir den Boden nehmen«, widersprach Bradley. »Der ist dicker und stärker.«

Er hatte recht. Indem sie einen Eimer waagerecht vor das breitere Ende eines Knopfes hielten, dessen scharfe Kante zwischen Stift und Röhre ansetzten und den Eimer ein paarmal heftig je nach Höhe der Angel mit der Schulter, dem Fuß oder der Faust rammten, schafften sie es, je einen Knopf in den schmalen Spalt zu zwängen, sodass er dort stecken blieb. Danach tat einem zwar alles weh, aber das war nur ein kleiner Preis für ihre Freiheit. Wenn es funktionierte.

Bex trat zurück, um ihr Werk zu bewundern. Die drei Knöpfe saßen an der Oberkante der drei Angeln jeweils zwischen Stift und Röhre.

»Deine Idee«, sagte Bex und rieb sich die Schulter. »Was jetzt?«

»Wieder die Overalls«, antwortete Bradley. Er nahm einen davon vom Boden und breitete ihn sorgfältig über den obersten Knopf, sodass er daran herunterhing. »Drück uns die Daumen.«

»Mach ich.«

Er hielt sich am Overall direkt unterhalb des Knopfes fest und zog sich selbst hoch, bis seine Füße fast vom

Boden abhoben und sein ganzes Gewicht an dem Stoff und vor allem an dem Knopf hing. Und dann begann er allen Ernstes auf und ab zu springen.

»Du siehst aus wie auf dem Kinderspielplatz«, fand Bex, die sich das Lachen verkneifen musste. Beim Lachen tat ihr die Schulter weh.

»Ich fühle mich auch wie ein Kind«, knurrte Bradley. »Was macht die Angel?«

Bex stellte sich auf die Zehenspitzen, sodass sie über dem Overall den flachen Kopf des Stiftes sehen konnte. Sie glaubte, ein paar Millimeter des Stiftes erkennen zu können.

»Es funktioniert!«, rief sie aufgeregt. »Hüpf weiter!«

»Dieser Stoff wird reißen«, meinte Bradley, aber er machte weiter.

Nach zwanzig Minuten weiterer harter Arbeit ragten die drei Stifte halb aus den Angeln hervor, was hieß, dass sie fast ganz aus dem unteren Teil der Röhre herausgehebelt waren.

»Okay«, erklärte Bex, »jetzt müssen wir die Overalls anziehen. Verkleidung.«

»Der hier ist ein bisschen zerrissen und ihm fehlen ein paar Knöpfe«, wandte Bradley ein.

»Hast du schon mal einen sauberen Hausmeister gesehen?«

»Stimmt auch wieder.«

Sie lauschten ein paar Minuten, ob jemand in der Nähe war. Als sie sich ziemlich sicher waren, dass die Luft rein war, zogen sie die Tür an der Angelseite auf und schlichen sich hinaus. Dann stellten sie die Tür wieder so hin, dass sie geschlossen aussah. Der Nächste, der sie aufmachen wollte, würde einen ganz schönen

Schrecken bekommen, dachte Bex. Hoffentlich dauerte das noch eine Weile.

In den Overalls und jeder mit einem Besen bewaffnet, gingen sie den gewundenen Gang außerhalb der Besenkammer entlang. Sie hielten die Blicke gesenkt, falls sie jemandem begegneten, doch es war niemand zu sehen. Es war spät, und Bex vermutete, dass die normalen Angestellten der Firma – falls es welche gab – schon nach Hause gegangen waren. Nur die kriminellen Killer waren noch da.

»Irgendeine Idee, in welchem Stockwerk wir sind?«, fragte Bex.

»Ich glaube, im vierten – im obersten«, erwiderte Bradley.

»Dann müssen wir runter ins Erdgeschoss.«

»Am besten gleich in den Keller, wenn es einen gibt, dann können wir die Treppe heraufkommen wie richtige Hausmeister.«

»Einverstanden.«

Sie kamen an einer Doppeltür vorbei, die nach innen offen stand. Bex warf im Vorbeigehen einen Blick hindurch.

Und zögerte.

Die Wand auf der anderen Seite war fast vollständig aus Glas und gab den Blick auf eine Landschaft frei, die nur vom Licht des Halbmonds und der blinkenden Sterne erhellt wurde, das auf den Wellen glitzerte. Der Raum war ein Büro mit einem großen Kiefernholzschreibtisch in der Mitte und einem hochflorigen meergrünen Teppich. Auf dem Tisch stand ein topmoderner Computer, von dem kühles Licht ausging. Davor stand eine Frau mit dem Rücken zur Tür neben einem bequemen Bürostuhl und sah in die Dunkelheit hinaus. Es war weder Katrin noch Eva oder Hekla. Diese Frau schien mindestens fünfzig, wenn nicht gar sechzig Jahre alt zu sein. Ihr langes graues Haar hatte sie zu einem Pferdeschwanz zusammengebunden, der ihr bis weit auf den Rücken reichte. Sie trug einen schlichten, aber eleganten Hosenanzug.

»Bitte treten Sie ein«, sagte sie, gerade als Bex weitergehen wollte. Sie sprach Englisch.

»Sollen wir hier sauber machen?«, fragte Bex, doch sie wusste, dass das Spiel aus war. Wenn die Frau geglaubt hätte, sie seien tatsächlich Reinigungskräfte, dann hätte sie sie auf Norwegisch angesprochen. Und wahrscheinlich hätte sie auch nicht Bitte gesagt.

Bex sah den Korridor vor sich entlang. Er war immer noch leer. Das Gleiche galt für den Weg, den sie gekommen waren.

»Bitte«, wiederholte die Frau. »Kommen Sie.«

Keine Drohung. Nur eine einfache Einladung. Bex hatte allerdings das untrügliche Gefühl, dass die Situation sehr schnell unangenehmer werden würde, wenn sie und Bradley versuchten, einfach weiterzugehen.

Zögernd betrat sie den Raum. Bradley folgte ihr.

»Können wir Ihnen helfen?«, fragte sie gefasst.

»Mein Name ist Agnetha Reginiussen«, antwortete die Frau und drehte sich zu ihnen um. Sie hatte Falten, sah aber trotz ihrer grauen Haare erstaunlich jung aus. Sie wirkte vollkommen ruhig. »Mein Mann Gustav hat diese Firma vor fast dreißig Jahren gegründet.«

»Das ist … schön«, erwiderte Bex, der nicht ganz klar war, welche Reaktion die Frau erwartete.

»Heute bin ich nur noch eine Marionette. Meine

Töchter führen die Firma in meinem Namen. Sie haben sie kennengelernt, nicht wahr? Ich habe gesehen, wie sie Sie vom Hubschrauber hierhergebracht haben. Und ich habe gesehen, dass sie nicht sonderlich sanft mit Ihnen umgegangen sind.«

Sie wusste also mit Sicherheit, dass Bex und Bradley nicht vom Reinigungspersonal waren.

Bex entschied sich, ein Risiko einzugehen. »Wissen Sie, was Ihre Töchter mit Ihrer Firma machen?«, fragte sie und machte einen Schritt in den Raum.

Agnetha Reginiussens Gesicht veränderte sich nicht. Es war so blass und still, dass man meinen könnte, es sei aus Eis geschnitzt oder aus hellem Fichtenholz. Doch Bex konnte den Schmerz spüren, der von ihr ausging.

»Ja, das weiß ich. Sie haben es mir erzählt. Das macht ihnen besonderen Spaß.«

»Aber Sie könnten sie doch aufhalten, oder?«, fragte Bradley, der neben sie getreten war.

Agnetha lächelte, doch es lag weder Humor noch Freude in ihrem Lächeln. Nur weiterer Schmerz. »Morgens holt mich ein Chauffeur ab und bringt mich hierher, in dieses Gebäude und dieses Büro. Man bringt mir zu essen. Wenn ich telefoniere, hört jemand zu. Wenn ich eine E-Mail schreibe, liest sie jemand, bevor sie das Gebäude verlässt. Abends bringt mich ein Chauffeur wieder nach Hause. Die Fahrer wechseln jede Woche, sodass ich zu niemandem eine Verbindung aufbauen kann. Bei mir zu Hause gibt es weder Telefone noch Computer. Ich habe kein Handy. Nur einen Fernseher, damit ich weiß, was in der Welt vorgeht. Und wenn ich wegwill, wenn ich auch nur versuche, mir ein Taxi zu rufen, das mich irgendwo hinbringt, wird das verhindert.« Sie deutete auf den Schreibtisch. »Ab und zu taucht ein Dokument auf, das ich unterschreiben muss. Und ich tue es, denn wenn nicht …« Ihr Gesicht sah plötzlich aus, als würde sie die Fassung verlieren. Doch sie fing sich schnell wieder und fuhr kurz darauf fort: »… dann könnten mir schlimme Dinge zustoßen. Meine Töchter lieben mich, aber die Vorstellung, reich zu sein, lieben sie noch mehr.«

»Könnten Sie nicht einfach gehen?«, fragte Bex. »Ich meine, ich habe Gebäude auf der anderen Seite des Sees gesehen. Könnten Sie nicht dorthin gehen und um Hilfe bitten?« Doch noch während sie sprach, war ihr klar, dass es so einfach nicht sein würde. Dafür waren Agnethas Töchter zu klug und zu entschlossen.

»Es gibt Wachen«, sagte Agnetha leise. »Und selbst wenn ich an ihnen vorbeikommen würde … Nun, Sie haben doch diese schrecklichen Dinger gesehen, die meine Töchter gebaut haben? Diese fliegenden Teufel, die Feuer und Schwefel auf jeden herunterregnen lassen, den sie auswählen?«

Bex und Bradley nickten.

Agnetha zog den Ärmel ihrer Bluse hoch. Knapp über dem Handgelenk drückte sich ein enges Armband in ihre Haut. »Das ist ein Tracker«, erklärte sie. »Wenn mich die Wachen nicht finden, dann die fliegenden Drohnen. Ich würde nicht mal halb um den See kommen.«

»So etwas tun Ihnen Ihre eigenen Töchter an?«, fragte Bex ungläubig.

»Offensichtlich war ich ihnen keine gute Mutter. Ich war zu sehr damit beschäftigt, meinen Mann zu unterstützen, damit diese Firma läuft – die Firma, in deren

Namen sie jetzt Gewalttaten ausüben. Das haben sie mir gesagt, es muss also stimmen.«

Hinter der Tür hörte Bex die Schritte von Stiefeln näher kommen.

Agnethas Hand bewegte sich und deutete auf den Schreibtisch. Dort lag ein Tabletcomputer neben dem Monitor. Er war klein und hatte einen Deckel, der ihn aussehen ließ wie ein Buch. Agnetha sah Bex an.

»*Ich* kann nichts tun«, sagte sie und betonte das *Ich* leicht. »Aber ich warte seit Jahren darauf, dass jemand kommt, der vielleicht in der Lage dazu ist.« Sie streckte die Hand aus und schob das Tablet ein paar Zentimeter über den Tisch auf Bex zu.

Über Agnethas Schulter hinweg glaubte Bex, vor dem Fenster, das die ganze Wand einnahm, eine Bewegung wahrzunehmen. Einen Moment glaubte sie, es sei nur ein Schneewirbel. Doch dort draußen hing etwas Dunkles, das das Licht aus dem Büro reflektierte.

Die Schritte im Gang kamen näher. Bex sah sich um und bemerkte die kleinen Kameras in den Ecken des Raumes, die jeden Zentimeter abdeckten. Die Mädchen trauten ihrer Mutter wirklich nicht.

Sie trat einen Schritt vor und beobachtete das Ding, das draußen vor dem Fenster hing. Eine Drohne? Sie glaubte, die Propeller zu sehen, die sie in der Luft hielten. Doch viel mehr konnte sie nicht erkennen. Auch nicht, ob sie mit mehr bewaffnet war als mit einer Kamera. Würde sie plötzlich eine Salve von Geschossen durch das Fenster schießen? Doch die Asrael-Mädchen würden ihre Mutter sicher nicht so in Gefahr bringen.

Sie streckte die Hand nach dem Tablet aus, doch anstatt es zu nehmen, berührte sie Agnethas Hand. Die Haut der Frau war warm und trocken und schien zerbrechlich wie dünnes Papier. »Keine Angst, wir helfen Ihnen, wenn wir können«, sagte sie. »Können Sie uns hier rausbringen?«

Agnetha schüttelte den Kopf und zog ihre Hand weg. Bex ließ ihre über den Tisch gleiten, nahm dabei das Tablet auf und verbarg es an ihrer Seite.

»Die Mädchen achten auf Details«, sagte Agnetha, richtete dabei den Blick aber auf Bex' Hand. Was befand sich auf dem Computer? Alle Details darüber, wie Katrin, Hekla und Eva Agnethas Firma – oder die ihres verstorbenen Ehemannes – in ein Nest aus Hightech-Killern verwandelt hatten? Und sie erwartete – sie *wollte* –, dass Bex und Bradley diese Informationen für sie nach draußen schafften?

»Und wie können wir entkommen?«, fragte Bex eindringlich, aber leise.

»Ich weiß es nicht«, antwortete Agnetha ebenso leise in gequältem Tonfall, »aber Sie haben bessere Chancen als ich.«

»Nicht viel besser«, bemerkte Bradley, als Securityleute in der Tür auftauchten, alle schwarz gekleidet und bewaffnet.

»Bitte, sie dürfen das nicht finden!«, zischte Agnetha und griff nach Bex' geschlossener Faust.

»Ich bin mir nicht sicher, was ich tun kann!«, zischte Bex zurück. Mit erhobenen Waffen traten die Securityleute auf sie zu. Es gab keinen Ausweg. Sie ließ das Tablet in die Tasche des Overalls gleiten.

Doch die Drohne vor dem Fenster blieb. Sie beobachtete sie. Beobachtete sie und … wartete ab. Und während Bex sie ihrerseits beobachtete, flog sie plötzlich diagonal nach links oben, nach rechts unten, dann nach rechts oben und nach links unten und zeichnete so ein Kreuz in die Luft.

Würde eine Drohne von Asrael so etwas machen?

Bex hatte keine Ahnung, woher sie es wusste. Sie wusste es einfach. Diese Drohne da draußen gehörte nicht Asrael, sondern Kieron und Sam! Und sie hatten gerade die Stelle markiert …

Schnell trat sie um den Schreibtisch herum und packte den Computermonitor. Sie riss die Kabel heraus und warf ihn mit aller Kraft gegen das Fenster. Er traf es genau dort, wo die Drohne das X markiert hatte. Das Glas sprang und splitterte in einem Spinnennetzmuster, wurde aber noch von einer Plastikfolie gehalten, die man vielleicht zum Schutz vor Wärmeverlust angebracht hatte.

Jemand griff nach Bex' Armen. Sie trat mit der Hacke aus, traf ein Schienbein und hörte jemanden aufschreien. Derjenige ließ los.

Bex schnappte sich den Bürostuhl und warf ihn mitten in das gesprungene Glas.

Dieses Mal riss die Plastikfolie, und der Stuhl segelte hindurch, gefolgt von Glasscherben. Ein kalter Wind blies in das Büro und brachte Schneeflocken mit sich.

Und eine Drohne.

Sie fegte in das Büro wie ein Racheengel, wirbelnd und brummend. Bex merkte schnell, dass sie zwar mehrere Kameras unter den Propellern hatte, aber keine offensichtlichen Waffen. Sie konnte die Männer nur verletzen, wenn sie sie mit den Propellern traf.

Was wohl wirklich eine Gefahr darstellte. Die Wachen

zogen sich nervös zurück und hatten offenbar Angst vor den scharfen Rotorblättern.

Bex sah sich um. Der Weg zur Tür war frei, doch das würde nur ein paar Sekunden so sein, bis sich die Wachen neu formierten. Sie konnte versuchen, mitsamt dem Tablet zu flüchten, doch was war, wenn man sie schnappte, bevor sie das Gebäude verlassen konnten?

Sie trat zurück, wandte sich an eine der Kameras der Drohne, zeigte aufs Fenster und rief: »Verschwinde!« Die Drohne war ihr draußen nützlicher als hier drinnen, jetzt, wo sie für Ablenkung gesorgt hatte.

Der Lenker der Drohne verstand den Hinweis. Sie stieg auf und flog zum Fenster. Einer der Securityleute, der sich schneller erholt hatte als seine Kollegen, hob die Waffe und feuerte, schaffte es aber nur, noch mehr Glas aus dem zerbrochenen Fenster zu lösen. Die Drohne schwirrte durch das Loch und verschwand in der Dunkelheit.

Bradley hatte einen der Securityleute im Schwitzkasten. Bex rannte an ihm vorbei, packte ihn am Arm und riss ihn mit sich, während sie gleichzeitig einer anderen Wache einen Schlag gegen den Hals versetzte. Gurgelnd stolperte er zurück und sie zog Bradley aus dem Raum.

»Das hat Spaß gemacht!«, protestierte er.

»Jetzt Flucht, später prügeln«, schrie sie.

Vom Gang aus warf sie noch einen letzten Blick auf die ältere Frau. Agnetha lächelte und nickte. »Vielen Dank«, formten ihre Lippen lautlos. »Und viel Glück.«

Bex und Bradley rannten den gebogenen Korridor entlang, wobei das Tablet beim Laufen gegen Bex' Hüfte stieß. Es behinderte sie etwas, dass sie auf Socken liefen, da man ihre Schuhe ja konfisziert hatte. Hinter ihnen erklangen Rufe und Schritte. Die Securityleute hatten sich aufgerappelt und nahmen die Verfolgung auf. Als Bex kurz über die Schulter zurückschaute, sah sie, dass eines der Asrael-Mädchen – sie glaubte, Hekla zu erkennen, war sich aber nicht sicher – die Männer grob in ihre Richtung stieß.

»Aufzug oder Treppe?«, keuchte Bradley.

Bex sah an ihm vorbei. Sie kamen zu einer Art Lobby.

»Treppe«, entschied sie. »Der Aufzug ist zu leicht zu stoppen.«

Bradley war ein Stück vor ihr und rannte geradewegs durch eine Tür, über der »Notausgang« stand, wobei er beinahe die Betontreppe hinuntergestürzt wäre. Als Bex hinter ihm herkam, fiel ihr eine Art Metallgerüst an der Wand auf. Es war eine Bahre aus Metall, groß genug für einen Menschen, und sie hatte Griffe an beiden Seiten. So etwas mussten manche Firmen haben, um im Fall eines Brandes Menschen die Treppe hinunterbringen zu können, die selbst nicht laufen konnten. Sie löste den Hebel, mit dem die Bahre an der Wand befestigt war, und diese fiel scheppernd herunter. Hoffentlich würde sie ihre Verfolger etwas aufhalten.

Sie und Bradley rannten die Treppe hinunter. Wenn in den unteren Stockwerken auch noch Wachen waren, waren sie erledigt. Aber es kam niemand. Vielleicht hatte man alle in den vierten Stock gerufen.

Sie erreichten den dritten Stock ohne Zwischenfall. Und auch den zweiten.

Über ihnen wurde die Notausgangstür aufgerissen, und es schepperte, als mehrere Wachen über die Bahre stürzten. Das Geräusch hallte laut im Treppenhaus wider.

Erster Stock. Immer noch kein Problem.

Als sie das Erdgeschoss erreichten, ging dort die Tür auf, und ein Wachmann kam herein. Hinter ihm sah Bex zwei weitere Männer. Bradley versetzte dem ersten einen heftigen Schlag ins Gesicht, sodass sein Kopf zur Seite flog, er rückwärts taumelte und seine Begleiter aus dem Gleichgewicht brachte. Bradley rannte einfach über sie hinweg und Bex folgte ihm voller Bewunderung.

Jetzt befanden sie sich in der Lobby im Erdgeschoss, wo sie hereingebracht worden waren. Bex sah sich rasch um und orientierte sich. Vermutlich war es nicht klug, durch den Haupteingang zu verschwinden. Zu offensichtlich. Stattdessen zog sie Bradley in die entgegengesetzte Richtung und folgte den Schildern zum Parkplatz. Die waren zwar auf Norwegisch, aber das Symbol eines geparkten Autos half.

»Ich hoffe, du hast einen Plan«, schrie Bradley, als sie durch eine Holztür in einen weißen Gang stürzten.

»Weniger einen Plan als eine verzweifelte Hoffnung«, rief Bex zurück.

Vor ihnen führte eine dicke Sicherheitstür mit einem Notriegel offensichtlich ins Freie und wahrscheinlich zum Parkplatz. Bex rannte darauf zu, drückte mit dem Ellbogen den Riegel zur Seite und schob die Tür auf. Sie kratzte über den Schnee, doch Bex konnte sie weit genug öffnen, dass Bradley und sie hindurchschlüpfen konnten.

Draußen war es kalt. Bitterkalt. Eiskalt. Und sie waren in keiner Weise angemessen gekleidet.

Bex sah sich um. Sie standen unter einem überdachten Bereich, der von mehreren Säulen getragen wurde.

Wände gab es keine. Auf dem dunklen Asphalt standen einige Autos. Das Dach verhinderte zwar, dass der Schnee direkt auf die Autos fiel, doch der Wind wehte ihn von der Seite herein, sodass er sich an ihren Rädern und an der Hauswand sammelte. Bex musterte rasch die Fahrzeuge. Die meisten waren normale Volvos, Skodas, Opel oder Fords und standen weiter vom Gebäude weg. Die drei Wagen am Eingang waren allerdings anders. Es waren hochmoderne Sportwagen.

»Schick«, fand Bradley. »Ein zweisitziger Barchetta-Roadster, ein Lotus Europa S und ein MG XPower SV. Da weiß man doch gleich, wohin der Gewinn der Firma fließt.«

»Die müssen den Mädchen gehören«, stimmte Bex zu. »Komm, wir nehmen einen der anderen.«

»Aber ...«, protestierte Bradley. »Ein Lotus Europa!«

»Zu gut gesichert«, erklärte Bex und rannte auf einen großen Volvo zu. »Man kann sie nicht knacken und starten – zumindest nicht schnell genug.« Sie schlug die Scheibe des Volvo mit dem Ellbogen ein und öffnete von innen die Tür. »Bei dem hier ist es ein Kinderspiel.«

Sie glitt auf den Fahrersitz und ließ Bradley auf der anderen Seite einsteigen. Dann riss sie die Drähte unter dem Armaturenbrett heraus und verband die beiden, die den Motor starten würden. Dröhnend sprang der Wagen an.

»Gute, solide Autos, diese Volvos«, erklärte sie. »Und hervorragend bei kaltem Wetter.«

Die Tür des Notausgangs, durch den sie ins Freie gelangt waren, flog auf, und Wachen ergossen sich nach draußen. Sie hatten Gewehre, und sie legten an, um zu schießen. Bex hämmerte einen Gang rein und fuhr los.

Auf der dünnen Schneedecke drehten die Räder kurz durch, bevor sie Halt fanden.

Bex entdeckte die Ausfahrt des überdachten Parkplatzes am anderen Ende und fuhr geradewegs darauf zu. Ein risikofreudiger – oder einfach nur dummer – Wachmann sprang ihr in den Weg und wedelte mit seiner Waffe, doch Bex grinste nur und beschleunigte. Im letzten Moment warf er sich zur Seite und sie schossen ins Freie. Die Straße wurde von Flutlichtern auf hohen Stangen erhellt. Sie beleuchteten auch den großen Asphaltplatz, wo sie mit dem Hubschrauber und dem Lieferwagen gelandet waren. Es war höchstwahrscheinlich eine Start- und Landebahn, um die Drohnen an die verschiedenen militärischen und zivilen Kunden ausliefern zu können. Bex war sich nicht sicher, wohin sie fahren sollte – links oder rechts oder geradeaus über die Startbahn. Sie sah sich hektisch nach allen Seiten um, um sich zu orientieren. Drei Möglichkeiten und zwei davon waren falsch. Mindestens zwei.

Etwas über ihr am Himmel erregte ihre Aufmerksamkeit und sie sah nach oben. Es war Kierons und Sams Drohne. Sie lächelte. Die Jungen waren bei ihnen, wenn auch nur im technischen Sinne.

Plötzlich schoss die Drohne nach links zu einer der Straßen. Kieron hatte Zugang zu Karten und Satellitenfotos. Er wollte ihr den Weg zeigen. Sie folgte ihm, riss den Wagen herum und beschleunigte, so gut es auf der vereisten Straße ging. Der Wagen schien keine Schneeketten zu haben. Sie musste aufpassen, dass sie nicht ins Schleudern gerieten und sich überschlugen.

Links von ihnen lag das Gebäude, rechts von ihnen die Start- und Landebahn. Ein Stück weiter erkannte

Bex ein Tor. Das war zwar geschlossen, aber sie war sicher, dass sie es mit dem schweren Volvo durchbrechen konnte.

Plötzlich explodierte etwa drei Autolängen vor ihnen der Asphalt in einem riesigen Feuerball und Trümmer und Rauch schossen in alle Richtungen. Instinktiv bremste Bex, geblendet von den Flammen. Der Wagen rutschte auf dem Eis, bis das ABS griff und er ruckelnd zum Stehen kam.

»Was zum …?«, rief Bradley.

»Böse Drohne«, knirschte Bex, knallte den Rückwärtsgang rein und setzte zurück. Dann riss sie plötzlich das Steuer herum und zerrte die Handbremse hoch, sodass der Wagen ins Schleudern geriet. Als er in die Richtung zeigte, aus der sie gekommen waren, schaltete sie wieder in den ersten Gang, löste die Handbremse und raste auf die bewaffneten Männer zu, die aus dem Gebäude gekommen waren. Als sie direkt auf sie zufuhr, sprangen sie auseinander. Aus den Augenwinkeln erkannte sie die drei blonden Mädchen Katrin, Eva und Hekla, die in ihre Sportwagen stiegen. Bex war nicht sicher, ob sie Bex und Bradley einholen wollten oder zu fliehen versuchten.

Mehrere Schüsse prallten vom Heck des Wagens ab. Bex riss das Steuer herum, sodass der Volvo kontrolliert um die Ecke schlitterte und schließlich die schneebedeckte Landepiste entlangschoss. Gerade noch rechtzeitig, denn die Straße, auf der sie eben gefahren waren, verwandelte sich in einen Feuerball, der Schutt und Asche regnen ließ.

Durch das Seitenfenster spähte sie nach oben, konnte aber keine der Killerdrohnen erkennen. Aber das war auch nicht verwunderlich. Schließlich waren sie so designt worden, dass man sie nicht entdecken konnte. Wie viele davon hatten die Mädchen?

Das spielte keine Rolle. Eine reichte, um sie zu töten.

Die Piste vor ihnen lag unter einer unberührten weißen Schneedecke. Bex wurde langsamer und wechselte erneut die Richtung, sodass sie im rechten Winkel abbogen. Gerade noch rechtzeitig, bevor eine weitere Explosion den jungfräulichen Schnee mit Flammen und Schutt überzog. Die Hitze dieser Explosion konnte sie sogar auf ihrer Wange spüren.

Als sie bemerkte, wie etwas an ihrem Overall zupfte, sah sie hin. Bradley zog das Tablet aus ihrer Tasche.

»Was soll das denn jetzt?«, schrie sie.

»Ehrlich gesagt, ich habe eine Idee«, schrie er zurück. »Aber sie wird dir nicht gefallen!«

Kapitel 13

»O mein Gott!«, schrie Sam. »Die werden sie umbringen!«

Kieron starrte verzweifelt über den See zum Learsa-Gebäude, das über dem schwarzen Wasser hing. Wie eine rotgelbe Blume stieg dort in der Nähe ein Feuerball in die Luft, dann ein zweiter. Er glaubte zu hören, wie ein Auto hektisch zurücksetzte, doch dann rollte – langsamer als das Licht der Flammen – der Donner der Explosionen wie ein Gewitter über die Landspitze, auf der er und Sam ihr fahrerloses Auto geparkt hatten.

Er wusste nicht, was vor sich ging oder wer beteiligt war. Verzweifelt riss er Sam die AR-Brille vom Gesicht und setzte sie selbst auf.

»Lass mich sehen!«, verlangte er und schlug Sams Hände weg. »Du hast sie jetzt schon seit Ewigkeiten! Ich bin dran!«

Er brauchte einen Moment, um zu erkennen, was vor sich ging. Die Drohne sah auf ein großes schneebedecktes Feld hinunter. Die Schneedecke konnte nicht allzu dick sein, denn ein klobiges Auto – ein Volvo, vermutete er – jagte durch das Blickfeld der Kamera und hinterließ dunkle Spuren. Eine plötzliche Explosion überlastete die Brille für einen Moment. Doch kurz bevor das Bild ganz weiß wurde, glaubte er, dass der Volvo zur Seite abgedreht war.

»Asrael setzt seine Drohnen ein«, stellte Sam fest. »Sie greifen Bex und Bradley im Auto an.«

»Können wir ihre Drohnen mit unserer rammen und so außer Gefecht setzen?«, fragte Kieron, als die Sicht in seiner Brille wieder besser wurde.

»Keine Chance«, erwiderte Sam. »Sie haben jede Menge Drohnen, wir nur eine. Das wäre eine Selbstmordaktion und wir könnten höchstens eine von ihnen ausschalten.«

»Und was können wir dann tun, außer zusehen?«, regte Kieron sich auf.

»Weiß ich auch nicht!« Sam klang verzweifelt. »Ich bin mit meiner Weisheit am Ende.«

»Du hast gesagt, sie haben das Tablet von einer Frau mitgenommen?«

»Ja. Ich glaube, das war die Mutter von Katrin, Eva und Hekla.«

»Was ist da drauf?«

Kieron hörte Sam schnaufen. »Die Frau hat angedeutet, dass es Daten über Asrael sind und Informationen, was sie mit den Drohnen machen.«

»Könnten sie mit diesem Tablet den Drohnen Befehle geben – sie abdrehen oder landen lassen oder so?«

»Kein Wi-Fi und keine andere Art der Datenübertragung«, antwortete Sam mit brüchiger Stimme. »Ich habe versucht, es mit der AR-Brille zu hacken, aber erfolglos. Es ist nur ein einfaches Tablet ohne Verbindung.«

»Aber wir haben eine Verbindung!«, rief Kieron, während der Volvo plötzlich bremste und nach links abbog.

»Ja, aber die Asrael-Drohnen verlangen einen Code, bevor sie Befehle annehmen. Ich habe es versucht, aber ich kann ihn nicht knacken. Das ist dumm, denn Bex und Bradley haben wahrscheinlich den Code auf dem Tablet, können ihn aber nicht benutzen, um die Drohnen zu steuern. Wir könnten mit der AR-Brille in die Steuerung der Drohnen eingreifen, haben aber den Code nicht.«

Wieder wurde Bex' und Bradleys Auto langsamer, blieb unerwartet ganz stehen und wendete.

»Was machen die denn?«, wunderte er sich.

»Den Drohnen ausweichen, offensichtlich«, erwiderte Sam.

»Ja, aber da ist nichts explodiert. Und wenn man verhindern will, dass jemand vorausahnt, wohin man fahren will, bleibt man nicht einfach abrupt stehen.« Plötzlich kam ihm eine Erkenntnis, die geradezu wie ein Blitz in seinem Kopf aufleuchtete. »Natürlich!«

»Natürlich was?«

»Warte mal.« Mit den Fingerspitzen steuerte er ihre Drohne mithilfe des Menüs in der AR-Brille. Er befahl ihr, höher zu steigen, aber immer noch nach unten zu filmen, damit sie sahen, was vor sich ging.

»Was machst du denn?«, kreischte Sam fast.

Kieron begann zu grinsen.

Von unten sahen die wirren Manöver des Volvos – plötzliche Stopps, unerwartete Wendungen und Schleifen – wie panische Versuche aus, den Geschossen der Drohnen auszuweichen.

Doch von weiter oben wurde deutlich, dass der Fahrer einen Plan hatte.

Kieron befahl seiner Drohne, die Höhe zu halten, sich aber um die eigene Achse zu drehen. Das Bild vor seinen Augen drehte sich plötzlich um sechzig Grad, was ihn fast schwindeln ließ, aber er musste sehen, was Bex tat, um zu wissen, ob er recht hatte.

»Ja!«, schrie er triumphierend. »Sie schreibt den Code in den Schnee! Bradley muss ihn auf dem Tablet gefunden haben und sie schreibt ihn mit dem Auto! 1 … 3 … 5 … 2. Etwas grob, aber sie macht das toll!«

Sam kratzte Kieron über das Gesicht, als er ihm die Brille von der Nase riss. »Lass mich!«, verlangte er.

Das plötzliche seitliche Verrutschen und Verschwinden der Bilder ließ Kierons Magen einen Satz machen. Als er sich erholt hatte, wirbelten Sams Finger bereits in der Luft und betätigten Einstellungen und Menüs. »Also – ich habe hier einen gemeinsamen Zugriff auf alle Drohnen. Es sind – wow! – insgesamt fünfzehn. Asrael setzt gegen Bex und Bradley alles ein, was sie haben. Okay, ich gebe jetzt den Code ein, damit ich sie alle abschalten kann. 1-3-5-2, nicht wahr?«

»Stimmt«, bestätigte Kieron, beleidigt, dass sein Freund übernommen hatte. Verzweifelt starrte er durch die Windschutzscheibe nach draußen und versuchte zu erkennen, was los war. Plötzlich flammte eine Explosion auf, bevor es wieder dunkel wurde.

»Es funktioniert nicht!«, schrie Sam. »Der Code stimmt nicht! Bist du sicher, dass es der richtige ist?«

»Ich bin sicher«, antwortete Kieron, doch das stimmte nicht ganz. Mit einem schnellen Auto den Schnee vom dunklen Asphalt zu schieben, um Zahlen zu schreiben, war unglaublich schwierig. Und gelang nur annähernd. Egal, wie gut Bex fuhr, es gab Spielraum für Fehler. Nur eine kleine Abweichung konnte bedeuten …

»Versuch es mit 1-8-5-2!«, rief er. Bex hatte die Kreise nicht ganz schließen können!

»Ich probiere es aus«, sagte Sam und knirschte vor Sorge und Konzentration mit den Zähnen. »Ja! Ich bin drin! Ich befehle allen Drohnen zu landen. Sag mir, ob du noch weitere Explosionen siehst.«

»Nichts«, antwortete Kieron. Einen Moment später: »Immer noch nichts. Ich glaube, du hast es geschafft.«

»*Wir* haben es geschafft. Sie sind jetzt alle am Boden. Das war total clever von dir.« Sam seufzte. »Hoffentlich haben wir Bex und Bradley genügend Spielraum verschafft, um zu entkommen.«

Auf der anderen Seite des Wassers erregte etwas Kierons Aufmerksamkeit. Dort bewegten sich Lichter. Scheinwerfer erhellten den Asphalt der Straße, die um den See herumführte.

»Ich glaube, da kommt jemand«, warnte er Sam. »Eines der Mädchen. Oder vielleicht alle drei. Und sie werden bewaffnet sein.«

»Wir müssen uns verstecken.« Sam sah Kieron an. »Da draußen ist es kalt. Bist du bereit? Ich weiß noch, wie du dich bei den Geländeläufen in der Schule angestellt hast. Du kannst Kälte nicht ausstehen.«

»Hab ich eine Wahl?«

»Nicht wirklich.«

Sie stiegen rechts und links aus dem Auto. Die plötzliche Kälte fuhr wie ein Nadelstich in Kierons Kopf. Sam hatte recht. Er hasste Kälte.

Er sah sich um. Hinter den Felsen in ihrer Nähe konnte

sich kaum eine Schildkröte verstecken, geschweige denn ein Mensch. Es gab auch keine Büsche. Der Parkplatz, den sie sich ausgesucht hatten, bot keinerlei Deckung.

»Ehrlich gesagt …«, begann er und sah der Atemwolke nach, die sich vor seinem Gesicht bildete. »Vielleicht ist das eine blöde Idee, aber können wir nicht einfach wegfahren?« Er schlang die Arme um den Körper, um sich warm zu halten. Er spürte, wie die Kälte durch die Sohlen seiner Schuhe und durch seine Fußsohlen nach oben zu klettern begann. Er wusste zwar, dass Kälte eigentlich physikalisch gesehen nicht ausstrahlte, das konnte nur Wärme, aber das machte die Tatsache, dass seine Körperwärme langsam in den Boden entwich, auch nicht besser.

»Sie würden uns verfolgen«, widersprach Sam. Er deutete auf die Straße am See, wo die Lichter eines Autos näher kamen. Mehrerer Autos. Kieron konnte mindestens zwei Paar Scheinwerfer erkennen, möglicherweise auch drei.

»Woher wissen sie, wo wir sind?«, fragte er.

»Keine Ahnung. Vielleicht konnten sie das Signal verfolgen, das ich gesendet habe.«

Die Autos waren nur noch etwa eine Minute entfernt. Kierons Herz hämmerte wild. Der Schmerz in seinem Kopf war jetzt von einem Stechen in ein Pulsieren übergegangen.

»Der See«, sagte er plötzlich.

»Was ist damit?«

»Wir stehen am Rand der Böschung zum Wasser. Die ist recht steil. Vielleicht können wir ein Stück hinunterklettern und uns dort verstecken.

»Ist einen Versuch wert.«

Vorsichtig bewegten sie sich zum Rand des Felsens und kletterten hinunter, bis ihre Füße auf einem schmalen Absatz standen und sich ihre Köpfe unter dem Straßenniveau befanden. Die scharfen Kanten des eisigen Gesteins gruben sich in Kierons Hände und saugten ihnen die Wärme aus. Zumindest nahm die Taubheit den Schmerz, aber er wusste, dass ihm, solange er sich an den steilen Felsen presste, noch schneller kalt werden würde.

Das Dröhnen der Autos lenkte ihn für den Moment von der Kälte ab. Die Wagen wurden langsamer, blieben stehen und mehrere Türen wurden geöffnet.

Schritte knirschten auf dem Schnee.

»Wir wissen, dass ihr hier seid«, sagte eine Mädchenstimme. Enttäuscht stellte Kieron fest, dass es Katrin war. Natürlich musste es Katrin sein. Sie hatte er am meisten gemocht. »Du bist der Junge vom Markusplatz, nicht wahr? Es hat eine Weile gedauert, aber wir haben die Bewegungen eurer Freunde bis zu ihrer Ankunft in Venedig zurückverfolgt und festgestellt, dass sie mit euch zusammen im Hotel eingecheckt haben.« Sie hielt inne, und Kieron stellte sich vor, wie sie nachdenklich den Kopf schief legte und sich umsah. »Hast du uns auf dem Platz zufällig getroffen oder war das Absicht? Habt ihr das alles geplant?«

Kieron sah zu Sam hinüber, der sich quasi mit Armen und Beinen an den Felsen klammerte. Als sich ihre Blicke trafen, machte Sam eine kleine Bewegung mit den Lippen und zuckte mit den Schultern. Nur Kieron, der ihn schon seit so langer Zeit kannte, konnte die Nachricht interpretieren: *Hey, du hast es echt drauf, dir die Richtige auszusuchen, was?*

Kieron zog eine Braue hoch und lächelte. Er wusste, dass Sam die Antwort verstehen würde: *In Zukunft begnüge ich mich damit, deine Schwester anzuhimmeln.*

Der Schnee knirschte erneut. Die Mädchen teilten sich auf. Eine ging nach links, eine nach rechts und eine blieb in der Mitte.

»Ihr seid echt clever, das muss ich euch lassen«, fuhr Katrin fort. »Ihr und eure älteren Freunde habt uns eine Menge Ärger gemacht. Aber wir können doch in Ruhe darüber reden. Zeigt euch, dann finden wir einen Ausweg, der uns alle zufriedenstellt.«

Sam sah Kieron an und schüttelte heftig den Kopf. Doch Kieron hatte bereits erkannt, dass Katrin log. Es gab keinen Ausweg für sie alle. Es hieß, entweder die Mädchen oder die beiden Jungen – eine simple Wahl.

Peng! Ein Schuss knallte, der die Vögel panisch aus ihren verborgenen Nestern aufflattern ließ. Sekunden später hallte er von der anderen Seite des Sees wider.

»Sorry«, entschuldigte sich Hekla. »Ich dachte, ich hätte eine Bewegung gesehen. War wahrscheinlich nur ein Fuchs.«

»Ich glaube nicht, dass die freiwillig aus ihrem Versteck kommen.« Das war Evas Stimme. »Ich meine, würdest du das tun?«

»Wohl eher nicht.«

Evas Stimme war so nah, dass Kieron glaubte, er müsse sie am Felsvorsprung stehen sehen können, wenn er an der Böschung hochsah. »Sucht weiter. Wenn wir sie in zehn Minuten nicht gefunden haben, zünden wir ihr Auto an und lassen sie hier. Bei den Temperaturen machen sie es keine Stunde hier draußen.« Sie hielt inne. »Wirklich schade. Ich hätte sie gern bestraft.«

»Und was ist mit Mutter?«, fragte Hekla.

»Oh, die wird auch bestraft.« Katrins Stimme klang dunkel vor Zorn.

Kierons Füße waren so taub geworden, dass er den Absatz unter sich nicht mehr spürte. In seiner rechten Hüfte kribbelte es. Er versuchte, mit der Faust auf sein Bein zu schlagen, aber das half auch nicht. Er versuchte, die Position seines rechten Fußes zu verändern, doch durch das taube Gefühl trat er daneben. Sein Fuß glitt vom Vorsprung. Kiesel polterten ins Wasser und schlugen platschend auf. Erschrocken schaute Sam, ob er in Ordnung war. Kieron versuchte zu lächeln, aber sein Gesicht schien eingefroren. Er konnte seine Wangenmuskeln und seine Lippen nicht mehr richtig bewegen.

»Ich glaube, sie verstecken sich hier unten«, bemerkte Eva.

»Ich glaube, du hast recht.« Das war Katrin. »Kluge Kerlchen.«

»Sollen wir sie einfach erschießen?« Das war Hekla.

»Wenn wir nahe genug sind, um zu schießen, sind wir auch nah genug, dass sie uns über den Rand ziehen können. Nein, kommt hierher. Nehmt euch ein paar Steine, so schwer, wie ihr tragen könnt. Die werfen wir über den Rand und stoßen sie so ins Wasser. Da erfrieren sie in ein paar Minuten.« Plötzlich kicherte Katrin. »Das erinnert mich an dieses Spiel in den Kaufhäusern, bei dem man Münzen so auf ein Feld werfen musste, dass sie andere Münzen über den Rand schieben. Als ich klein war, habe ich das geliebt.«

Kieron spähte an der Felskante entlang nach rechts. Der Vorsprung, auf dem sie standen, reichte nicht weit – dort konnten sie nicht entkommen. Sam schaute nach links, doch auch er schüttelte nur den Kopf. Dort gab es auch keine Fluchtmöglichkeit.

Ein fußballgroßer Stein erschien über dem Rand und sauste an Kierons Kopf vorbei. Er traf den Vorsprung, sprang davon ab und flog durch die Dunkelheit. Gleich darauf hörte Kieron es unter sich laut platschen.

»Nichts?« Hekla klang amüsiert. »Versuchen wir es noch mal. Schreit einfach, wenn es euch erwischt, Jungs!«

Kieron hörte in der Ferne ein Auto. Einen Augenblick lang glaubte er, es fahre nur zufällig jemand vorbei. Doch dann wurde ihm klar, dass es Bex und Bradley sein mussten. Als er erkannte, dass sie ihnen zu Hilfe kamen, durchströmte ihn ein warmes Glücksgefühl, das jedoch sofort von der Realität verdrängt wurde. Die Mädchen waren bewaffnet, Bex und Bradley nicht. Es würde innerhalb von Sekunden zu einem Massaker kommen.

Er musste etwas tun. Irgendetwas.

Was für Ressourcen haben wir? Welches Werkzeug haben wir in unserer Kiste?

Zwei frierende Jungen.

Nein. Zwei frierende Jungen mit einer AR-Brille.

Plötzlich tauchte in seinem Kopf ein vollständig ausgearbeiteter Plan auf, als hätte er nur darauf gewartet, bemerkt zu werden.

Nur mit den Augenbrauen konnte er Sam nicht vermitteln, was er vorhatte. Also deutete er auf die Brille, die sein Freund noch auf der Nase hatte, und dann auf sein eigenes Gesicht. Sam runzelte die Stirn. Wild gestikulierend bedeutete Kieron seinem Freund, ihm die Brille zu geben. Endlich verstand Sam, nahm vorsichtig, um nicht das Gleichgewicht zu verlieren, die Brille ab und reichte sie ihm.

Kieron setzte sie auf. Er hob die rechte Hand, um die Menüs zu betätigen, doch er hatte nicht genügend Bewegungsfreiheit vor sich. Wenn er es versuchte, würde er vom Felsen stürzen.

»Versteckt eure Gewehre hinter dem Rücken«, befahl Katrin ihren Schwestern. »Hekla, wenn sie anhalten, schießt du in die Reifen, damit sie nicht mehr wegkönnen. Und du, Eva, erschießt den Mann. Ich kümmere mich um die Frau.«

Er musste sich umdrehen, um Platz für seine Hände zu haben.

So schnell er konnte, drehte er sich, sodass seine Zehen über die Felskante hinausragten, und presste den Rücken so gut wie möglich gegen den Fels. Als er die Hände hob, um die virtuellen Menüs aufzurufen, spürte er, wie sich etwas fest gegen seine Brust drückte, und sah Sams Hand. Sein Freund war näher gekommen und hielt ihn fest, um zu verhindern, dass er abstürzte.

Das Auto war jetzt ganz nah. Ihm blieben lediglich Sekunden.

Das fahrerlose Auto parkte nur ein paar Schritte vom Rand des Felsens entfernt, und da es sich mit der Schlüsselkarte aus der Entfernung verschließen ließ, musste es über RFID oder Bluetooth-Technologie verfügen. Das bedeutete, dass er mithilfe der AR-Technologie Zugang dazu bekommen sollte … musste. Er musste es hacken. Und fahren.

Er hörte, wie das Auto von Bex und Bradley von der Straße auf den Parkplatz einbog.

»Bereit?«, fragte Katrin ihre Schwestern.

Vor Kierons Augen poppten neue Menüs auf und zeigten ihm das elektronische Gehirn des Autos. Die Ansicht der Sensorkameras an der Karosserie tauchten auf und zeigten ihm die drei Mädchen, die scheinbar unschuldig davorstanden. Er konnte auch Bex' und Bradleys Auto sehen, das dahinter zum Stehen kam. Die Mädchen hielten die Hände auf dem Rücken. Bex wirkte wütend.

Fast instinktiv tippte Kieron Befehle in die kalte, klare Luft.

Der Motor des führerlosen Autos röhrte. Die Mädchen sahen verwundert und dann plötzlich erschrocken herüber.

Das Auto fuhr an und zielte direkt auf die drei Mädchen, die ungelenk aus dem Weg sprangen. Über die Bilder der Seitenkameras sah er sie am Boden liegen, dann schoss das Auto an ihnen vorbei und über die Klippe. Die Unterseite des Fahrzeugs glitt über sie hinweg wie ein Raumschiff, dann war es vorbei und stürzte in hohem Bogen ins Wasser.

Blitzschnell drehte er sich um und kletterte den Felsen hinauf. Sam tat das Gleiche. Bex hatte bereits Hekla überwältigt, kniete über ihr und drehte ihr den Arm auf den Rücken. Bradley hatte Eva auf die Knie gezwungen und hielt sie im Schwitzkasten.

Doch Katrin war aufgestanden und zielte mit dem Gewehr auf Bex.

Kieron riss sich die Brille vom Gesicht und warf sie mit aller Kraft nach dem Mädchen. Sie wurde davon an der Wange getroffen. Ihr Kopf zuckte zur Seite, und als sie instinktiv schützend die Hand hob, ging ihr Schuss harmlos ins Leere.

Bradley verfolgte genau, was vor sich ging, und zog aus der Tasche etwas Rechteckiges, Schwarzes hervor. Das Tablet von der Mutter der drei. Unter dem Arm hindurch schleuderte er es auf Katrin und es flog voll gegen ihre perfekte Nase. Ihr Kopf ruckte zurück, sie machte zwei Schritte nach hinten und stolperte über einen der Steine, die sie mit ihren Schwestern gesammelt hatte, um sie auf Kieron und Sam zu werfen. Wie in Zeitlupe taumelte sie auf den Rand des Felsens zu. Sam und Kieron arbeiteten instinktiv zusammen, wobei Sam ihr das Gewehr wegriss und Kieron sie an der Schulter packte und zur Seite zerrte. Bewusstlos stürzte sie auf ihn.

Ein paar Augenblicke lag Kieron reglos da, atmete schwer und starrte auf die glitzernden Sterne am nächtlichen Himmel. Er hörte Schritte, war aber zu erschöpft, um sich umzudrehen. Er blieb einfach liegen, mit Katrins Körper auf seinem Brustkorb.

»Typisch«, erklang Bex' Stimme. »Wir machen die ganze Arbeit und ihr Kids denkt nur an Mädchen.«

»Die ist nicht mein Typ«, keuchte Kieron. »Zu gewalttätig. Zu Hause … in einem Café in Newcastle, gibt es eine rothaarige Barista, die ich um ein Date bitten will.«

»Weißt du was«, schlug Sam irgendwo von links vor, »wenn sie dich das nächste Mal fragt, wie du heißt, damit sie deinen Namen auf deine Bestellung schreiben kann, sagst du einfach: ›Dein neuer Freund.‹«

»Und das«, erklärte Kieron grinsend und stieß Katrin von sich runter, damit er aufstehen konnte, »das ist der Grund, warum du nie ein Mädchen abkriegen wirst.«

Epilog

Nach einer Woche, sie waren bereits seit ein paar Tagen zurück in Newcastle, glaubte Bex, dass sie nahezu wiederhergestellt war. Ab und zu schüttelte es sie noch, aber sie war sich nicht sicher, ob das ihr Körper war, der sich an die Kälte erinnerte, oder ihre Psyche, die versuchte, sich von der stressigen Mission zu erholen. Auf jeden Fall war es unangenehm.

Ihre Hand zitterte so, dass sie fast ihren Kaffee verschüttete. Bradley, der ihr am Tisch gegenübersaß, streckte die Hand aus, um sie zu beruhigen. Ohne die AR-Brille sah sein Gesicht seltsam nackt aus.

»Ich bin froh, dass es nicht nur mir so geht«, sagte er leise.

Bex lächelte ihn an. »Dich hat es viel schlimmer erwischt als mich. Wie geht es dir?«

»Überraschend gut.« Er zuckte mit den Achseln. »Vielleicht brauchte ich nur ein wenig Ferien an einem idyllischen Ort.«

Als Bradley seine Hand wegzog, sah sich Bex in dem Café um. An der Wand gegenüber saß Kieron an einem kleinen Tisch vor seinem Kaffee. Ein guter Platz, wie Bex bemerkte – mit Blick auf die Tür. Seine Hände bewegten sich lebhaft, aber er nutzte nicht das AR-Equipment, sondern beschrieb einer rothaarigen Barista etwas. Sie hatte ihre Pause genommen, als sie hereingekommen waren, und hatte Kieron gefragt, ob er sich zu ihr setzen wollte. Wollte er. Natürlich wollte er.

»Kinder!« Bex lächelte.

Bradley nickte. »Wie schaffen sie es, so belastbar zu sein und so viel Energie zu haben, während wir so ausgelaugt und erschöpft sind?«

»Oh, das habe ich herausgefunden. Alle Teenager sind Vampire, die sich von der Energie der Erwachsenen um sie herum ernähren.«

»Das könnte stimmen.« Bradley nickte.

Bex nippte an ihrem Kaffee. »Konntest du etwas für Kierons Mum tun?«

»Du hast Schaum auf der Oberlippe«, sagte er und deutete darauf, als wüsste sie nicht, wo ihre Oberlippe ist. Anstatt den Schaum mit der Serviette abzutupfen, streckte Bex ihm die Zunge heraus und leckte sich dann demonstrativ die Lippe ab.

»Ja, sehr erwachsen«, stellte Bradley fest. »Kannst du auch deine Nasenspitze mit der Zunge berühren?«

Sie konnte es und bewies es ihm sofort.

»Na gut«, grinste er, »das hätte ich mir ja denken können. Was hast du gerade gesagt?«

»Ich habe dich gefragt, ob du einen Job für Kierons Mutter gefunden hast.«

Er nickte. »Ich habe eine Technologiefirma gefunden, die einen leitenden Manager für ihr Personalwesen suchten, und ihnen ihren Lebenslauf gemailt, kurz bevor sie die Stelle ausschreiben wollten. Denen hat ihre Erfahrung und ihr proaktives Vorgehen so gut gefallen, dass sie beschlossen haben, sich die Kosten für die Anzeige zu sparen, und sie vom Fleck weg engagiert haben.« Er zuckte mit den Achseln. »Natürlich musste ich der Firma gegenüber eine Weile so tun, als sei ich sie, und ihr gegenüber, als sei ich die Firma. Aber nach ein paar E-Mails habe ich mich zurückgezogen und der Natur ihren Lauf gelassen. Sie fängt am Montag an.«

»Gut gemacht. Darf ich dich auch nach Norwegen und Asrael fragen?«

»Du darfst. Ich habe die Polizeicomputer überwacht und auch die IT-Systeme des norwegischen Geheimdienstes, was man da übrigens Etterretningstjenesten nennt. Schönes Wort. Die drei Mädchen wurden verhaftet und wegen Terrorismus und Betrug angeklagt, und ihre Mutter hat die Kontrolle über Learsa wieder übernommen.« Er grinste. »Sie weigert sich übrigens, für die Anwaltskosten ihrer Töchter aufzukommen.«

»Gute Entscheidung.« Bex hielt inne und sah wieder zu Kieron hinüber. Er hatte aufgehört zu reden und hörte jetzt dem Mädchen zu. Er lächelte und sie berührte unwillkürlich ihr Haar. Alles gute Zeichen. »Und was ist … mit der anderen Sache?«

»Du meinst, wer Asrael beauftragt hat, uns zu töten?« Bradley schwieg einen Augenblick und betrachtete durch das große Fenster des Cafés das Treiben auf der Straße. »Tja, ich warte darauf, dass die norwegische Polizei ihre Computerbeweise hochlädt. Ich hoffe, irgendwo im Asrael-System gibt es irgendetwas, was uns weiterhilft. Bislang haben sie sich bedeckt gehalten und die Beweise offline bearbeitet, aber irgendwann werden sie sie auf ihren Server laden.« Er zog die AR-Brille aus seiner Tasche hervor und setzte sie beiläufig auf. »Lass mich mal sehen.«

Während seine Finger in der Luft herumwirbelten und Daten suchten, musste sich Bex beherrschen, sich nicht schon wieder nach Kieron umzusehen. Das war sein Moment. Und hoffentlich etwas, an das er sich sein Leben lang erinnern würde. Diesen Moment musste sie ihm lassen.

»Aha«, machte Bradley und sog scharf die Luft ein.

»*Aha?* Einfach nur *Aha?*«

»Aha«, wiederholte er.

Bex lehnte sich zurück und musterte ihn. »Ich könnte dir die Nase einschlagen, dass dir die Knochensplitter durchs Gehirn fliegen, wenn ich wollte. Sag mir, was *Aha* bedeutet, und zwar schnell!«

»Es bedeutet, dass die norwegische Polizei ihre Beweise von den Asrael-Computern und von Learsa hochgeladen hat. Das sind einige Terabyte, aber ich habe virtuelle Bots darauf angesetzt, die nach Verbindungen zwischen Asrael/Learsa und dem MI6 suchen. Und sie haben eine gefunden.«

»Und welche?« Bex spürte, wie sich ihr Herz zusammenkrampfte.

»Die Identität der Person, die Asrael angeheuert hat, um uns zu töten, ist durch falsche Personalien verschleiert worden. Aber da Hekla und ihre Schwestern sehr gründlich sind, haben sie sie aufgedeckt. Sie haben einen Namen.« Er hielt inne. »Avalon Richardson.«

Bex überlegte einen Moment, doch dann fiel es ihr ein. Ein unscheinbares Mädchen mit schulterlangen braunen Haaren und dicker Brille. Sie trug eine Strickjacke über einer weißen Baumwollbluse. Und immer einen Rock. Und vernünftige Schuhe.

»Sind sie … bist du … sicher?«

»So sicher wie möglich. Avalon Richardson hat Asrael angeheuert, um uns zu töten.«

»Aber warum?«

»Leider ist diese Information in den Dateien von Asrael nicht verzeichnet«, meinte Bradley trocken.

Bex sah ihn an, und so, wie er zurückzuckte, musste ihr Gesicht einen äußerst gefährlichen Ausdruck angenommen haben.

»Dann müssen wir bei ihr weitermachen«, erklärte sie. »Avalon Richardson ist unsere nächste Mission.«

Bradley warf einen Seitenblick auf Kieron. »Und was ist mit ihm und Sam?«

Bex schloss für einen Moment die Augen, dann nickte sie. »Da wir ein Ziel innerhalb des MI6 ins Auge fassen, bedeutet das, wir haben keine Hilfe und keine Unterstützung. Wir brauchen ein Team.« Sie hasste sich selbst dafür, es auszusprechen, tat es aber dennoch: »Und das einzige Team, das wir haben, sind Kieron und Sam.« Sie lächelte. »Sie sind immer noch im Boot.«

Andrew Lane hat zahlreiche Bücher geschrieben, darunter die achtbändige »Young Sherlock Holmes«-Reihe, die in über 44 Länder verkauft wurde. Bevor er sich 2013 ganz dem Schreiben widmete, arbeitete Andrew Lane fürs britische Verteidigungsministerium und hatte mit dem Geheimdienst und mit Terrorismusbekämpfung zu tun. Er war selbst schon im Gebäude des MI6, des MI5 und in der Zentrale des britischen Geheimdiensts – und zwar nicht als Tourist – sowie in den Büros der CIA und der NSA in den USA.

Von Andrew Lane sind bei cbj bisher erschienen:

AGENT IMPOSSIBLE
Band 1: *Operation Mumbai* (16506)
Band 2: *Undercover in New Mexico* (16546)
Band 3: *Mission Tod in Venedig* (16554)

Weitere Bände sind in Vorbereitung.

Andrew Lane

AGENT IMPOSSIBLE

Operation Mumbai,
Band 1, 288 Seiten,
ISBN 978-3-570-16506-5

Undercover in New Mexico,
Band 2, 304 Seiten,
ISBN 978-3-570-16546-1

Mission Tod in Venedig,
Band 3, ca. 350 Seiten,
ISBN 978-3-570-16554-6

Agent Without Licence – in tödlicher Gefahr

Kieron, ein ganz normaler Teenager, hängt mit seinem Freund Sam gerade im Fastfoodladen ab, als der Mann am Nebentisch vor aller Augen entführt wird. Dabei ist ihm etwas heruntergefallen: ein Headset und eine Brille. Als Kieron die Brille aufsetzt, hat er plötzlich eine Menschenmenge in Mumbai vor Augen. Und durch das Headset hört er Bex, eine MI6-Agentin. Ohne Bradley – den Mann, der entführt wurde – kommt Bex nicht an die Informationen, die sie braucht. Unversehens ist Kieron Teil einer brandgefährlichen Mission. So beginnt sein Leben als Agent ohne Lizenz mit allerneustem Hightech-Equipment, skrupellosen Killern und tödlichen Waffen.

20289_3

cbj

www.cbj-verlag.de